GENTE ACENANDO PARA ALGUÉM QUE FOGE

Título:
Gente Acenando para Alguém que Foge

Autor:
Paulo Faria

Posfácio: © Djaimilia Pereira de Almeida, 2020

Revisão:
Cátia Loureiro

Capa: FBA
Na capa: Moçambique, Nampula, Autoestrada 236 no interior
Imagem de capa © John Seaton Callahan / Getty Images

Biblioteca Nacional de Portugal – Catalogação na Publicação

FARIA, Paulo,

Gente acenando para alguém que foge
ISBN 978-989-8866-84-4

CDU 821.134.3-31"20"

Depósito Legal: 466897/20

Paginação: Aresta Criativa – Artes Gráficas

Impressão e acabamento:
ACD Print, S.A.
para
Minotauro
Fevereiro de 2020

MINOTAURO, uma chancela de Edições Almedina, S.A.
LEAP CENTER – Espaço Amoreiras – Rua D. João V, n.º 24, 1.03
1250-091 Lisboa – Portugal
e-mail: editoras@grupoalmedina.net

GENTE ACENANDO PARA ALGUÉM QUE FOGE

PAULO FARIA

Posfácio de Djaimilia Pereira de Almeida

MINOTAURO

Para a Alexandra,
porque sem ela o mundo acabava

o fumo delicado das queimadas
subindo no céu de bruma, e essas manchas
indecifráveis a quatro mil pés,
gente acenando para alguém que foge.

Fernando Assis Pacheco

PRÓLOGO

A infância extingue-se no dia em que percebemos que os nossos pais nos sonegaram a parcela mais preciosa do seu afecto. Há um santo dos santos ao qual nunca poderemos aceder. Em contrapartida, temos livre acesso às caves e terrenos baldios onde saltimbancos obscenos se exibem, frenéticos. Sem o sabermos, acumulamos visões que nos irão perseguir para sempre. Houve um momento em que daríamos tudo por uma palavra, um gesto que nos resgatasse, nos pusesse no centro de uma periferia qualquer. A palavra nunca soa, o gesto não é esboçado, os pais estavam ocupados com uma refrega íntima, confusa, esgotante. Mais tarde, quando medra neles uma ternura frágil e comovente, recusamo-la com firmeza, como um mutilado de guerra a quem oferecessem uma esmola. Percorremos caminhos e veredas esconsas, as traseiras da vida, e observamo-los de longe, tentando compreender. De noite, o sono não vem. Repetimos abstenções e votos nulos, recusamos todas as causas, mesmo as perdidas. Os nossos colonizadores fugiram, apavorados com a sua obra, antes que fosse preciso combatê-los. Mesmo assim, não desmobilizamos as nossas tropas. Ateamos contrafogos e sufocamos com o fumo. A luta continua.

1

O pai e a mãe fechavam a porta. Já estavam divorciados, o pai vinha buscar-nos à sexta-feira para o fim-de-semana na nova casa, com a madrasta. Fechavam a porta da sala. A porta era envidraçada, eu e a Leonor víamos os vultos deles, recortados em silhueta, a andarem para trás e para diante, para trás e para diante. Depois desapareciam. O antigo quarto deles, que passara a ser o quarto da mãe, comunicava com a sala. A princípio, eu e a Leonor não percebíamos. Éramos muito pequenos. A mãe dizia-nos: «Agora eu e o pai temos de conversar.» Mesmo sem percebermos tudo, não deixava de nos parecer estranho o à-vontade com que o pai entrava numa casa que, em teoria, já não era sua. Mas era ou não era? Era e não era. Aprendemos que uma coisa podia ser e não ser ao mesmo tempo. Para tentar sobreviver naquele novo mundo, assim criado à minha revelia, em que uma coisa podia simultaneamente ser e não ser, para não me desagregar, para não sucumbir ao caos que aquele pêndulo ser/não ser parecia prenunciar, tornei-me dogmático, compartimentado, rígido. As coisas, os lugares e as pessoas eram ou não eram, absolutamente. Entre mim e cada um dos outros só podia haver entrega incondicional ou disjunção levada ao extremo. Pacto de sangue ou cordão sanitário. Tudo ou nada. Alguém ou alguma coisa podia até ser tudo num dia e nada no dia seguinte. Tudo num minuto e nada no minuto seguinte. O que não podia haver, nunca, era ambiguidade. A parte mais saborosa da vida, os ecossistemas de transição, a zona entre marés, as meias-tintas, os seres híbridos, tudo isto repeli deliberadamente.

Estás fora de mim e és, portanto, um dos outros. Os outros são sempre uma ameaça, uma frustração, uma mágoa. Tu és uma ameaça, uma frustração, uma mágoa. Enquanto houver em ti recantos inexplorados, enquanto tiveres receios e desejos que não entronquem em mim, enquanto traçares planos cujo centro não seja eu, enquanto isto acontecer haverá em ti vestígios do outro. Enquanto recordares o teu passado antes de me teres conhecido, haverá em ti vestígios do outro. Os outros existem, estão presentes, depois deixam de existir. É essa a sua maior culpa. Não podes ser como eles.

Eu e a Leonor crescemos, acabámos por perceber o que se passava no quarto. Primeiro um, depois o outro. Não conversámos sobre o assunto, nem então nem nunca. Não sei sequer se fui eu o primeiro a perceber, se foi ela. Deve ter sido ela, a mais velha. Cada qual percebeu sozinho e não disse nada ao outro. Numa sexta-feira qualquer vimos os vultos no vidro fosco da sala, entreolhámo-nos e cada qual soube que o outro sabia. Levantámo-nos, abrimos a porta de casa, saímos para a escada do prédio, fechámos a porta e sentámo-nos no degrau de pedra gélida, de olhos no patamar abaixo do nosso, onde a escada fazia um cotovelo. As paredes estavam revestidas de seixos rolados multicores, muito pequenos, como rebuçados, embebidos numa camada de cimento. Quando se aflorava com a mão era como se fosse a pele de um gigantesco crocodilo ali esticada. O elevador era antigo, com portas metálicas de harmónio, fazia «catchim-catchim» de três em três segundos quando subia ou descia. O poço era aberto no alto em cada andar, com um gradeamento até a meio, o cabo estendia-se e bamboleava, vergado em U, como uma jibóia suspensa das copas das árvores numa floresta tropical. No andar de cima morava um miúdo da nossa idade e a mãe punha-o de castigo na escada. Abria a porta, sentava-o no primeiro degrau e fechava a porta com estrondo. O miúdo chorava, dava gritos que ecoavam no prédio todo. Só se calava quando a mãe lhe abria a porta e lhe pegava na mão e o levava para dentro. Eu e a Leonor, sentados na penumbra, ficávamos a ouvi-lo gritar no patamar acima do nosso. «Mamã!», gritava ele. «Mamã!» Era um choro convicto, ininterrupto, feroz, que nada podia silenciar. Chorando assim, desalmadamente, aquele garoto dispensava-nos de manifestar tristeza, amargura ou dor. Aquele choro não nos incomodava. Temperava-nos em fogo lento, como aço numa forja.

Os outros sabem coisas que eu não sei. Os outros estiveram em lugares onde eu não estive. Os outros respiram, digerem, excretam, transpiram. Os outros irradiam calor. Os outros existem sem mim. Os outros vão continuar a existir quando eu morrer. Os outros movem-se à revelia dos meus medos, das minhas memórias. Sentados na escada, na penumbra, enquanto os pais estavam no quarto, eu e a Leonor éramos os outros. Éramos os outros do meu pai e da minha mãe. Era como se já estivéssemos mortos. Num soneto a Ninetto Davoli, Pasolini fala da «verdade que mata quem a descobre porque é dela excluído». Para não ser arrastado para o fundo, tornei-me arrogante. Desenvolvi uma soberba de pedra fria, uma obstinação feita da cadência repetitiva daquele elevador. Limitei os meus horizontes ao cotovelo daquela escada. Os outros nada sabem do que eu sei. Os outros não existem sem mim. Os medos dos outros e as memórias dos outros são medos e memórias de segunda categoria. Sou portador de um segredo capaz de salvar a Humanidade, que não revelarei a ninguém.

Há em ti um fundo de reserva silenciosa que preciso de conquistar. Há em ti laivos de resistência subtil. O outro subsiste em ti, por hábito ou preguiça. Tenho de o trazer à tona, amarrá-lo, obrigá-lo a confessar, depois familiarizar-me com ele.

Da primeira vez que eu e a Leonor saímos para o patamar e ali ficámos à espera, pressentimos, ao fim de um certo tempo, movimentos apressados e inflexões de pânico dentro de casa. Por fim, a porta abriu-se de repelão e a mãe olhou e disse: «Ah, estão aí. Ai, que susto que me pregaram!» E riu-se com o alívio nervoso de quem ouve um estrondo, sente o carro a dar um solavanco, trava a fundo, sai e vê que, afinal, foi só um buraco na estrada, não atropelou ninguém, nem gato, nem cão, nem criança. A partir daquele dia, com a maior das naturalidades, o nosso gesto de escusa silenciosa foi incorporado no ritual das sextas-feiras. O pai, como até então, era o primeiro a reaparecer. Abria a porta de casa com ar prazenteiro, a ajeitar a gravata, invariavelmente bem-disposto naqueles momentos, olhava para nós ali sentados, perguntava: «Então, *pitigrillis*, vamos embora?» A mãe aparecia, pressurosa, sorridente, a disfarçar o embaraço, ia a correr buscar um gorro para a Leonor, um cachecol para me pôr ao pescoço, vinha à porta. Despedíamo-nos dela e por momentos havia entre nós os quatro a comunhão de um delito partilhado, a cumplicidade muda dos delinquentes calejados, dos criminosos profissionais. Eu e a Leonor queríamos sair dali, chegar depressa à casa nova do pai, o lugar onde nos era pedido que fingíssemos que nada tínhamos visto nem ouvido, que nada sabíamos. Mas havia sempre um manual escolar esquecido, uma camisola por causa do frio, uma escova de dentes retardatária a demorar-nos. Era preciso esperar. Aprendemos a instalar-nos confortavelmente naquele compasso de espera, naqueles momentos em que o pai e a mãe se despediam, envergonhados. Ele disfarçava a vergonha com altivez, ela parecia completamente atarantada. Decifrávamos cada gesto, cada inflexão de voz, musculávamo-nos à custa deles, cobríamo-nos de escamas, compilávamos um catálogo de armas ofensivas para arremesso futuro.

Não estava preparado para Moçambique, Amália. Vim até aqui em busca da minha infância. Eu que nunca tinha posto os pés nesta terra, vim até aqui em busca da minha infância. Ou melhor: vim até aqui em busca de uma infância anterior à minha infância. O meu pai e a minha mãe não podem ser aquelas duas criaturas atrapalhadas e cheias de subterfúgios que eu sempre conheci. É impossível. São os meus pais, quero-os perfeitos, luminosos. Trágicos, talvez, uma pincelada trágica fica sempre bem. Recuso-me a ser filho de uma comédia de enganos. Moçambique é a terra onde o meu pai esteve quando a minha infância era ainda um caldo de imagens e palavras que não chegaram a cristalizar, que não migraram para o território do consciente. Vim em busca de uma terra que fale comigo, que me pinte com cores exóticas e sublimes a maneira como tudo começou. Quando o meu pai aqui esteve, a mentira ainda não tinha tomado conta dele e da minha mãe. Pelo menos, ainda não tinha vindo à superfície. Ainda não tinha sido plenamente assumida por ambos como uma segunda pele. Eles ainda conservavam, talvez, uma certa inocência. Havia uma mentira colossal, que era Portugal do Minho a Timor. Esta mentira dividia-se em mentiras mais pequenas, algumas delas, mesmo assim, enormes. Moçambique era uma mentira com oitocentos mil quilómetros quadrados. Mas o meu pai e a minha mãe ainda não tinham deixado que a vasta mentira se metesse neles e se transformasse em mentiras à sua medida. Quando o meu pai aqui esteve, a mentira deles ainda se encontrava em fase de incubação.

Sem tu saberes, invadi o teu *email* e canibalizei-o, formatando-o para que todas as mensagens que recebesses fossem reencaminhadas para o meu endereço. Farejei em ti um fundo de reserva que, no meu entender, só um remorso justificava. Era preciso averiguar. Entrei à socapa no teu *email* porque, a contragosto, apesar dos meus esforços, se meteu em mim o sabor das coisas que são e não são no mesmo instante, que se dão e se negam no mesmo fôlego. Um pouco a medo, trémulo como quem revisita um lugar conhecido onde as memórias se esgueiram pelos cantos, dei comigo a virar-te do avesso, à cata dos pespontos do teu grande amor por mim: um ciclo de vida longe da minha luz, sonhos que medram e morrem em ti sem que mos dês a provar.

A morte esteve connosco desde o princípio. Quando te conheci eras viúva, tinhas trinta e poucos anos, e eu era casado, também jovem. Não conheci o teu marido, o Jorge, apenas o vi em fotografias, morreu na força da vida, como dantes se dizia. Era caçador, havia muitas fotografias de caça. Numa mudança de casa deitaste fora umas fotografias e eram de uma caçada e eu vi-as à socapa, pareceu-me que documentavam um qualquer ritual iniciático para comemorar o primeiro javali morto por um caloiro das lides venatórias. O rapaz com a cara besuntada do sangue do animal. O rapaz a caminhar com o javali morto pendurado às costas, vergado ao peso da carcaça. O teu marido a fazer de mestre-de-cerimónias, com os braços empastados de encarnado até aos cotovelos, o sangue espesso e escuro como barro. Nos primeiros tempos do nosso casamento, sonhei repetidamente que se tinham passado muitos anos e que morrias antes de mim e que chegavas a uma encosta muito verde com um muro lá no alto. No sopé da encosta estava ele, igual às fotografias, de barba e óculos, à sombra de uma árvore enorme. Não tinha envelhecido e tu percebias logo que ele te esperara aqueles anos todos, décadas a fio a andar para trás e para diante naquele lugar, e a voz sumia-se-te na garganta quando percebias que ias ser obrigada a dizer-lhe que entretanto refizeras a tua vida, que tinhas arranjado outra pessoa e que não podias cruzar o portão lá no alto do carreiro de mão dada com ele, porque querias esperar cá fora por mim. Embora morresses velha no meu sonho, também tu não tinhas envelhecido. Quando morremos ficamos jovens outra vez, com trinta e poucos anos.

Cheguei a Nampula esta manhã, estou no hotel, é de noite, o meu segundo dia abaixo do equador vai correndo os taipais. Amanhã parto para norte, para Cuamba. Tento aprender a conviver com esta terra, tento não perder a compostura nesta montanha-russa de euforia e medo. Tento mostrar-me à altura das circunstâncias. Tento que Moçambique se mostre à altura das minhas exigências. Nos meus pesadelos é frequente estar nu ou seminu. Vou a caminhar pela rua ou estou num café ou no futebol e não tenho calças nem cuecas, apenas uma camisola comprida que quase me cobre o sexo mas que não chega propriamente a cobri-lo, e ando assim pelo meio das pessoas. Quero chegar depressa a casa, para vestir umas calças e pôr fim à impressão angustiante que me devora, mas a minha casa fica muito longe e só me resta ir a pé, a repuxar o cós da camisola, tentando disfarçar. As pessoas cruzam-se comigo, algumas metem conversa, olham-me de relance, mas todas, sem que eu perceba ao certo porquê, fingem não reparar no ridículo da minha seminudez. Dir-se-ia que esperam o momento propício para me acuarem, para fazerem troça de mim. Dir-se-ia que participam numa encenação elaborada. Dir-se-ia que aguardam um sinal. Esse sinal, sempre prestes a surgir, nunca surge, afinal. Em vez de romper a direito para casa, faço longos desvios, sigo os grupos de pessoas que se me atravessam no caminho, prolongo o tormento, como se também eu fizesse parte do conluio. Como se também eu aguardasse o sinal. Como se, no fim de contas, me coubesse a mim dar o sinal. Assim que desembarquei do avião nesta terra senti-me como nesse pesadelo recorrente, nu da cintura para baixo, a vaguear no meio da gente vestida dos pés à cabeça. Aqui, porém, ao contrário do que sucede no meu sonho, os olhares dos outros não se desviam com comiseração do meu ventre nu, não há uma trégua momentânea, ninguém parece disposto a protelar o bramido para dar início à batida. Todos me fitam avidamente, como se fossem recém-chegados ao meu pesadelo e não lhe conhecessem as convenções narrativas. Aqui, em Moçambique, o tão temido sinal já soou no meu pesadelo, as pessoas apontam-me o dedo, riem-se, não haverá dó nem piedade. Desperto do pesadelo, afasto-o de mim. Não posso perder de vista o que aqui me trouxe. Vim a Moçambique para suplantar o meu pai. Ele veio forçado, por causa da guerra. Eu vim porque quis. É certo que ele veio combater, o perigo era maior. Consolo-me dizendo a mim mesmo que para um branco, em Moçambique, há sempre guerra. Ainda assim, não esperava o que aqui vim encontrar. Vacilo, hesito, mas não posso dar parte de fraco.

Não estava preparado para Maputo, para a Polana. As casas da Polana parecem versões decrépitas das vivendas do Bairro do Arco do Cego. São moradias dos tempos coloniais, casinhas de dois andares com um patiozinho à frente, um muro alto, um portão de ferro no muro, adivinha-se um quintal nas traseiras, mas todas têm um ar envelhecido, mascavado, lascado pelo tempo, como os dentes de um pobre, todas têm remendos, azulejos desirmanados, grades enxertadas nas janelas, e todas, todas têm uma vedação electrificada no alto do muro, com painéis de plástico amarelos presos entre dois arames a dizer «*Danger* – Perigo – Vedação electrificada». O desenho de uma mão em silhueta, aberta, e em volta uma coroa de chispas negras semelhantes a raios numa banda desenhada para crianças, enganadoramente pueris. Maputo pede-me uma brutalidade que não tenho para lhe dar. Pede-me uma faceta implacável que eu julgava possuir e que talvez não passe, afinal, de uma quimera.

Moçambique é o outro em estado puro, sem diluição. Moçambique atira-me ao chão e passa-me por cima, sem dar explicações. Moçambique é a infância, sim, mas a infância tardia, desabrigada, feita de imagens que desbotam e tingem tudo à volta, imagens que, mais do que vistas por mim, parecem emanar de mim. Uma vez, há muitos anos, em Mafra, entrei com outras três pessoas num grande cercado onde vivia uma alcateia. Mal fechámos atrás de nós a porta dupla de rede, os lobos apareceram num cômoro, no meio dos eucaliptos, desceram a correr ao nosso encontro. Havia neles a excitação incontida de rufias em grupo à procura de zaragata, e o macho alfa veio direito a mim e empinou-se como um cavalinho e pôs-me as patas da frente no peito, tentando atirar-me ao chão, e eu afastei-o bruscamente e ele voltou a fazer o mesmo, voltei a empurrá-lo e ele tornou a cravar-me as unhas no peito e, ao fim de meio minuto desta coreografia, mordeu-me o braço esquerdo e não largou mais. Não interessa para o caso porque é que entrei no cercado nem quem ia comigo, também pouco importa como saí de lá, o que interessa é que senti as mandíbulas do lobo a apertarem-me o braço e senti os meus ossos a tomarem forma por dentro dos músculos. Vi os olhos amarelos do lobo a turvarem-se, ouvi um ronco a sair-lhe da garganta e pressenti a incrível fragilidade do meu corpo. Bastava o lobo apertar mais um pouco e o meu braço ia partir-se em dois como se fosse um pau seco. Quando desci do avião em Maputo, antes mesmo de sair do aeroporto, antes mesmo de mostrar o passaporte à funcionária atrás do balcão, ainda na fila, comecei a sentir a imensa fragilidade dos meus ossos, dos meus tendões, da minha pele. É uma impressão que sorvo do ar à minha volta, do campo periférico da minha visão, dos cheiros, de tudo o que acontece em meu redor. Neste lugar estou à mercê das imagens, neste lugar estou à mercê dos outros. Talvez Moçambique seja o lobo da infância a fincar-me os dentes no braço, de olhos turvados e ronco surdo na garganta.

Quando me divorciei da Fernanda fui a casa do meu pai para lho dizer. Preferi que ele soubesse por mim. Pela primeira e única vez em toda a sua vida, ele falou-me do próprio divórcio e esboçou uma explicação: «Quando voltei da guerra achei que não tinha de aturar certas coisas.» Mas ficou-se por aqui, não foi mais longe. Não justificou porque é que o casamento se prolongou sob a forma de adultério. Foi como se dissesse: «Quando voltei da guerra, aquela grande mentira, achei que passara a ter o direito de mentir também.» Sentado naquela sala do apartamento dos Olivais, estive prestes a perguntar-lhe: «E nós? E eu e a Leonor? E o patamar? Não nos viste ali?» Mas preferi calar-me, como sempre fizera. Verbalizar o passado, pedir contas ao meu pai, seria deitar pela janela décadas de um equilíbrio delicado, sabiamente construído, um pacto de não-agressão assente em vastas zonas de silêncio que ele se encarregava de disfarçar, falando pelos cotovelos. Apontar-lhe o dedo e pedir-lhe contas seria, por estranho que pareça, mostrar as minhas feridas, baixar a guarda, render-me. Seria dizer-lhe: «Sabes, magoaste-me.»

O epílogo do meu sonho de recém-casado variava consoante as noites. Às vezes, Amália, não encontravas em ti a força perversa suficiente para dizeres a verdade ao teu marido morto e acabavas por lhe dar a mão e subias a encosta e cruzavas o portão lá no alto só para não dissolveres no rosto dele o sorriso de alívio por te ver chegar. Mas na maior parte das vezes o sonho acabava em suspenso, sem que houvesse um desenlace, tu e ele frente a frente, ele com um esboço de pânico no rosto ao adivinhar a tua hesitação, tu paralisada pela imensidão do gesto que te era exigido, e aos poucos tudo ficava indistinto como as sombras de uma folhagem que o sol recorta no chão ao bater com força e que o vento depois vem agitar. Este sonho chegou a ter um lugar de destaque no meu mobiliário mental. Punha-me a pensar que, se morresses antes de mim, teria de arranjar maneira de morrer de imediato, sem perder muito tempo, para não te deixar fugir, para não chegares sozinha ao sopé da encosta com o muro lá no alto. Comigo ao teu lado, não terias de dizer uma palavra, ele perceberia tudo assim que nos visse, esconderia o rosto, transformar-se-ia na sombra da folhagem a tremular ao sol. Mas havia nesta solução qualquer coisa que me incomodava.

Toda a gente quer saber o que me traz aqui. Se não venho fazer negócio, trabalhar, ganhar dinheiro, se não vim matar caça grossa, se nem sequer nasci nesta terra e não venho à procura das memórias da infância ou da juventude, então devo ser parvo por me vir meter num buraco destes, parecem todos pensar, devo ser maluquinho. Ou então vim expiar pecados. Tenho muitos pecados para expiar, é certo, meus e alheios. A história do Artur não convence ninguém. O garoto, filho de uma prostituta, que o meu pai adoptou a meias com o furriel Gamito no Chicôco e que nenhum deles teve coragem de trazer para Portugal. No momento decisivo, sentados lado a lado na *Berliet*, com a coluna prestes a partir para sul, deixaram o miúdo afastar-se pelo campo de futebol de terra batida, nenhum deles ergueu a voz para o chamar, nenhum deles lhe deu a mão para o fazer subir para a camioneta. Nenhum deles quis assumir aquela responsabilidade, ambos se assustaram perante a vertigem do irreversível, nenhum deles quis trazer para Portugal um corpo vivo, os olhos e os ouvidos e a boca de um filho negro da guerra, alguém que, crescendo, todos os dias lhes pediria contas, todos os dias os obrigaria a serem melhores. Trouxeram na mala despojos de guerra singelos e fáceis de arrumar, flechas e lanças artesanais, cavilhas de granada, cartuchos vazios, espinhos de porco-espinho. E o furriel Gamito, à falta do próprio Artur, trouxe na bagagem o uniforme em miniatura que mandou confeccionar, com o tecido de uma camisa de camuflado, ao alfaiate do aldeamento nativo, o uniforme que o miúdo traz vestido em tantas fotografias em que ele surge com o meu pai, com o furriel Gamito.

As pessoas perguntam-me: «Mas é seu irmão? Ah, não é? Mesmo assim veio à procura dele, quer encontrá-lo, é isso? Hum...» Custa-lhes a entender o que faço em Moçambique, talvez achem que vim até aqui para exibir o diletantismo de um turista da guerra, de um lorde inglês a saborear as delícias de uma noite de deboche nos bairros miseráveis da Londres de Oitocentos. Um excursionista numa colónia penal, um branco voluntariamente acorrentado no porão de um navio negreiro para perceber como se sobrevive à travessia do Atlântico, um homem são a deambular de cadeira de rodas numa enfermaria para doentes com lesões na coluna vertebral. A minha presença neste lugar é ligeiramente insultuosa para quem aqui vive. Mereço tudo o que me acontecer, estou a pedi-las, vou pagá-las todas, em mim se fará o ajuste de contas. Em mim se mitigará, por pouco que seja, o abismo que separa dois mundos. Em mim todos se poderão desforrar de uma genealogia de traições, enganos e prepotências. A mim será exigido o cumprimento das promessas que os meus antecessores de pele branca não puderam ou não quiseram cumprir. Em mim a mentira íntima reencontrará a sua vocação universal.

O macho alfa da alcateia distinguiu-me logo lá de longe, do cume do monte, era eu o mais alto, era eu o macho alfa daquele bando de forasteiros. Aqui é o mesmo, todos me topam ao longe, todas as cabeças se viram nas ruas à minha passagem. Ontem, ao almoço, a Cristina Matos, a professora da Universidade Pedagógica de Maputo cujo contacto me arranjaram aí em Portugal, virou-se para mim com ar de ligeira preocupação e disse-me:

— Quer dizer que vais para o Niassa…

E depois perguntou:

— Mas é um projecto académico? Não? Ah, é mesmo só curiosidade…

E pelos olhos dela perpassou aquele vidrado fugaz de quem vê um tipo a andar na rua em mangas de camisa no pino do Inverno ou uma mãe a deixar o filho pequeno debruçar-se de uma janela muito alta. Um olhar que foi como se ela dissesse: «Bem, não é nada comigo, tu lá sabes o que fazes. Estás por tua conta.» Os verdadeiros motivos desta minha visita não podem ser confiados a ninguém. Não posso partilhar com ninguém as imagens que aqui me trazem. São como os frescos romanos que a tuneladora põe à vista no *Roma*, de Fellini. Expostos aos olhares alheios, empastelam-se, fenecem num ápice.

Lido com o medo da morte arquitectando fábulas laboriosas, compondo, para me tranquilizar, ficções assentes num critério exclusivamente estético. Como Sebastian Flyte, que diz a Charles Ryder que acredita na história dos Reis Magos e da estrela de Belém e do burro e da vaca atrás da manjedoura, porque são narrativas lindíssimas e a fé dele é assim mesmo, acredita nas coisas por serem belas. Também eu acredito nos Reis Magos e no burro e na vaca, mas em relação à morte e ao que sucede depois não recorro à Bíblia, vou fantasiando para assim tirar tempo de antena aos meus demónios interiores. Morrer e ir para o outro mundo é como reentrar na atmosfera terrestre aos comandos de uma nave espacial, só que, em vez de reentrarmos na atmosfera, entramos no outro mundo. É uma jornada perigosa, o mínimo erro de cálculo pode deitar tudo a perder, podemos desintegrar-nos, morrer de novo, desta vez definitivamente, e acabar fechados num quarto escuro para todo o sempre. Mas há diferenças assinaláveis consoante a maneira como se morreu. Os que morrem por doença ou acidente fazem a travessia para o outro mundo em naves de passageiros comandadas por pilotos experimentados, enquanto os suicidas dão por si sozinhos, aos comandos de um pequeno módulo, tendo diante dos olhos um painel de instrumentos com dúzias de botões coloridos e luzes a piscar, e uma voz diz-lhes ao ouvido: «Agora amanha-te.» Comecei a pensar que não poderia suicidar-me a seguir a tu morreres, que tu serias levada para um lado e eu para outro, tu para a nave-transatlântico, eu para a nave-motoreta, que eu acabaria inevitavelmente por me estampar e ficaria fechado no quarto escuro, a espreitar pelo buraco da fechadura ou pela fresta do correio, a ver-te chegar sozinha junto do teu primeiro marido, a ver-vos subir a encosta lado a lado uma vez e outra e outra, incessantemente. Foi então que te abracei com força na cozinha e te pedi em voz baixa que me jurasses que iríamos morrer de mãos dadas, no mesmo dia, à mesma hora. Disseste-me logo que sim, pareceu-me que não estranhaste um pedido tão mórbido, tão doentio. Pareceu-me até que esperavas que eu o formulasse, que terias ficado desiludida se eu não o tivesse feito. Há uma fotografia a preto-e-branco do Stefan Zweig deitado na cama ao lado da mulher, os dois mortos, de boca aberta. Se nos matarmos ao mesmo tempo, daremos por nós numa pequena nave de dois lugares, uma nave-avioneta, comigo sentado aos comandos, e uma voz dir-nos-á ao ouvido: «Agora amanhem-se.» Assim, pelo menos, se alguma coisa correr mal na travessia, acabaremos ambos fechados no mesmo quarto escuro. Conversaremos um com o outro nas trevas, poderemos tocar no rosto e nas mãos um do outro, faremos amor de vez em quando. Acho que não nos irão negar essa benesse, acho que não nos irão separar.

Estou sempre a perguntar-te: «E quando eu já não for capaz, ainda vais gostar de mim?» Dizes sempre que sim, chamas-me tolo, duvido sempre de ti. É tão importante, o acto físico. Talvez no tal quarto escuro fazer amor contigo seja apenas tocar com o meu pé no teu pé, sem outro esforço, sem outra exigência.

Estou há dois dias em Moçambique e amei-te mais nestas quarenta e oito horas do que num ano inteiro aí em Portugal. Amo-te mais nesta terra porque olho em volta de mim e gosto de te imaginar transplantada para aqui, frágil e indefesa neste lugar feroz. Imagino-te desorientada no meio deste trânsito caótico, a fazeres-te forte diante das vedações electrificadas das casas da Polana, a ensinares às nossas filhas, ainda bebés, que não se pode pôr a mão naqueles arames. Amo-te nos aleijões desta terra porque aqui estarias mais indefesa do que nunca, e eu gosto de te ver, aparentemente tão fraca e delicada, a fazeres-te forte e corajosa. Amo-te nos prédios escalavrados, nos bairros-de-lata, no lixo que se amontoa por todo o lado, nas multidões descalças, nos carros que parecem presos por arames, nas poças de água suja, no ar de abandono de todas as coisas, nos pavões presidenciais a esgravatarem no meio do mosquedo e dos sacos de plástico. Amo-te nos contrastes obscenos, nos prédios novos de Maputo, arranha-céus medonhos no meio da merda, que parecem feitos de plástico barato. Amo-te neste hotel de Nampula com nome pseudo-inglês, o Indicus Hotel, enorme, a brilhar de novo, os donos indianos de trombas atrás do balcão da recepção enquanto, do outro lado da avenida cheia de buracos, se alinham as vivendas decadentes da época colonial, agora habitadas por gente paupérrima, uma lógica de cerco, de campo entrincheirado no meio da savana.

Depois de o meu pai morrer, a minha madrasta entregou-me os diários de guerra dele. Na sua letra maniacamente miudinha, entre anotações sobre os telegramas, cartas e aerogramas que enviou e recebeu, referências às caçadas, às operações militares, aos resultados da bola ouvidos nos relatos da rádio, aos tratamentos médicos que prestou à tropa e aos nativos, aos livros que leu e filmes que viu no mato, entre comentários cáusticos e apreciações elogiosas sobre pessoas e lugares, o meu pai escreveu, no dia em que o alferes Gomes e o alferes Matias regressaram ao Chicôco, ao fim de três dias inteiros a vaguearem pelo mato, sem o guerrilheiro que tinham levado sob prisão para lhes indicar um esconderijo de armas: «Dia mais negro da comissão até agora. Regresso do Gomes e do Matias. Não trouxeram nenhuma arma e, a partir desta operação, não podem mais ter a consciência tranquila. Sinto-me o mais infeliz dos homens por me ver "metido" nesta porcaria. Poderei esquecer o dia de hoje?» Ler isto foi para mim libertador. Com o mais infeliz dos homens posso conversar, posso trocar impressões. Ao mais infeliz dos homens posso dar consolo. O mais infeliz dos homens traz em si uma dose de infelicidade tão grande como a minha, somos companheiros, compreendemo-nos, há entre nós um laço que nenhuma felicidade pode dissolver.

No aeroporto de Maputo apanhei um táxi a cair de podre, amarelo e verde, o taxista chamava-se José Muerere, um rapaz novo, de sorriso difícil. Sentei-me à frente, ao lado dele, a porta do meu lado não fechava, ele levantou-se e deu a volta pela parte da frente do carro e veio fechá-la à bruta, «tem um jeito», metemos pela Avenida Joaquim Chissano e nas bermas da avenida havia terra, muita terra avermelhada, casas baixas de tijolos de adobe à mistura com barracas de chapa ondulada, um mar de barracas a perder de vista, e acho que foi isto que me fez mais impressão logo de entrada, esta tonalidade de que os meus olhos já se tinham desabituado, a cor da terra nua dentro da cidade, a cor da miséria, a cor da terra despida e calcada por mil pés que expulsámos metodicamente aí de Lisboa, cobrindo-a de asfalto, de betão, de calçada portuguesa, de empedrado, de relva verde, escondendo-a nos subúrbios, longe do centro da cidade, e que ali se oferecia ao meu olhar, encarnada como pó de tijolo, a prometer lama na estação das chuvas e a desfazer-se em colunas de poeira neste mês de Agosto. E por todo o lado na orla daquele imenso bairro pobre havia lixo, lixo aos montes, e andavam por ali mulheres com coletes reflectores a apanhar o lixo com pás e baldes para depois o irem despejar em contentores metálicos colossais, parecidos com contentores de entulho das obras, mas muito maiores, e via-se logo que elas nunca iriam conseguir apanhar aquele lixo todo, e via-se logo que elas sabiam que a tarefa era inglória e inútil e que não valia a pena empenharem-se muito e todas pareciam muito cansadas. E o José viu-me a olhar para o lixo e para as mulheres e disse:

— É a nossa realidade.

No rádio, um *rapper* contava aos berros a história de uma noite de farra em que se embebedara e vomitara no meio da pista de dança, e de vez em quando repetia o refrão: «Estou na merda!»

Há muitos anos, nas nossas primeiras férias no estrangeiro, andámos pelo Norte de Itália, passámos por Veneza. Estávamos ainda a descobrir-nos. Pude contemplar-te com vagar, usavas saias curtas, confirmei que tinhas umas belas pernas. Tinhas um sinal de nascença na coxa esquerda, cá no alto, uma grande mancha cor de café com leite, bem visível, ora mais escura, ora mais clara, ao sabor dos batimentos do teu coração, dir-se-ia, ao sabor das tuas emoções. Não me importei, as tuas pernas eram, ainda assim, soberbas, exibia-las sem parecer que as exibias deliberadamente, como se não fosse nada contigo. E eras calada, não falavas muito. Isso era o mais importante. Isso e não fazeres troça de mim. Persegui os gatos de Veneza pelas ruas estreitas, eles não me ligavam nenhuma, mal eu estendia o braço fugiam logo de mim. Tu ficavas a ver-me o tempo que fosse preciso, sem ironia nem fastio, sem nunca me apressares, sem nunca me dizeres «despacha-te, sim?» ou «pára lá com isso». Como se tudo o que eu fazia te interessasse. Amar-te foi dormir contigo num *albergo* escondido numa ruela de Cannaregio. Nunca ninguém me aceitara como um todo, sem escolher um bocado e rejeitar o resto, sem me descascar, sem cuspir as grainhas. Não tinhas vergonha do teu sinal na coxa, tão grande e tão evidente. Não o mostravas ostensivamente, também não o escondias. Davas-me breves lições discretas sobre a melhor maneira de vivermos com o nosso corpo. Parecias disponível para te deixares anexar sem alarido. Não ligavas muito ao dinheiro, gastava-lo sem grandes angústias. Mesmo assim não chegámos a andar de gôndola em Veneza, porque era caro e os turistas olhavam e apontavam e fotografavam os outros turistas nas gôndolas, e eu não queria dar espectáculo. O pavor do ridículo paralisa-me, a repugnância por aquilo a que o meu pai chamava «dar espectáculo». «Espectáculo» era tudo o que fazia convergir sobre alguém os olhares alheios. Apaixonei-me por ti porque não dás «espectáculo», apaixonámo-nos discretamente, às escondidas um do outro, resistimos até onde pudemos a dar voz ao nosso amor, resisto a telefonar-te, a mandar-te mensagens de telemóvel, a verter sobre nós a banalidade do já cheguei, do estou a chegar, do a que horas chegas, da tecnologia portátil.

Completamente estoirado do voo nocturno, pus-me a contemplar o oceano Índico da esplanada do Clube Marítimo, em Maputo, onde a Cristina Matos me levou ontem a almoçar. Não havia um único negro sentado na esplanada, Amália. Os empregados eram todos negros. A certa altura chegou uma mulata e sentou-se. À uma e um quarto da tarde, tomei nota no meu caderno de viagem da distribuição étnica naquele lugar. Vinte e sete clientes na esplanada: a mulata acabada de chegar, uma mulher de ascendência indiana, que era a própria Cristina Matos, quatro asiáticos, muito provavelmente chineses, vinte e um brancos, entre os quais eu. Aprendi em tempos, deve ter sido na faculdade, que as estatísticas, para terem validade científica, têm de assentar em números quantitativamente relevantes. Mas, sabes, há muito que me estou nas tintas para a validade científica das coisas. Interessam-me os pequenos números, as impressões fugazes, os fotogramas desfocados, os momentos irrepetíveis. Vinte e um brancos, quatro chineses, uma mulata, uma indiana e nem um só negro sentado na esplanada do Clube Marítimo à uma e um quarto da tarde em ponto de um dia de Agosto de dois mil e quinze, em Maputo. E todos servidos por empregados negros. Viam-se outros negros lá em baixo, ao longe, no enorme areal vasoso da maré baixa, a apanhar marisco. O *chef* veio falar connosco no final da refeição, a perguntar se os camarões estavam bons. Era branco, italiano.

Aqui sou o branco. Aqui vejo-me englobado numa categoria com muitos outros, como se a eles me unisse um laço qualquer — os brancos. Não estou habituado. Aqui sou eu e sou também o branco, sou duas coisas ao mesmo tempo. Sou até mais coisas. Sou eu, sou o branco, sou o português, sou o abastado, sou o macho. Cada uma destas condições acessórias, a que nesta terra não consigo escapar, acarreta privilégios, responsabilidades, riscos. Sou obrigado a tê-las todas presentes, sempre. Esta sobrecarga deixa-me exausto. Às três pancadas, à medida que crescia, fui aprendendo a ser eu. Mas nunca aprendi a ser o branco, a ser o português, a ser o abastado, a ser o macho. Os olhares que aqui me procuram constroem em mim a cada passo uma nova pessoa que eu não sabia existir debaixo da minha pele. Nesta terra, o outro está entranhado em mim. Como num bom filme de terror, o veneno que nos vai matar encontra-se no mais fundo de nós.

À saída, quando voltámos para o carro, na marginal, vieram uns rapazes vender cocos e a Cristina falou-lhes como se fala com os pobres, em voz alta e ríspida, «espera lá, vamos com calma», sentou-se ao volante, fechou a porta do carro, eu sentei-me à esquerda dela e fechei também a minha porta, depois ela baixou um terço do vidro e perguntou a um dos rapazes quanto custavam os cocos e pôs-se a regatear o preço, «não, isso é muito caro», meteu a chave na ignição e fez de conta que se desinteressava, eles baixaram de imediato o preço e ela disse «vá, então dá-me lá dois cocos» e mandou-os abrirem um buraco em cada coco com a catana e disse para não se esquecerem das palhinhas de plástico e baixou um pouco mais o vidro para os cocos passarem e em seguida tornou a subi-lo e estendeu a nota e recebeu o troco pela fresta e arrancámos e o carro meteu uma roda num buraco e deu um solavanco brutal e metade da água do meu coco derramou-se e encharcou-me as calças e escorreu pelo fundo do carro. Mas o calor era tanto que se evaporou num instante e as calças eram mesmo de secagem rápida como prometia a etiqueta.

À primeira vista, deixas-me ocupar muito espaço dentro de ti. Eu delimito cuidadosamente o espaço que te deixo ocupar dentro de mim. Tenho pouco espaço disponível, sou uma pessoa pouco espaçosa por dentro. Sou muito compartimentado, as coisas não fluem de umas gavetas para as outras. Percebeste que sou esta coisa apertada, aperreada, como dizia a minha avó, e gostaste de mim na mesma. Não como se eu fosse um aleijado ou alguém a precisar de tratamento ou de cura. Aceitaste a minha realidade exígua e instalaste-te lá, no recanto que te apontei, sem te queixares nem reclamares mais espaço, com uma prontidão quase suspeita.

Depois do almoço a Cristina deixou-me na pensão, perguntei-lhe onde era o Museu de História Natural, ela disse-me que era ao fundo da rua, «dá para ir a pé», tomei outro duche, sempre a cuspir para não engolir água, lavei os dentes com água engarrafada, saí da pensão com a máquina fotográfica traçada a tiracolo, já com o museu à vista sentei-me numa esplanada, pedi uma *Coca-Cola* de lata, depois levantei-me e entrei no café para pagar, o dono era branco, meti conversa com ele, perguntei-lhe se as vedações electrificadas das casas estavam ligadas em pleno dia: «Isso das redes electrificadas foi das coisas que mais me impressionou quando aqui cheguei», ele desatou a falar sofregamente comigo, «sim, a lei permite-o», como se me esperasse há muito tempo para desabafar, «aliás, nesta terra não há leis, cada qual faz o que muito bem lhe apetece», falava a meia-voz, «eu não tenho rede electrificada em minha casa porque passam lá crianças a caminho da escola e às vezes saltam a rede para apanhar a fruta das árvores do meu quintal, e se uma delas morre é logo: "Ai-jesus, que o português é um patife"», baixava o tom ainda mais até um sussurro conspirativo de cada vez que um dos empregados se aproximava, «se morrerem na casa de um moçambicano não há problema nenhum, quem é que as mandou saltar o muro, mas se for na casa do português estou tramado», os empregados eram todos negros, claro, «tenho tido sorte, nunca fui assaltado», parecia um Robinson Crusoe, «tenho lá um casal de cães de guarda bem ferozes, solto-os de noite, eles não aceitam comida de ninguém», parecia um Robinson Crusoe há longos anos na sua ilha deserta visitada por antropófagos, «arranjei um casal porque me avisaram que se fosse só um macho os ladrões podiam lá meter uma cadela com o cio para o distrair, para ele ir atrás dela pinar e eles poderem entrar à vontade», um Robinson Crusoe ao dar de caras na praia com um outro náufrago branco, «há assaltos todos os dias, põem tapetes por cima do arame farpado, cortam as grades das janelas com uns alicates enormes, entram nas casas e roubam tudo», um Robinson Crusoe feliz e aliviado, mas ainda temeroso de a qualquer momento ver chegar as pirogas dos canibais, «aqui no café tenho de estar sempre de olho nos empregados, senão roubam o dinheiro da caixa, roubam os produtos, roubam tudo», afagava o bigode e olhava por cima do meu ombro para os empregados, «não confio em ninguém, não há aqui um gajo em quem eu possa confiar, não há um por quem eu ponha as mãos no fogo», falava «deles», dos Moçambicanos, dos negros, no tom de frustração e de raiva contida de quem fala de uns parentes irresponsáveis que nos calharam em sorte, «para onde é que estás a olhar, pá? não tens nada para fazer? estão clientes à espera na esplanada, não vês?», falava comigo sem me olhar nos olhos, «é sempre isto, sabe, sempre pasmados a olhar, mas sabem-na toda», falava comigo como que a desculpar-se por estar ali, «este país tem tudo, tudo para se desenvolver, para ser rico», não me perguntou quem eu era, «até petróleo tem», não me perguntou o que eu viera fazer a Moçambique, «estes tipos não têm é cabeça, os gajos que mandam só querem roubar, os outros seguem-lhes o exemplo», era uma esplanada coberta, havia duas televisões enormes montadas lá no alto, ambas sintonizadas na SIC, «eu aqui não vou ao hospital, nem pensar», incêndios em Portugal, «fiz um seguro de saúde com uma empresa daqui», proibida a apanha de amêijoa, mexilhão e outros bivalves no estuário do Tejo, «se eu, a minha mulher ou o meu filho tivermos um problema de saúde, somos logo evacuados de avião ou de helicóptero para a África do Sul», Duarte Lima vendeu quadro de Brueghel, «nos hospitais daqui é que não me apanham, só se eu fosse maluco», Américo Amorim empobreceu, mas ainda é o mais rico, «vim para Moçambique para desenrascar um amigo, não pensava cá ficar», o *mullah* Omar está morto, «tenho cinquenta e seis anos, há quatro anos um conterrâneo meu foi lá a Portugal e pediu-me que viesse tomar conta deste café, para isto não ir por água abaixo», a pré-época do Benfica, «eu contava que fosse coisa de um ano ou dois, até ele arranjar outra pessoa», Jorge Mendes vai casar-se, «mas trouxe comigo a minha mulher e o meu filho, o rapaz começou a namorar com uma moça daqui, agora quer-se casar com ela», sentados nas mesas da esplanada só havia brancos, «é filho único, a minha mulher só o vê a ele, é "o meu menino" para aqui, "o meu menino" para acolá, há-de ser sempre "o meu menino", mesmo quando tiver quarenta anos», nem um chinês, «e então fomos ficando, mas vivo com medo, sabe», nem um indiano, «vivo com muito medo».

O Museu de História Natural de Maputo é uma relíquia macabra. Quis lá ir por causa dos diapositivos que o meu pai às vezes mostrava, em dias de festa. Apagavam-se as luzes e na parede branca estampavam-se as imagens, eu e a Leonor em crianças, no Portugal dos Pequenitos ou na serra da Estrela, a brincar com a neve, perfilados diante do *Carocha* branco ou então ao colo da nossa mãe, sempre de rostos crispados e expressão atormentada por causa do sol a chicotear-nos os olhos. Os retratos desfilavam na parede com cores muito vivas, brutais na sua pureza, vermelhos, azuis, brancos imaculados, cores nítidas, silhuetas bem recortadas, rostos em primeiro plano, gestos sem disfarce. Depois chegavam três fotografias que o pai tirara em Lourenço Marques, à ida para a guerra ou no regresso, numa escala do *Vera Cruz*, uma cena imersa num halo de escuridão, a luz a coar-se do alto, suave e límpida, destacando os animais sobre o fundo muito negro como figuras assomando ao nosso encontro numa tela de Caravaggio. Era uma luta de morte entre um búfalo-cafre e um bando de leões, fotografada de vários ângulos. Os animais, embora embalsamados, pareciam vivos. Ou antes, pareciam petrificados por artes mágicas, aguardando somente que alguém lançasse um novo feitiço para retomarem os gestos interrompidos. O búfalo tinha no dorso enormes lanhos sangrentos, mas conseguira derrubar uma leoa, que jazia agora entre os cascos dianteiros dele e que, de dentes arreganhados, tentava defender-se da cornada iminente. Havia um leão de juba farta, suspenso no ar em pleno salto, prestes a fincar as garras nos quartos traseiros do búfalo. E havia uma leoa com as tripas de fora caída ao lado, na penumbra, no meio dos tufos de falso capim.

O museu é bonitinho por fora, em estilo bolo de noiva pseudo-manuelino. Por dentro arrasta-se, malferido e bolorento, porque sim, porque não há dinheiro nem energia para virar a página, porque a força do que existe pesa sobre as coisas e faz estiolar o que poderia existir, porque a violência não dá tréguas e não deixa revisitar o passado com gestos serenos e joeirá-lo para reter as pepitas de ouro e deitar fora a tralha e lavar os soalhos e arejar as salas. Os animais estão cheios de pó, corroídos da gangrena, há um leopardo cinzento, já sem manchas, com a cauda partida, a palha a ver-se. O búfalo e os leões que o meu pai fotografou estão ainda no seu lugar, na sala principal, debaixo de uma enorme clarabóia, na mesma posição de há cinquenta anos, mas, vistos de perto, à luz crua do sol que dardeja dos vidros sujos, não têm encanto algum, parecem pessoas vestidas com peles de animais que lhes servem mal, nuns casos demasiado justas, noutros a dançarem-lhes no corpo, os olhos de vidro esbugalhados, as pálpebras secas e peladas. Os leões envolvidos na refrega têm as garras pintadas de fresco com tinta *vermelho-Ferrari*, tão espessa que se notam as estrias dos pêlos do pincel com que foi feito o trabalho. O búfalo tem manchas da mesma cor a reluzir nas feridas do dorso.

Vim até Moçambique em busca do tempo em que eu e a Leonor ainda não tínhamos envenenado os nossos rios com metais pesados, derrubado as nossas florestas virgens. Os nossos pais já eram quem eram, tudo o que iriam fazer estava já inscrito neles, mas eu e a Leonor ainda não éramos capazes de perceber. Brincávamos com a neve na serra da Estrela, sentíamos a água gelada a escorrer-nos pelo braço abaixo. Apanhávamos folhas secas do chão no jardim do Campo Pequeno, rodávamos o pecíolo das folhas entre os dedos como se elas fossem cata-ventos. A neve e as folhas de plátano saturavam os nossos sentidos, embriagavam-nos, eram uma droga poderosa. Eram o antídoto contra o que desde cedo pressentimos na substância das coisas, nos gestos do nosso pai e da nossa mãe: rebarbas, estilhaços, arestas vivas. Quando crescemos e nos faltaram a neve e as folhas mortas, só nos restou, cheios de repugnância, à falta de alternativa, tentarmos ser como eles.

À entrada atribuíram-me um guia, um rapaz simpático chamado Miguel Gonçalves, é estagiário no museu e quer ser guia turístico. Tímido, foi-me dizendo coisas a medo acerca de cada um dos animais, fazendo muitos gestos com as mãos, até que cometi a asneira de acrescentar um pormenor a uma frase dele acerca dos rinocerontes e ele sorriu e calou-se e não falou mais e começou a seguir-me em silêncio. Só tornou a abrir a boca diante da «maior colecção de fetos de elefante do mundo», um expositor envidraçado com catorze abortos paquidérmicos em filas sucessivas, desde um monstrozinho amarelado do tamanho de uma fava, metido em formol, até um boneco reboludo que parece feito de gesso, do tamanho de um bezerro, com um cordão umbilical ressequido a sair-lhe do fundo da pança, pintado da mesma cor cinzenta dos peixes-serra do andar de cima. O Miguel começou a debitar a lengalenga acerca dos fetos de elefante que decorou para estas ocasiões e disse: «Essa é a peça mais valiosa do nosso museu, a gestação do elefante dura vinte e dois meses, mais do que o dobro do ser humano, esses fetos foram recolhidos durante uma matança de elefantes a sul de Maputo, durante a Primeira Guerra Mundial, para limpar o terreno para a agricultura, o chefe da brigada de caçadores era o Senhor Carreira, que por sorte teve a feliz inspiração de mandar abrir a barriga das fêmeas todas e conservar os fetos, hoje em dia uma coisa assim não seria possível, matar dois mil elefantes de uma assentada, e para agravar ainda mais o crime a área em questão acabou por nunca ser aproveitada para a agricultura, foi um triste acontecimento mas ficou essa colecção, que é única no mundo.»

Esta terra não me explica nada. É um lugar onde um véu acrescido de distância me isola dos outros. Um lugar onde uma violência latente parece extremar posições. Um lugar onde se reencenam velhos conflitos que o tempo deixou em carne viva. Um lugar onde não há paz. Aqui, à primeira vista, é tudo à bruta, há vítimas e carrascos. Na verdade, é mais subtil. Em cada instante é preciso decidir se queremos ser vítimas ou carrascos. Podemos ser vítimas agora e carrascos daqui a cinco minutos ou o contrário. Isabela Figueiredo diz que há inocentes-inocentes e inocentes-culpados. Diz que há vítimas-vítimas e vítimas-culpadas. E diz que entre as vítimas há carrascos. O meu pai veio para a guerra à força, mas veio. A guerra deu-lhe cabo da vida, mas ele fê-la. Detestava a tropa, mas deitou-se com as pretas. Tinha pena desta gente, mas foi-se embora e nunca mais cá voltou. Adoptou o Artur no mato, mas, na hora de partir, deixou-o para trás e nunca, nunca me falou dele. Achava-se uma vítima da guerra, da tropa. As histórias da guerra que ele contava, mais do que uma narração, eram uma longa justificação. Não vale a pena dizer a esta gente que sou filho de um carrasco-vítima. Aqui, aos olhos destas pessoas, o meu pai foi apenas carrasco. O Artur é uma vítima, sobre isso não há dúvida. Por isso é que vim à procura dele. Talvez não o queira encontrar verdadeiramente. Talvez tema que entretanto ele se tenha transformado em carrasco. E eu? Sou vítima, claro. E carrasco também. Esta terra, aparentemente tão disjuntiva, é afinal o lugar da mais completa diluição, o lugar onde salta à vista a sobreposição dos papéis e dos corpos, vítima e carrasco, inocente e culpado. Julguei vir a Moçambique em busca do tempo em que o meu pai, carrasco-vítima, podia ainda dizer convictamente que era apenas vítima. Talvez tenha vindo, afinal, curar-me desta minha ânsia de compartimentação. E deixar aqui os meus mortos, se for capaz.

Perguntei ao Miguel se não haveria no museu uma publicação sobre a colecção dos fetos, para eu tentar saber mais acerca do tal Senhor Carreira, acerca da operação de limpeza que matou dois mil elefantes. Ele disse-me:

— Talvez na biblioteca, eu levo-o lá.

Passámos por um aquário acanhado de água pardacenta, com um peixe solitário e banalíssimo que parecia um pastel de bacalhau amassado com lama a levantar nuvens de vasa de cada vez que afocinhava. Um letreiro: «Não mexer no aquário.» Passámos por carrosséis avariados de zebras e gnus, por um painel a dizer que «é interdito ao visitante apresentar-se embriagado, utilizar linguagem ou atitudes imoderadas, tocar nos objectos expostos ou ocasionar danos», por um celacanto envernizado, de barbatanas ratadas, por um formigueiro em corte longitudinal com dez pisos abaixo do chão e carreiros de formigas embalsamadas a desfilar nas galerias. Passámos pela sala da secção de etnologia, cheia de alunos de um liceu, rapazes e raparigas de uniforme, camisa branca, saia ou calças azuis, lenço ao pescoço, parados à frente de estatuetas de madeira entregues à sua sorte dentro de vitrinas poeirentas, sem uma legenda a resgatá-las do anonimato, como vultos numa multidão, à mistura com bustos da época colonial que se percebia representarem as raças de Moçambique, também eles sem legendas. Um outro guia, mais velho, piscou o olho ao Miguel, virou-se para os alunos, apontou para um busto no seu pedestal e disse muito alto:

— Atenção, meninos! Este é o maconde.

O bibliotecário era muito simpático, tinha no olhar o brilho histriónico de uma personagem secundária de uma comédia de enganos, um ar de *compère* prestes a perder a compostura e a desatar à gargalhada. Ouviu o meu pedido, disse logo que não, que não tinham nada sobre os fetos de elefante nem sobre o massacre nem sobre o Senhor Carreira. Perguntei se a biblioteca tinha um catálogo, disse-me que não, «não temos catálogo», e arregalou os olhos como se tivesse acabado de dizer uma piada e estivesse à espera de que eu me risse ou desse a deixa para ele se rir também. «Talvez haja aqui alguma coisa», acabou por me dizer, sem grande convicção, com o ar desajeitado de um comediante a interpretar um papel sério, e tirou de uma estante de metal uma pilha de revistas científicas francesas muito antigas, dos tempos coloniais, cheias de manchas cor de vinho dos agrafos ferrugentos. Sentei-me à mesa a folhear as revistas para não parecer altivo, sabendo que não ia encontrar ali nada que me interessasse. Entrou uma mulher de bata branca, o bibliotecário disse-lhe:

— Este senhor é de Portugal. Veio fazer uma investigação e vai-nos levar com ele para Lisboa.

E desataram os dois a rir. Fotografei-os em frente de uma das estantes de metal, juntamente com o Miguel, pedi-lhes «só mais uma», depois «só mais uma». Atrás deles, na estante, no meio de revistas alemãs e inglesas encadernadas, do tempo da outra senhora, havia uma prateleira cheia de livros de ficção científica em formato de bolso, edições da Europa-América e de editoras americanas manhosas, com capas inconcebíveis e títulos a condizer, todos a desfazerem-se, de lombadas partidas, páginas esbeiçadas. *O Número do Monstro. O Ano do Cometa. A Tentação Cósmica. Corrupção nas Galáxias.* O bibliotecário disse-me que a directora do museu tem medo de cobras e todos se riram de novo e eu ri-me também e tirei-lhes mais uma fotografia, «só mais uma».

A Cristina foi buscar-me ao museu para jantarmos, meteu pela marginal, viu dois polícias ao longe, abrandou, disse-me em tom de confidência:

— Estão ali polícias. Tento evitá-los ao máximo, porque alguns são corruptos. Ando sempre com uma bata no carro para vestir quando aparece a polícia. Digo que sou professora universitária, eles respeitam muito os professores e os médicos.

Esquece o que eu disse há pouco, Amália. Não sou vítima. Vítima é que nunca. Tenho a sofreguidão dos deserdados, dos famélicos da terra. Tenho fome e tenho sede, quero tudo para mim. Quero o teu amor só para mim, quero a tua tristeza, a tua esperança, tudo só para mim. E tenho medo, muito medo. Medo da decrepitude. Medo de ficar impotente. Esse dia vai chegar, sei-o, sinto-o. Hei-de adiá-lo à força de gritos, à força de certezas absolutas, à força de temeridade, a golpes de arrojo. Tenho aquilo a que Michael Herr chamou «a força de que as vítimas se conseguem munir». Nada poderá deter-me, nada poderá vencer-me.

Esta manhã, quando acordei às cinco horas, achei Maputo uma cidade bela. Tocou o despertador, lavei-me na banheira, fiz a barba, acabei de fazer a mala, distribuí a tralha toda pelos bolsos, pelos ombros e pelas mãos, carteira, mala de viagem, telemóvel, máquina fotográfica, bateria extra para a máquina, caderno de viagem, esferográficas, passaporte, lenços de papel humedecidos, saí para o passeio em frente à pensão e fiquei à espera do táxi do José Muerere na escuridão da rua deserta. Não se via ninguém, havia nas trevas uma pacatez lisboeta, ali a dois passos erguia-se uma bomba de gasolina com uma luz suave a brilhar junto à caixa registadora e ao lado da bomba havia um prédio devoluto, a carcaça de um prédio, janelas sem vidraças nem caixilhos, um paralelepípedo crivado de buracos rectangulares, e os passeios eram os mesmos de ontem, escavacados e sujos, mas havia naquela escuridão uma realidade rarefeita que não me interpelava, não me pedia contas. Passaram dois brancos de calções e ténis, a correr, todos suados, e um deles perguntou-me em inglês se aquela pensão era boa e eu fiz um gesto a dizer «assim, assim» e ele ergueu o polegar e afastou-se a correr vagarosamente com o amigo, e nesse momento apareceu o táxi verde e amarelo do José Muerere e achei-o cómico, sabes, deu-me vontade de rir, quase sem luzes, só os mínimos, a chapa toda amolgada, cheia de vincos, como se a carroçaria fosse feita de papel amachucado, cumprimentei o José e ele esboçou um sorriso, coisa rara, o primeiro sorriso do José Muerere, embora sem mostrar os dentes, ainda comedido, talvez a apalpar terreno. Aos poucos, as coisas começavam a brilhar à luz da alvorada, a porta do meu lado tornou a não fechar, só à terceira, só ao pontapé, tornei a sentar-me à frente, no lugar do morto, para não criar entre mim e o taxista negro uma barreira física, mas falta-me a convicção, falta-me a naturalidade dos que se sentem genuinamente irmãos de todos os homens. O carro arrancou e pressentiam-se coisas a mexer por baixo, a panela do escape aos coices, o táxi parecia um búfalo com as tripas de fora a fugir dos leões, mas na alvorada de hoje em Maputo senti-me invulnerável, Amália, sucediam-se as travagens bruscas, gente a atravessar-se de repente à frente do carro, o céu era do azul-escuro da tinta-da-china com que gosto de escrever, e havia uma possibilidade de solidão e de anonimato naquelas avenidas meio desertas. Perguntei ao José se conhecia alguém em

Nampula, porque precisava que me levassem de carro até Cuamba. O plano inicial era ir de comboio, aí em Portugal andei a investigar em pormenor na Internet, há comboio de Nampula para Cuamba às terças, quintas e sábados, sai de Nampula às cinco da manhã, a viagem demora doze horas, o comboio pára em todas as estações e apeadeiros, um quarto de hora ou vinte minutos de cada vez, as pessoas das redondezas vêm vender os seus produtos aos passageiros, a fruta, os legumes, o diabo a sete, bastou-me um dia em Maputo para me deixar de fantasias, tenho é de arranjar um carro que me leve e pago o que tiver de ser. Não me pus com estas explicações para o José, perguntei-lhe apenas se conhecia alguém em Nampula, ele perguntou-me qual o meu número de telefone, eu disse-lhe que não tinha número moçambicano e ele disse «vamos comprar» e guinou o volante e inverteu a marcha e eu senti uma onda de euforia, pareceu-me que podíamos fingir que éramos apenas um taxista e o seu cliente numa cidade qualquer, homens que falavam a mesma língua, ainda por cima, pareceu-me que era possível, durante aquela meia hora, fazer de conta que não houve Vasco da Gama, não houve colónias, não houve guerra, não houve nem há opressão, fazer de conta que vamos começar de novo, impolutos e divertidos, fazer de conta que somos irmãos. Parámos numa esquina onde o trânsito era já caótico àquela hora matinal e ele debruçou-se para fora da janela sem desligar o motor, de mão no volante, olhou para o outro lado da rua e deu um berro, «olha lá! chega aqui!», assobiou, chamou alguém com um gesto da mão aberta, de cima para baixo, veio de lá um miúdo de colete fluorescente, a atravessar a rua aos saltos, o José não o encarou, olhou-o de relance e depois falou de olhos cravados no pára-brisas, com ar relutante, quase com asco, «tens cartões de telemóvel?», o miúdo disse que não tinha cartões, só se fosse buscar, «vai lá», o miúdo desatou aos saltos, a correr pelo meio dos carros, desapareceu à esquina, voltou passados três minutos, «qual é a rede que prefere? Vodacom? Mcel?», escolhi Vodacom à balda, «quanto quer de carregamento?», o miúdo perguntava a meia-voz e o José repetia as perguntas para dentro do carro, virado para mim. Pedi-lhe conselho, perguntei-lhe quanto, ele disse «duzentos, depois carrega com mais», virou-se para o miúdo e disse «dá-me duzentos», ele respondeu «não tenho, só tenho cem mais cem», o José fez um esgar incomodado, depois: «Dá lá os dois carregamentos de cem», passei as notas, recebi duas raspadinhas da largura das riscas de uma camisa e do comprimento da polpa do meu polegar, arrancámos, entretanto já se fizera dia, na via rápida para o aeroporto havia um cruzamento e o trânsito era um remoinho no ralo de uma banheira entupida, «o PIN é zero zero zero zero, quatro zeros seguidos», carros a perder de vista, autocarros sem portas, e no meio do cruzamento um sinaleiro gordo, uma sinaleira gorda, aliás, de enormes luvas muito brancas, apito na boca, a fazer gestos exuberantes, a mandar avançar este caudal de carros, depois aquele, depois o outro, o nosso é a seguir, só mais um carro, só mais dez, só mais cinquenta, «tem de meter um código que é asterisco, cem, asterisco, zero, um, asterisco, depois raspa e mete o código que vem escrito aí por baixo para carregar com cem meticais. Eu vou fazer uns contactos e depois dou-lhe um *feedback* se arranjar alguém em Nampula.» No aeroporto, enquanto esperava pelo voo para cá, a comer uma tosta mista e a beber um *Compal* de *tutti frutti*, vi na televisão sem som, no programa *Bom Dia Moçambique*, a notícia de «Desmaios colectivos em Lichinga — 34 jovens afectadas na Escola Secundária da Amizade», escolhida a dedo, dir-se-ia, para encerrar este exaltante começo de dia em Maputo, este breve parênteses na realidade pós-colonial, imagens cómicas de raparigas de uniforme escolar, com a cabeça atirada para trás, dentes cerrados e olhos revirados, sacudidas por paroxismos à primeira vista epilépticos, arqueando o corpo com denodo de possessas, levadas em braços por chusmas de rapazes, também de uniforme escolar, que não disfarçavam os sorrisos trocistas e o entusiasmo por estarem a ser filmados, por levarem em braços aquelas fêmeas indefesas, tropeçando uns nos outros enquanto carregavam aqueles fardos humanos para a cantina convertida em enfermaria improvisada onde, em colchões de ginástica alinhados no chão, as vítimas se rebolavam empenhadamente de um lado para o outro como os sábios enlouquecidos pela maldição da múmia inca nas *Sete Bolas de Cristal.*

Quando o meu pai morreu, fui em busca dos camaradas de armas dele e pus-me a escrever um romance sobre as guerras todas que conheci, de perto e de longe, a guerra colonial, a minha guerra íntima. Senti-me inebriado, como quem desvenda segredos, como quem visita um lugar virgem. Soube logo que tinha de vir a Moçambique, mas só depois de terminar o romance. Primeiro era preciso construir de raiz o meu Moçambique e um novo pai para o povoar. E então, sim, podia aventurar-me até esta terra, esperando que ela não me desiludisse. Terminei o romance, publiquei-o, aqui estou. Nada aconteceu como eu esperava.

Um dos primeiros *emails* a ti endereçados que pude ler, graças à minha espionagem de trazer por casa, permitiu-me perceber que cometeste o único delito imperdoável entre nós. Planeaste a tua morte longe de mim, privaste-me da tua morte. Conservaste ciosamente, afinal, o teu direito a morrer quando e onde muito bem te apetecer.

2

Não gostas da Camila porque desde muito cedo pressentiste nela a gravidade de quem sabe um segredo e se recusa a revelá-lo, a frieza de quem encontrou em si a força para abdicar de uma herança. Para me sossegar, digo que a Camila é maluca, é maluquinha como a mãe, como o avô materno. Se ela é maluca, então está tudo bem, vai correr tudo bem, não tenho razões para me preocupar. Era tão pequena quando me divorciei da Fernanda para me casar contigo, ficaram-lhe debaixo dos olhos dois vincos de obstinação, de relutância. Lembro-me de a empurrares num anda-à-roda, numa das primeiras vezes que a levámos a um parque infantil. Sorrias, a madrasta mais bela do mundo. Pareceu-me que querias muito gostar da minha filha. A Camila deu uma volta e outra e outra, muito direita no assento de metal vermelho, sem uma palavra, sem uma cedência, com ar de quem percebeu tudo com dois anos e meio. Com ar de quem diz: «Ai é? Já vão ver...» Quando te cansaste de empurrar e te endireitaste e o anda-à-roda abrandou e depois parou, ela olhou para ti e disse:

— Mais.

A Fernanda é de Faro, conheci-a numas férias de Verão. O pai, à primeira vista, ressumava opulência por todos os poros, tinha apartamentos espalhados pela cidade. Quase tudo fogo-fátuo, como se veio a descobrir quando ele morreu, quase tudo enredado em hipotecas. A Fernanda morava num dos apartamentos do pai. As paredes pareciam sofrer de varíola, por toda a parte rebentavam vesículas no estuque, fazendo estalar a tinta e deixando crateras do tamanho de pequenas moedas. «Acho que usaram uma areia que não prestava para fazer o cimento, não sei, não percebo nada disso. Agora não tem remédio, isto vem de dentro das paredes.» Não parecia preocupada. Cada vez que uma nova bolha irrompia, fosse lá onde fosse, junto ao tecto ou a um palmo do chão, ela cravava-lhe no meio um prego enorme e pendurava um pequeno quadro, uma bugiganga qualquer, um terço, um colar de missangas, um espanta-espíritos. «Assim sempre disfarça.» Ou então fazia pinturas, desenhos propositadamente pueris, aproveitava a cratera para a corola de uma flor ou o olho de um ciclope, traçava em volta a circunferência da roda de um automóvel. Passeava-se pela praia de seios ao léu, gozava comigo quando eu desviava os olhos, gozava comigo quando eu olhava, pediu-me que lhe pusesse protector nos ombros e na barriga e depois nas mamas, chamou com grandes gestos todos os vendedores de gelados, de batatas fritas, de bolas-de-berlim, perguntou preços, regateou, espetou o peito nu para falar com eles.

Aí em Portugal sonhei com a minha busca do Artur. No meu sonho cheguei de jipe ao Chicôco. Nas casas de adobe do antigo quartel moravam agora as pessoas da aldeia. O meu sonho eram as fotografias da guerra colonial do meu pai a animarem-se, a ganharem cor, a tropa portuguesa substituída por um magote de aldeões negros, mas tudo visto na mesma perspectiva, nos mesmos planos, como se uma companhia teatral com um novo elenco tivesse aproveitado os adereços de uma encenação anterior, limitando-se a pintá-los às três pancadas. Foi o mais longe que a minha imaginação conseguiu alcançar. No sonho as pessoas juntaram-se à minha volta, pegaram nas fotografias a preto-e-branco que eu levara comigo, o Artur e o meu pai sentados no chão, lado a lado, o Artur a bater continência ao furriel Gamito, fotografias de há cinquenta anos.

As fotografias passaram de mão em mão, as pessoas apontaram para os rostos, falaram numa língua para mim desconhecida, o intérprete traduziu. Disseram que o Artur morava na aldeia, ali ao lado, não no quartel que a tropa abandonou. Descemos a pé para a aldeia, eram ainda as cubatas redondas alinhadas em filas de uma fotografia do meu pai, o Artur estava à porta de uma delas, a novidade já lá chegara, levada de boca em boca. O intérprete traduziu o que eu disse, falei do meu pai, falei do furriel Gamito, passei as fotografias para a mão do Artur, disse-lhe que o furriel Gamito se lembra bem dele. Disse-lhe que o meu pai guardou aquelas fotografias até morrer. No meu sonho o Artur era um homem da minha idade, mas não lhe consegui imaginar o rosto. Era um cinquentão com o rosto de uma criança, a criança das fotografias. Éramos dois garotos, um branco e um negro, a entreolhar-nos, subitamente muito calados como fazem as crianças quando encontram um desconhecido da sua idade, cada qual a ganhar coragem para perguntar ao outro: «Queres brincar?» Ele convidou-me a entrar em casa, ofereceu-me comida. No meu sonho, o Artur lembrava-se do furriel Gamito. E lembrava-se bem do meu pai. No meu sonho, ao ver a primeira fotografia do meu pai, o Artur cinquentão com rosto de menino disse: «Pai.»

Nas sucessivas mudanças de casa da Camila, vou tendo vislumbres dos quartos onde ela mora. Prédios com ar de abandono, escadas de madeira com degraus carcomidos, balaustradas e corrimãos com tremores epilépticos, fios eléctricos soltos, painéis de azulejos remendados com mosaicos de refugo de cores diferentes. Casas com um cheiro morno que nos pega na mão mal cruzamos a porta, um cheiro a comida acabada de fazer, a lixívia. Casas onde há gatos que não se sabe muito bem a quem pertencem e que cagam na banheira e vomitam nos tapetes. Casas onde se vêem aqui e além as marcas de esforços pouco convictos para as embelezar, uma planta de plástico, um azulejo pintado numa aula de trabalhos manuais. Quartos com camas rebatíveis presas à parede, como nas prisões ou nos navios da nossa imaginação. Portas com cadeados enfiados em argolas de metal cravadas na madeira. No átrio de entrada de um prédio, ao lado das caixas do correio de ferro forjado, do tempo da primeira Revolução Industrial, um papel colado na parede com um texto escrito em computador, com as vírgulas infalivelmente fora do lugar, assinado por «A senhoria», que termina assim: «Já agora para vossa segurança, fechem sempre a porta de entrada do prédio.» Com uma esferográfica vermelha alguém escreveu na diagonal: «Lol se tá estragada o que adianta fechar?» Lugares onde a privacidade me parece um bem escasso, uma coisa que é preciso defender com unhas e dentes.

Sentados no patamar, eu e a Leonor, ano após ano, à medida que crescíamos, fomo-nos compenetrando da mácula de que éramos portadores, a mácula da cumplicidade com aquele interdito. Éramos as testemunhas indispensáveis. Éramos os legitimadores. Mas sentíamo-nos também os guardiões e os herdeiros de uma coisa especial, única. E, ao mesmo tempo, parecia-nos que zelávamos por dois seres diminuídos, irracionais, duas criaturas à mercê dos seus instintos, incapazes de se dominarem, de agirem como gente grande. Nada havia a apontar-lhes, nada havia a censurar-lhes. Eles não conseguiam, pura e simplesmente, comportar-se de outra maneira. Isto era o pior de tudo. Era tratá-los como dois cães. Como seres subdesenvolvidos, incipientes, com emoções em estado bruto. Seres perigosos, assustadiços, capazes de reacções inesperadas e violentas, obedecendo a estímulos imprevisíveis, um gesto distraído, um reflexo de luz na água, um assobio para nós inaudível. Mas inimputáveis, enclausurados na sua inimputabilidade, de que nós éramos os zeladores. Convertemo-nos nos pais dos nossos pais. Éramos uns pais cínicos, resignados, pais que dizem um ao outro «lá estão eles» quando os filhos começam a discutir, pais que desistiram de educar os filhos.

Uma vez, da janela do meu quarto, vi, na varanda de um hotel, um grupo de ingleses bêbedos. Três deles, sem aviso, agarraram um outro, ergueram-no à força por cima do parapeito e suspenderam-no sobre o vazio, de cabeça para baixo. Durante um punhado de segundos infindáveis ficaram assim os quatro, os tendões dos braços retesados como cordas, vermelhos, a ofegar. O mínimo gesto em falso seria a morte. A vítima não gritou nem se debateu, arquejou como um animal ferido, preso numa armadilha. Nós os quatro éramos assim. Estávamos entrelaçados, suspensos sobre o vazio. O mínimo gesto em falso seria a morte.

Quando o filho da Paula Rego fez um documentário sobre a mãe, ela deu várias entrevistas. Contou como foi a sua primeira vez com aquele que veio a ser o marido. Estavam numa festa, em Londres, ela era virgem, ele era casado, meteu-a num quarto e ordenou-lhe: «Tira as cuecas.» A Paula Rego explicou: «E eu fiz o que sempre me tinham ensinado a fazer: obedeci.» Depois ele saiu do quarto, foi-se embora, ela voltou para casa sozinha, a sangrar. Contou que, depois disso, fez nove abortos seguidos, porque ele não se queria separar da mulher. Nove abortos seguidos. Nove. O filho dela contou que, sempre que a mãe e o pai começavam a pintar, se fechavam horas sem fim no estúdio, e os filhos não podiam interrompê-los, estavam proibidos de bater à porta. Quando queriam dizer alguma coisa aos pais, tinham de meter papelinhos por baixo da porta. Pensei assim: «Sou filho da Paula Rego e do Vic.» E depois pensei: «Sou filho da Paula Rego e do Vic, mas sem uma obra artística ou literária a que me agarre como herança. Sou filho de uma Paula Rego e de um Vic que não pintavam, não escreviam, não realizavam filmes. Fechavam a porta, mais nada. Fechavam a porta, ele ordenava "tira as cuecas" e ela obedecia.» E depois pensei: «Foi por isso que fui ter com os camaradas da tropa do pai quando ele morreu, foi por isso que me pus a escrever sobre a guerra colonial. Foi para construir qualquer coisa de belo em cima daquela porta fechada, em cima daquele patamar de pedra fria, foi para dar àquele cio cambiantes artísticos redentores.»

Há uns anos fui com as nossas duas filhas ver a exposição de encerramento do curso de fotografia que a Camila conseguiu terminar, duzentas horas pagas a peso de ouro. Cada aluno expôs o seu projecto final, um conjunto de fotografias escolhidas, nas paredes das divisões do palacete ligeiramente decrépito, perto do Castelo de São Jorge, onde funcionava a escola artística. As três fotografias da Camila, todas nocturnas, em tons de azul e verde, de formato muito grande, dispunham de uma parede inteira para se desfraldarem, a imagem maior ao centro, as outras duas nos flancos. A fotografia maior era a imagem de um jovem negro, de blusão e calças de ganga, parado numa rua muito estreita, com as mãos espalmadas contra as paredes, de um e de outro lado. Vista de perto, notava-se que esta fotografia tinha um vinco de alto a baixo a marcar-lhe o eixo. A Camila justificou-se, contou a história. Foi ao laboratório imprimir as fotografias, no Intendente, trouxe-as enroladas na mão, presas com um elástico, quase a chegar à porta da escola «veio uma rabanada de vento e o papel dobrou-se todo e ficou assim». E depois:

— Acontece-me sempre isto, corre-me sempre alguma coisa mal nas alturas importantes.

Não parecia muito preocupada. O ar de fatalidade com que pronunciou esta frase deu a entender que contava verem repetir-se no futuro pequenos desastres do mesmo género, que nada havia a fazer para os evitar. Para quê afligir-se?

— Isto com o tempo estica e daqui a uns dias já não se nota nada — e encolheu os ombros.

Senti-me percorrido por um calafrio, assusta-me esta mistura de pessimismo descontraído e optimismo desesperançado em frases contíguas saídas da boca da Camila. Ela tem perante as coisas a postura cansada e sobranceira de um deus pagão da Antiguidade tardia, privado dos seus fiéis, a quem os astros e os elementos já não obedecem. Convence-se sempre de que não vai chover e depois fica com os pés encharcados porque não calça as botas, sai à rua de ténis de lona com um buraco enorme na biqueira, o dedo grande a ver-se. Acha sempre que vai dar tempo, «em cinco minutos ponho-me lá», e depois chega atrasada. Para a Camila todas as distâncias em Lisboa, por maiores que sejam, podem ser percorridas em cinco minutos. Reduz-me, em cada momento, às expressões mais elementares do afecto, o medo que ela tropece e caia, que se magoe, que passe fome, que se perca no caminho, que os comerciantes ou os taxistas a enganem no troco, que um desconhecido na rua lhe ofereça rebuçados envenenados, que os outros meninos trocem dela pelas costas, que a deixem sozinha ao canto do recreio, que engravide sem querer de um namorado qualquer, que apanhe piolhos ou uma infecção urinária.

Por comparação com a minha porta fechada e o meu patamar de pedra fria, qualquer outra intimidade familiar, com a sua inevitável loucura e excentricidade, me parecia sadia, arejada, pitoresca. O meu primeiro almoço em casa dos pais da Fernanda, em Faro, foi num domingo. Era numa praceta de prédios muito altos, o elevador avariou a meio caminho entre dois andares, o pai dela desatou aos gritos no patamar, a anunciar que já vinham aí os bombeiros, que já tinha telefonado três vezes para lá, ela sentou-se no fundo da cabina e puxou-me para baixo e disse-me num sussurro, enquanto o pai farejava atrás da porta que nem um podengo histérico: «E se fizéssemos aqui amor?» Depois riu-se: «Enganei-te bem, hem? Ainda ficaste na dúvida, achaste que era a sério…» Abriram a porta à força, saímos de gatas do elevador, a Fernanda recusou a ajuda de um bombeiro, afastou o braço estendido do pai, que se esforçou por lhe ajeitar o decote generoso enquanto cravava em mim um olhar estupefacto, como se não esperasse ver-me ali. Entrámos no apartamento quase a correr, como se a porta fosse automática e estivesse prestes a fechar-se sozinha. O pai parecia preocupado, ia à janela constantemente. A mãe assemelhava-se a uma sobrevivente de uma catástrofe nuclear, falava muito baixo, como se tivesse medo de atrair as hordas carnívoras lá fora, implorou num fio de voz: «Senta-te,

Alberto, come.» O pai foi à janela pela enésima vez, olhou lá para baixo, disse: «O sol está a mudar. Não tarda a sombra passa para o outro lado. Ainda falta mais um pedacito.» Sentou-se, engoliu duas garfadas, perguntou-me com um ar de repugnância indisfarçável como é que eu me chamava, de onde é que eu era. Tornou a levantar-se, foi à janela. «Tenho de ir lá abaixo.» Saiu. Olhei para a mãe da Fernanda, vi-a fitar o prato com ar aflito, como se aquela refeição tivesse sido cozinhada com as últimas reservas de víveres guardadas no abrigo nuclear e ela sentisse já o pavor da fome iminente. «O que é que o teu pai foi fazer?», perguntei à Fernanda. «Foi mudar o carro para o outro lado da praceta, para ficar à sombra. Tem medo que a pintura se estrague.» O pai tornou a entrar em casa, sentou-se, meteu mais duas garfadas na boca, disse à mulher, que continuava pasmada a olhar para o prato: «Come, querida, tens de comer.» Levantou-se outra vez, foi à janela, olhou lá para baixo. «Se tivessem construído aquele prédio trinta metros mais para a esquerda...» O sol algarvio era uma ofensa pessoal, uma coisa inventada de propósito para o arreliar. Olhou para o relógio, falou a meia-voz: «Mais uns vinte minutos, se calhar. Nem tanto. Nuvens, nem vê-las. Sempre a mesma coisa.» E a Fernanda, muito alto, para mim: «Se o elevador avariar outra vez quando descermos, não escapas.» De noite, em casa dela, ouviu-se no silêncio um estalo abafado, dir-se-ia alguém a abrir uma lata de cerveja. Na manhã seguinte pusemo-nos à procura da nova cratera, esquadrinhámos as paredes até a encontrarmos. Era no tecto da cozinha, a dois palmos do candeeiro. «O que é que te apetece desenhar?», perguntou-me ela, estendendo-me um pincel comprido, depois de abrir o escadote. «Hoje é a tua vez.»

Para vir a Moçambique é preciso pedir um visto. Fui à embaixada, na Avenida de Berna, o funcionário, metido num cubículo sebento a abarrotar de papéis, disse-me que não era ali que se pedia, era no consulado, no Restelo. Perguntei se tinha de ser em pessoa, se não se podia fazer o pedido pela Internet. Ele disse que não, que tinha mesmo de ser em pessoa, depois esticou o pescoço para ver se estava alguém na sala que pudesse ouvir, falou ligeiramente mais baixo, ainda que a sala estivesse deserta, disse-me que havia um senhor que tratava dos pedidos de visto, o Sr. Almeida, escreveu o número de telemóvel num papelinho, passou-mo, pediu-me para dizer ao Sr. Almeida que ia da parte do Cipriano. «Se não for assim», avisou, «prepare-se para esperar a manhã inteira na fila, lá no Restelo. Tem de ir muito cedo, às quatro ou cinco da manhã. Mas o Sr. Almeida trata de tudo.» Saí da embaixada, liguei ao Sr. Almeida, que falava como se tivesse a boca cheia de pedrinhas, disse-lhe que ia da parte do Cipriano. Perguntei o preço do serviço, quis saber se ele tratava de tudo. O esquema era completamente legal mas tinha laivos de coisa pouco limpa, era África a mostrar-me o seu rosto sem disfarces, a seduzir-me, a incitar-me a lançar mão do dinheiro para resolver chatices e poupar tempo. Encontrei-me com o Sr. Almeida, que usava uma gravata muito amarela com um nó enorme, uns sapatos castanhos com dois berloques de cabedal pendurados à frente, como flores secas. A gravata era igual à da tarefeira vestida a rigor que apareceu prontamente na casa de repouso quando o pai morreu, mal eu e a Leonor telefonámos para uma agência funerária, escolhida ao acaso, a primeira cujo nome nos ocorreu de outras mortes, outros funerais.

Os pais da Fernanda tinham uma casa de campo na serra do Caldeirão. Fomos os quatro até lá numa sexta-feira, todos no mesmo carro, o pai dela ao volante, para um fim-de-semana prolongado. A mãe tornou-se loquaz ao ver desfilar a paisagem. «Estava mesmo com vontade de ir à casa de Salir. Guardo tantas memórias daquele lugar. Que bom teres tido esta ideia, Alberto.» A voz dela não assentava nas coisas, as frases ficavam em suspenso, como se ela as pendurasse nos ramos das árvores, nos braços abertos dos postes de alta tensão. Chegámos à casa com o Sol a pino, a Fernanda apontou-me um quarto com cheiro a antigo e, lançando-me um sorriso maroto e aplicando-me um beliscão convicto no rabo, disse-me que era aquele «o quarto das visitas». E acrescentou: «Põe aí a tua mala, mas não comeces já a desfazê-la. Aqui na serra há surpresas.» A mãe entrou em casa, olhou para as portas azuis da cozinha, que tinham no alto aberturas em forma de coração, deteve-se numa fotografia em que ela e o marido se perfilavam lado a lado, bem mais jovens, com os ossos do rosto salientes, como que prestes a romperem a carne e a aflorarem à superfície. «Quero ir para a cama», declarou, no tom imperioso de quem diz: «Tragam-me um alguidar, que vou vomitar o almoço.» Ao fim de uma hora, depois de a mãe desatar a chorar aos gritos sem mais nem menos, bradando «Não pode ser! Não pode ser!», a Fernanda amparou-a até ao carro, falando-lhe em voz baixa para a sossegar, como quem acalma um bicho assustado. O pai dela disse-me: «A minha mulher é muito doente, temos de voltar já para Faro.» Mas logo pareceu arrependido de ter dado o flanco, de ter usado o verbo «ser» em vez do verbo «estar», e atirou-me: «A Fernanda custou muito a criar, fique sabendo. Fizemos muitos sacrifícios.» No carro, enquanto a mãe gemia no banco da frente em silvos cadenciados, a Fernanda pôs-se a cantar numa voz grave, belíssima e cansada, o *Non ho l'età*.

Quando cheguei ao palacete onde estava montada a exposição final do curso de fotografia da Camila, aconteceu-me o que sempre me acontece quando a vejo e sou obrigado a pensar nela. Alegro-me amarguradamente com todas as pequenas proezas que ela alcança, vejo sinais prometedores de cada vez que ela termina uma coisa que começou, de cada vez que ela chega a horas a um encontro, cozinha uma refeição, cumpre uma promessa, como se ela sofresse de uma deficiência mental ou emocional e houvesse foros de milagre em cada nova palavra que aprende a pronunciar. Isto irrita-te, achas insultuoso para as nossas duas filhas, de quem espero sempre o melhor, que raramente elogio, cuja inteligência, cultura geral e sentido da responsabilidade dou por adquiridos. O rastilho das nossas zangas é quase sempre a Camila, o dinheiro que gasto nas propinas dos cursos que ela inventa e tantas vezes deixa a meio, o gume cortante do que ela diz e faz quando aparece ou quando dá notícias sem mais nem menos, depois de semanas ou meses em parte incerta. Queixo-me dela por meias-palavras, tu aproveitas a deixa e atiras a matar, chamas-lhe «parasita», «oportunista», «sacana», como quem dispara sobre o alvo que tem mais à mão. Remeto-me logo à defensiva a contragosto, zangado por não teres cumprido o guião para que te convidei, por não teres posto água na fervura. É como se a Camila fosse um menino selvagem que encontrei nos bosques e eu reivindicasse para mim o direito exclusivo de a julgar, de lhe decifrar as intenções e os motivos, de lhe apontar defeitos, de a censurar. A Camila ocupa imenso espaço dentro de mim, um espaço desmesurado. Fica pouco espaço para ti, para as nossas filhas. Apercebes-te disto e reages instintivamente, com medo da asfixia. Com raiva por eu ter deixado entrar aquele corpo tão avantajado para um espaço onde já vivias apertada.

Antes de vir até cá traduzi um texto de Wainaina, *Como escrever acerca de África*, uma lista jocosa e ácida das generalizações abusivas, dos lugares-comuns e dos estereótipos que pejam a escrita de tantos ocidentais que visitam África. Tratar a África negra como um todo uniforme, como um só país, como uma imensa amálgama homogénea. A omnipresença da nudez, tanto feminina como masculina, os seios à vista, os órgãos genitais com adornos e escarificações. Ver em África um lugar de perigo constante, onde as pessoas não levam vidas normais, não saem de manhã para o trabalho como nós, não vão ao supermercado fazer compras, não mandam os filhos à escola. Sentia-me imune ao património comum destes estereótipos antecipados. A África que eu me propunha visitar era um lugar mítico, só meu, uma construção laboriosa, um mero cenário onde o pai se movia nas fotografias da guerra. A África que eu me propunha visitar já não existia, nunca existira, aliás. Era inevitável que a realidade me desiludisse, porque a ilusão me deu demasiado trabalho a arquitectar.

O meu casamento com a Fernanda foi ao pé de Faro, em Agosto, num restaurante com piscina e salão de festas. O pai dela organizou tudo, pagou tudo. Arranjou um lençol enorme, branco, cortou-lhe cinco buracos. Durante a troca de alianças, a Fernanda e quatro amigas alinharam-se atrás do lençol, cada qual enfiou a mão esquerda no seu buraco. Eu, de olhos fechados, fiquei virado de costas, tal como mandava o guião previamente combinado, depois voltei-me, obedecendo à ordem do pai dela, que, de microfone em punho, orquestrava as festividades, e avancei em direcção àquele friso de mãos, ao som dos risinhos dos convidados, ansiosos por um erro que apimentasse a festa. «Ai, enganou-se! Nem conhece a mão da noiva!» Quatro latagões engravatados erguiam o lençol branco na vertical, muito teso, e as cinco mãos esquerdas emergiam dos buracos, a agitarem os dedos, pressurosas, como se todas me chamassem para outras tantas existências alternativas. Durante o ensaio geral, uns dias antes, o pai da Fernanda sugeriu que, em seguida, ela atirasse a aliança para dentro da piscina, amarrada a um lenço colorido, para não se perder, e que eu despisse o casaco, a camisa e as calças e me atirasse à água para a ir buscar. «O Carlos já traz o fato de banho vestido por baixo, tira a roupa e atira-se logo. Digam lá se não é boa ideia?» Quando eu objectei que não sabia nadar, o esgar de asco dele foi quase tão expressivo como se eu tivesse revelado que era homossexual nas horas vagas.

Fizeram-me avisos, que me entraram por um ouvido e saíram pelo outro. Disseram-me que aqui em Moçambique é preciso ter cuidado com os assaltos, é preciso ter cuidado com os ladrões, é preciso ter cuidado com a polícia, é preciso ter cuidado com as doenças. Fui à consulta do viajante, ouvi os conselhos maternais de uma médica de queixo saído, com espuma nos cantos da boca, prestei atenção ao que ela me disse e alheei-me dos dois esguichos brancos que lhe emergiam a cada fôlego nas comissuras dos lábios. A contragosto, depois de muito insistires, comprei um medicamento contra a malária que me custou os olhos da cara. Disseram-me que em Moçambique é preciso ter cuidado com os mosquitos, que é preciso trazer na mala uma farmácia portátil, um antibiótico, um analgésico, um medicamento para a eventual diarreia, para adubar a flora dos intestinos. Houve quem me aconselhasse a trazer seringas descartáveis, para o caso de ser hospitalizado. Alguém tinha um amigo de um amigo que vira num hospital de Madagáscar um balde cheio de seringas usadas, mergulhadas em lixívia, prontas a reutilizar. Madagáscar não é Moçambique, mas é como se fosse. É África. Disseram-me que em Moçambique é preciso ter cuidado com a comida, não se pode comer frescos, não se pode comer fruta nem saladas, é preciso ter muito cuidado com a água, não se pode beber água que não seja engarrafada, nem sequer da torneira, é preciso lavar os dentes com água engarrafada. Em Moçambique, garantiram-me, a água não é coisa que se beba de ânimo leve, é uma sopa microbiana primordial. Mas como casar estes avisos com a minha África a preto-e-branco, com o bordo serrilhado das fotografias, com o Artur vestido com o uniforme de camuflado em miniatura que o furriel Gamito mandou costurar para ele? Aterrar em Maputo foi como visitar o pai na casa de saúde. «É este o meu pai?», perguntei-me ao vê-lo de boca pendida, a babar-se em fio. «É isto a África onde o meu pai sorriu, de bigode?», interroguei-me, assombrado, ao ver os esgotos a céu aberto, o arame farpado nas vivendas, as vedações electrificadas. «É aqui que vou resgatar o meu passado?» E abracei de imediato, com o afã fanático de um neófito, todas as precauções e avisos à navegação de que antes troçara.

O Sr. Almeida telefonou-me com a boca cheia de berlindes, disse-me que afinal as regras tinham mudado, que eu tinha de ir em pessoa fazer o pedido do visto, mas que ele tratava de me guardar o lugar na fila. «Fique descansado, será o primeiro ou o segundo, no máximo.» No dia aprazado devia comparecer às nove em ponto à porta do consulado, no Restelo, onde me esperaria um colaborador dele, o Sr. Santos.

Às vezes esqueço-me da Camila, perguntam-me quantos filhos tenho e respondo que tenho duas filhas. Digo: «Tenho duas filhas.» Depois emendo apressadamente: «Ou antes, tenho três.» As pessoas olham para mim como se eu fosse parvo ou estivesse senil. Imagino-a sempre magra e indefesa quando eu morrer, imagino-a com dor de dentes, sem dinheiro para se tratar. O mundo onde ela vai viver sem mim é uma espécie de África, a África dos temores de quem nunca pôs os pés em África, uma África estereotipada. A diferença é que, ao contrário da África genuína, não posso visitar este futuro-África para eventualmente desmentir os estereótipos e dormir mais descansado. Pelo contrário, o futuro-África da Camila é que se encarrega de me visitar constantemente, atormentando-me. É um lugar incrivelmente perigoso, é um imenso continente homogéneo onde a morte espreita, onde as pessoas não conseguem levar vidas normais, não saem de manhã para o trabalho, não vão ao supermercado fazer compras, não podem mandar os filhos à escola. O futuro-África da Camila é um lugar onde é preciso ter cuidado com os ladrões, é preciso ter cuidado com os polícias, é preciso ter cuidado com os micróbios, é preciso ter cuidado com a água, é preciso ter cuidado com a comida. É um lugar de perigos insidiosos, letais. No futuro-África é preciso ser previdente, é preciso ter cuidado com os mosquitos, às vezes é preciso andar com uma farmácia portátil. É talvez aconselhável levar na bagagem seringas descartáveis.

Se me ouvisses dizer isto desatarias num riso avinagrado, dirias que me engano redondamente, que a Camila é um carro de assalto, um tanque de guerra, que eu faria melhor em reservar este arsenal de preocupações para as nossas duas filhas, elas, sim, umas flores indefesas, elas, sim, como o Miller disse da Marilyn, raparigas a recitar poesia à esquina de uma rua, com voz trémula, a quem os transeuntes rasgam a roupa sem dó nem piedade. Elas, sim, merecedoras de que eu lhes imagine um futuro-África cheio de perigos. Elas, sim, dignas de suscitarem em mim o medo de morrer e de as deixar entregues à sua sorte.

Cheguei ao Restelo antes das nove da manhã, era uma rua estreita e sinuosa, estacionei, caminhei entre vivendas, «Cuidado com o cão», vi ao longe gente alinhada contra um muro baixo, muita gente, aproximei-me, liguei para o número do Sr. Santos, fiquei à espera de ouvir um telemóvel a tocar, alguém na fila a virar-se e a procurar-me com os olhos, nada disso sucedeu, ele atendeu-me com uma voz distante, disse-me que ainda estava a estacionar o carro, que vinha já. Chegou, blusão puído, calças de ganga, gestos de forcado, entregou-me os impressos já preenchidos, que tirou de uma mica amarrotada de plástico, pediu-me que assinasse nos tracejados, «aqui e aqui, se fáchavor».

— Agora o senhor vai ali para a fila.

Aproximou-se da fila como se fosse pegar um toiro, eu atrás, com a timidez de rabejador dos privilegiados, sob os olhares de aço de um magote de pessoas mal dormidas. A serpente humana estendia-se a perder de vista, enredava-se nas ramagens farfalhudas que, pendendo dos gradeamentos das vivendas, atafulhavam o passeio estreito. No quarto lugar da fila estava um homem de rosto escavacado por rugas precoces, com a expressão fugidia de quem se habituou a remexer nos detritos alheios em busca de coisas valiosas. O forcado Santos falou-lhe alto, como se ele fosse meio surdo, deu-lhe duas ou três notas, estendeu o braço, convidando-me a ocupar o espaço que ficara vago.

— Este é o seu lugar. Só tem de esperar que eles abram a porta e entregar esta papelada lá dentro.

Esperei na fila que o consulado abrisse, alguém disse que era às nove e meia, mas às dez ainda não tinham deixado entrar ninguém. Paravam automóveis, saíam de lá pessoas que tinham na roupa e no calçado o carimbo de um certo desafogo, trocavam de lugar com homens e mulheres que iam abandonando a fila e em cujos rostos estavam cartografadas a golpes de x-acto as arremetidas da vida. Em alguns casos, intermediários da estirpe do meu forcado serviam de correias de transmissão nesta recomposição social da fila, conduziam os recém-chegados até um grupo de desfavorecidos numericamente igual e agenciavam a troca de lugares, distribuindo dinheiro e tirando impressos de pastas de mola com os cantos esfolados, antes de se juntarem num grupo à parte, no passeio oposto, a conversarem animadamente, a olharem para nós, os relativamente ricos, como se admirassem a sua obra. As três primeiras pessoas da fila, paradas diante de mim, defronte do portão da vivenda que tardava em abrir, eram três jovens de dezanove ou vinte anos, duas raparigas e um rapaz, de sacos-cama enrolados debaixo do braço e mochilas aos pés. Apareceram três quarentonas bronzeadas a chocalhar pulseiras, uma delas tinha uns saltos altos íngremes e as pernas tremiam-lhe a cada passo e veio aos esses ter com o rapaz, «tu é que és o Miguel?», sim, era ele o Miguel, «então, correu tudo bem?», sim, claro, «custou muito a espera? A que horas vieram para cá?», vieram às duas da manhã, não custou nada, se fosse uma pessoa sozinha era pior, como eram três puderam conversar, trouxeram baralhos, jogaram às cartas. A das pernas trémulas tirou a carteira da mala, «pronto, vamos lá às contas, o combinado foi trinta euros por cabeça, certo? Pega lá, vinte, quarenta, sessenta, oitenta, e com mais uma de dez faz os noventa, não tenho é trocado, saiu assim na caixa multibanco, vocês depois trocam uma nota e repartem, se não se importam, e então adeus, até outra vez», e o rapaz disse: «Se tornar a precisar ou conhecer alguém que precise, já sabe, tem o meu contacto no *Facebook*.» Despediram-se com beijinhos, os jovens puseram as mochilas ao ombro, partiram com olhos vermelhos de sono, afastaram-se pela rua estreita sem apressarem o passo até desaparecerem na curva, atrás do muro de uma vivenda. Que queres que faça, Amália, se nas caras deles, na descontracção com que uma das raparigas disse «agora vou para casa dormir até à noite» eu vi a Camila e não as nossas filhas? É a Camila que imagino cansada mas satisfeita por ter ganho trinta euros, é ela que imagino a jogar às cartas em plena noite, sentada naquele passeio estreito com dois amigos, a rir alto e a dizer piadas, as pernas metidas dentro do saco-cama, entre vivendas onde há gente adormecida, entre janelas que se apagam uma a uma.

O pai da Fernanda suicidou-se no dia a seguir ao nosso casamento. Combinámos ir almoçar a casa dos pais dela antes de partirmos para a lua-de-mel. O poço da escada era amplo, octogonal, do tempo em que o preço do metro quadrado ainda não disparara para níveis estratosféricos. Ele saiu do apartamento, subiu até ao andar de cima, amarrou a corda ao corrimão e enforcou-se ali, estrategicamente, de modo que, ao abrir a porta do elevador, a filha e eu déssemos de caras com o corpo dele a baloiçar. Não se via o rosto, a corda era curta, só se via do pescoço para baixo. Um chinelo de praia soltara-se e caíra, vimo-lo caído ao lado de um vaso de plantas, à entrada do prédio, mas a Fernanda não o reconheceu, os chinelos desirmanados são todos muito parecidos. «Olha, alguém perdeu um chinelo.» Não nos passou pela cabeça olhar para o alto antes de entrarmos no elevador. As pernas, muito torneadas, de barrigas salientes, baloiçavam delicadamente. O chinelo restante pendia, preso à curva do dedo grande, quase, quase a cair.

Quando veio viver para Lisboa, há sete anos, depois de acabar a custo o décimo segundo ano, a Camila morou uns meses connosco. Silenciosa, reservada, como se não tivesse nada para nos dizer ou achasse que não merecíamos o esforço. Uma vez, quase à meia-noite, disse-me: «Pai, uma amiga minha telefonou-me, tem uma coisa para me dar, vou ter com ela ali abaixo, subo já.» Disse-lhe que a amiga podia subir, embora já não fossem horas muito próprias para visitas, mas ela disse que nem pensar, que não se demorava nada. Saiu de casa com um nervosismo nos olhos que eu nunca lhe vira, passaram-se vinte minutos, achei estranha a demora, achei estranho aquele seu ar comprometido, fui à janela, abri-a de par em par, debrucei-me, vi-a lá em baixo, em frente à porta do prédio, com um fulano. Um tipo com tranças pelos ombros, umas calças tufadas à guarda do harém, sandálias de cabedal. Era negro. No preciso momento em que olhei, o rapaz estava a fazer menção de tocar à campainha da nossa casa, e a Camila deu um salto e puxou-lhe o braço para trás. E percebi, pela linguagem corporal dos dois, que aquilo era arrufo de namorados. Curvei-me para fora, disse à Camila:

— Já para cima.

Ela subiu, o resto foi a cena a que assististe. Perguntei-lhe quem era aquele rapaz, ela disse «um amigo», depois emendou para «um antigo namorado», perguntei-lhe porque é que ele queria tocar à campainha, ela disse que ele queria falar comigo, perguntei para quê, ela disse «não faço ideia». Fui à janela, o rapaz andava para trás e para diante no passeio em frente como um animal enjaulado, a olhar-me, feroz. De repente, pareceu-me reconhecê-lo. Era o Armando. Fechei as portadas.

Andei de um lado para o outro com as nossas duas filhas no palacete onde funcionava a escola artística, a Camila à frente, a servir-nos de cicerone, a explicar-nos de quem eram as fotografias expostas, citando nomes de colegas para mim desconhecidos:

— Este é o projecto do Zé… 'tá bué fixe… estas fotos são da Ana… gosto muito desta aqui…

Em todas as imagens procurei defeitos e máculas, qualquer coisa que as tornasse piores do que as da Camila, mas o vinco na fotografia grande dela incomodava-me como um sapato apertado, e a tranquilidade dela perante o vinco incomodava-me ainda mais, por me impedir de adoptar a postura paternal e descontraída que a ordem natural das coisas em princípio me reservaria, por me vedar o acesso ao arremedo de serenidade que nunca sinto, mas que as nossas duas filhas, declaradamente ansiosas, me permitem simular.

Senti a garganta presa de emoção ao ver a Camila conversar com os colegas, com as irmãs, de cada vez que alguém se aproximava e a cumprimentava com dois beijos e elogiava em tom exclamativo uma das fotografias dela, de cada vez que alguém se detinha a olhá-las melhor. A Camila parecia-me uma corça a atravessar um campo de minas, uma tartaruga-bebé com os olhos cobertos de areia, quase, quase a chegar à rebentação numa praia tropical, com gaivotas famélicas a planarem em voo rasante. Senti-me como um pai analfabeto no dia da cerimónia da entrega do diploma de licenciatura à filha mais velha. «Que estupidez», pensei, «ela não vai ser fotógrafa profissional, este curso não lhe vai servir para nada, foi só uma maneira de ela se manter ocupada, deixa-te de pieguices.» Mas mesmo assim fiquei feliz por não teres ido connosco à exposição, por não teres lançado às fotografias dela o teu olhar crítico, por não teres visto aquela cicatriz a desfear-lhe a obra. O rapaz da fotografia grande, com o vinco a cortá-lo de alto a baixo, era, claro, o Armando.

Ia buscar a Camila a Faro de quinze em quinze dias, longas viagens de carro à sexta-feira, tornava a levá-la para baixo no domingo. Ela ainda era muito pequena, não podia apanhar o expresso sozinha. Eu subia no elevador, batia à porta. A Fernanda vinha abrir, eu esperava no patamar. A Camila saía, tão pequena, a Fernanda pousava o saco de viagem dela no chão. Um dia disse-me: «Não queres entrar? Deves estar cansado da auto-estrada.» Entrei, sentei-me na sala, os móveis eram os mesmos do meu tempo. «Queres café?» Disse que sim. Bebemos o café, as chávenas eram as do costume, ela levantou-se, estava descalça, de calções muito curtos, abriu a porta do quarto, desapareceu lá dentro, deixou-a entreaberta. As paredes continuavam picadas das bexigas, havia polvos pintados, sóis, flores, datas, palavras, rostos tristes ou sorridentes, mapas com os nomes das terras e as distâncias em quilómetros, uma tapeçaria de Bayeux onde se podia reconstituir toda a existência da Fernanda, pinturas rupestres dando indícios sobre antigos cultos. A data do nosso divórcio dentro de uma nuvem que vertia gotas de chuva como lágrimas. «O pai e a mãe têm de conversar sobre um assunto, Camila.» Agarrei a maçaneta da porta do quarto, entrei devagar, sentindo que escapava à morte, com o coração a bater muito depressa, sentindo-me prestes a desvendar a verdade que mata quem dela é excluído, prestes a partilhar um segredo. Meia hora depois saí, a enrolar as pernas uma na outra, a ouvir o tamborilar surdo das bolhas a estalarem em catadupa nas paredes bexigosas por toda a casa, tentando compor um olhar com que fitar a Camila, incapaz de domesticar o olhar certo, até que a vi sentada na sala, no chão, no meio dos brinquedos, e lhe disse, fitando a parede esburacada acima da cabeça dela: «Estás pronta, *pitigrilli*?» Não posso mais ter a consciência tranquila. Sinto-me o mais infeliz dos homens por me ver metido nesta porcaria. Poderei esquecer o dia de hoje?

Um mês depois de acabar o curso de fotografia, por não ter antivírus no computador portátil e não ter feito cópias de segurança, a Camila perdeu irremediavelmente todas as fotografias que tirou ao longo daquelas duzentas horas e restaram-lhe apenas, como espólio para apresentar a hipotéticos empregadores, as três fotografias nocturnas em tons de azul e verde que tinham figurado na exposição, impressas em papel mate, uma delas com um grande vinco a sulcá-la no meio de alto a baixo, uma marca que o tempo, ao contrário do que ela julgava, não foi, naturalmente, capaz de apagar.

Disse-lhe que tinha quinze dias para sair da nossa casa. Que não lhe admitia que me mentisse. Como se ela tivesse rompido um pacto de lealdade firmado entre nós os dois. Entre nós não podia haver mentiras. Metemos as bagagens dela no meu carro, era tanta coisa que foi preciso subir e descer as escadas do prédio cinco ou seis vezes, entalei o capacho na porta de entrada para impedir que a mola a fechasse, carregámos sacos e sacos de plástico cheios de sapatos de ténis, botas à metaleiro, mantas felpudas, blusões com grandes animais bordados nas costas, tigres e dragões de inspiração vagamente oriental, toalhas de praia, calças de ganga. «Pronto, já está tudo», parámos nos semáforos, «vira aqui nesta, pai», «não sei se dá para virar aqui, se calhar tens de dar a volta ao quarteirão», «agora estaciona quando puderes». Era perto do Areeiro, fui tirando os sacos que enchiam o carro por completo, bagageira, banco traseiro, tudo atafulhado, e fui-os pondo no átrio da entrada do prédio para onde ela se ia mudar, a casa por ela escolhida no penúltimo dia do ultimato que lhe fiz, sob ameaça de a recambiar para Faro, para casa da mãe. Um pudor instintivo impedia-me de entrar na casa, de assumir a minha quota-parte de responsabilidade pelo que ali sucedia, de ver o quarto onde ela ia morar sozinha pela primeira vez. Queria limitar-me a imaginar o quarto, o incómodo sempre seria menor. Quando já não havia mais sacos ela veio à porta, chamou-me:

— Pai, anda cá, preciso da tua ajuda.

Entrei, era a cave do prédio, sem janelas, o quarto dela era um rectângulo apertado à ilharga do corredor, havia um roupeiro de portas desencontradas, uma poltrona esfolada, uma lâmpada enroscada na ponta de um fio, a sair de um buraco no meio do tecto como um verme bentónico luminescente a emergir do seu abrigo no lodo branco, no fundo de um oceano invertido. Os sacos atravancavam tudo. A Camila:

— Precisava que me ajudasses a montar a cama. Desmontei-a para a virar e encostar a esta parede, agora não a consigo montar outra vez.

Não me pareceu zangada por eu a ter posto na rua. Também não estava ressentida contigo. Montei-lhe a cama, velha e periclitante, quase a desfazer-se aos bocados, no quarto arrendado sem janela.

— Pronto — disse-lhe —, agora já podes dormir.

Despedi-me dela, saí da cave, deixei-a no meio do amontoado de sacos, sentindo que a abandonava à sua sorte. Olhei para trás, vi ressurgir-lhe na curva do rosto a perplexidade com que ela me acolheu na sexta-feira em que, pela primeira vez depois do divórcio, saí do quarto da mãe dela, no apartamento de Faro. Nas sextas-feiras e domingos seguintes, a perplexidade dissipou-se nas suas feições de garota, ficou ali uma certa dureza, um certo cerrar de dentes e o ar protector e feroz de uma criança que traz ao colo um animal de estimação aleijado, um cãozinho zarolho ou um gato coxo, e que o aperta no regaço e se esquiva quando uma voz amável lhe pede: «Mostra lá esse bicho.»

Uma das mulheres com quem a Margarida Calafate Ribeiro falou para escrever *África no Feminino* disse-lhe: «Era uma traição, traímo-nos sempre, estamos sempre em traição, umas vezes mais, outras vezes menos, mas dificilmente escapamos.»

3

Cheguei aqui a Nampula às dez da manhã e a realidade tomou novamente conta do mundo, tornei a ser eu, tornei a ser o branco, tornei a habitar a minha longa infância pós-colonial eriçada de palavras e de arame farpado, um nódulo duro cresceu dentro de mim e subiu-me à garganta, a ocupar espaço. Atravessei o aeroporto exíguo em dez passos, saí para o parque de estacionamento e saltou-me ao caminho um negro vestido de branco dos pés à cabeça, «táxi?», eu disse que sim e entrei no jipe branco, enorme, reluzente, e mergulhámos na cidade, um caos de poeira, de gente a pé pelas bermas cheias de lama, de carros e motos e carrinhas e camiões pesados, uma quadrícula de casas roídas da varíola, aleijadas, zarolhas, entrevadas, gente de olhos vidrados, de ar ausente, exausto, olhos sem pachorra para a minha história, para o meu passado. Meti conversa com o taxista para calar as vozes que me chegavam de longe, para trazer alguém para junto de mim, para confinar esta cidade aos limites de um rosto, de uma voz, para a domesticar. O homem chamava-se Sirage Apacar, perguntei se havia táxis para Cuamba, e ele: «Sim, eu posso levá-lo. São doze mil meticais, mas atenção, este carro é bom, tem todas as condições, não é um desses que se vê por aí. Se há chapas? Há, são como aqueles ali. Põem-se as bagagens na caixa e as pessoas vão sentadas em cima. Tapam-se com um pano por causa da poeira. É a nossa realidade, meu amigo. São trezentos e cinquenta quilómetros, mais ou menos, duzentos e cinquenta é asfalto, não tem problema, os últimos cem é terra batida, custa mais, mas este carro é bom, faz-se a viagem com conforto. Se o comboio é seguro? Tem que se ver... Ainda ontem morreu aqui um estrangeiro com três tiros... É tudo relativo... Tem que rezar a Deus. Tem que ter cuidado. Quando estiver a falar no telemóvel, fala sempre com o telemóvel do lado de dentro, do lado contrário ao da janela. Senão, vem alguém e puxa o telemóvel. Pronto, é aqui o Indicus Hotel. Atenção, sempre que tira o dinheiro da carteira tenha muito cuidado. Quando sair para a rua, conte o dinheiro certo e só ponha na carteira as notas que precisa. Pode haver gente numa varanda a espreitar e verem que tem muito dinheiro na carteira e depois vêm atrás de você. Pronto, está certo. Já lhe dei o meu número de telefone, não é verdade? Se precisar, é só dizer. Não esqueça nada no táxi. Tem que olhar com atenção. Olhe, já esquecia este livro aqui. Tem que ter cuidado. Muito obrigado.»

Uma noite, devia ter dez anos, estava deitado na cama, no quarto que partilhava com a Leonor, levantei-me, fui à casa de banho, vi que o candeeiro pequeno da sala, numa mesa diante da janela, estava aceso. Entrei na sala. Ninguém. Apaguei o candeeiro, dei meia-volta. Mal cruzei a porta, a mãe surgiu como se estivesse emboscada na penumbra, de rosto crispado. «Quem é que te mandou apagar o candeeiro?» Respondi: «Não estava ninguém na sala.» E ela, metálica: «Não apagas a luz daquele candeeiro. Estás proibido. Ouviste bem? Nunca mais. E vai-te deitar, o que é que andas aqui a fazer a estas horas?» Pouco depois, deitado na cama, ouvi a porta da rua a abrir-se suavemente, passos abafados no vestíbulo, uma inflexão de voz do pai. As sextas-feiras e os domingos não lhes chegavam, não bastavam para saciar aquela sede. Eram precisos outros dias da semana. O candeeiro aceso era um sinal, era para avisar que nós já estávamos deitados, que o caminho estava livre. Eu e a Leonor, consoante os dias da semana, éramos alternadamente pretextos muito úteis e pedras no sapato. Minto. Éramos, sempre, as duas coisas ao mesmo tempo, no mesmo gesto, no mesmo fôlego. Nunca estávamos no centro de nada. Ficávamo-nos pelas margens, onde era mais fácil, dando um passo discreto para o lado, desaparecer da imagem. Não te mexas, morre e ressuscita.

O Indicus Hotel é silencioso e alcatifado, os paquetes de uniforme parecem saídos de um livro do Tintim, de luvas brancas, cheios de botões dourados, eram onze da manhã e lá fora a cidade rugia, senti que precisava de arrancar a alguém palavras que simulassem uma cumplicidade sem reserva mental, uma afinidade antiga, uma solidariedade de náufragos. Sentei-me no átrio, pedi uma *Coca-Cola* no bar e pus-me a observar discretamente os paquetes que passavam para trás e para diante, a decifrar-lhes a linguagem corporal, tentando escolher o rosto mais sonhador, os gestos mais delicados. Escolhi o meu alvo, perguntei-lhe o nome, «sou Silvestre Francisco», perguntei se conhecia alguém que me levasse de carro a Cuamba, e ele: «O meu primo é taxista. Quando quer ir o senhor?», e eu disse que queria ir amanhã, e ele: «Vou falar com o meu primo e já lhe dou um *feedback*», voltei aqui para o quarto, dez minutos depois bateram à porta, era o Silvestre, «o meu primo diz que pode ser, que são dez mil meticais», e depois perguntou: «E eu também posso ir com vocês no carro?», e eu disse que sim, evidentemente, e o rosto dele abriu-se num sorriso e os olhos brilharam-lhe e ele esteve quase a dar um salto de alegria e um murro de júbilo no ar e eu percebi que ele esperava que eu dissesse que não. Perguntei-lhe se o primo me podia levar a dar uma volta por Nampula de táxi e ele disse que sim, mais tarde, depois do almoço, que depois me avisava, e demos um aperto de mão.

Caminhámos os dois pela rua e senti-me bem, senti que havia entre nós uma aliança, cheguei a sentir que ele me tornava imune aos olhares alheios. O Silvestre é filho de Nampula, sabe a poeira que pisa, usa uma bolsinha a tiracolo e roupa muito limpa, ténis brancos, tem um ar tranquilizadoramente europeu. Perguntei-lhe se podia levar a máquina fotográfica, ele disse-me: «Sim, agora pode. De noite é que não. De noite nem eu ando aqui, vêm os ladrões todos.» Falei-lhe da história que o taxista me contou, do branco que foi morto ontem aqui em Nampula, o Silvestre disse-me que ouviu contar, que o branco tinha uma pasta e que lha roubaram, o pormenor da pasta bastou para me sossegar. Ele perguntou-me se era verdade que em Portugal só há produtos de marca, porque lhe disseram que aí não entra pirataria. Disse-me que gostava de conhecer três países, Portugal, o Brasil e Israel. Quando lhe perguntei porquê Israel, ele disse-me que é cristão e que quer conhecer Jerusalém. Quando lhe perguntei porquê o Brasil, ele disse-me que tem vários amigos brasileiros aqui em Nampula. Quanto a visitar Portugal, como achei natural que um colonizado desejasse visitar o país colonizador, não lhe perguntei as razões. Vi o primo do Silvestre encostado ao táxi, de braços cruzados, cumprimentámo-nos, chama-se Lino. O Silvestre tem sete irmãos, a irmã mais velha tem seis filhos, todos os irmãos mais velhos do que ele já têm filhos. O Silvestre tem vinte e quatro anos, a namorada chama-se Raquel, estão noivos, está tudo oficializado, só falta ela acabar o curso e casam-se. O Silvestre perguntou-me se tenho *Facebook*, para me mandar o convite do casamento quando chegar a data. Eu precisava de trocar duzentos euros em meticais, fomos a um banco, acercámo-nos do balcão, o empregado disse que estavam sem sistema, por isso é que não estava lá ninguém, entrámos noutro banco, a fila enchia tudo, era um emaranhado de gente entre o balcão e a porta, olhei para o Silvestre, fomos a outro banco ali perto, a mesma multidão. Gente a caminhar pelas ruas, imensa gente a caminhar pelas ruas, um caudal ininterrupto pelo meio do trânsito, pelas bermas, pelos passeios que não há. Todos os rostos se viravam para me olhar segunda vez. Chegámos à porta do Barclay's e já fechara, já passava das três horas, o Silvestre pôs-se a mexer no telemóvel, tentando telefonar a uma amiga que trabalha no banco, para lhe perguntar se ainda dava para entrar. O segurança do Barclay's viu que não nos afastávamos da porta, apareceu atrás do vidro, entreabriu uma frincha, perguntou com cara de poucos amigos «qual é o inconveniente». Ouvi o Silvestre dizer-lhe que queríamos trocar dinheiro, ele perguntou quanto, ouvi o Silvestre dizer-lhe «duzentos euros», não percebi o que o segurança disse a seguir, o Silvestre explicou-me: «Ele facilita-nos a entrada e acompanha-nos, mas quer um refresco.» Pedi-lhe que dissesse ao segurança que não estávamos interessados. O Silvestre disse-me que ganha cinco mil meticais por mês como paquete no hotel. Disse-me que quando se casar quer ir a Portugal passar a lua-de-mel nos melhores hotéis que aí houver. A convicção com que ele disse isto deixou-me desarmado, achei que não tinha o direito de lhe dizer «olha que não ganhas dinheiro que chegue para te hospedares num hotel de luxo em Portugal, nem de perto nem de longe», senti-me portador de um segredo sinistro que não me cabe revelar, já que não disponho das palavras de consolo para apaziguar a dor que a revelação causaria. Custa-lhe a crer que em Portugal só os muito pobres não tenham carro. Perguntei-lhe se já foi a Maputo, ele disse-me que não. Perguntei-lhe se já foi à Beira, ele disse-me que não. Perguntei-lhe se já foi a Nacala, ele disse-me que não. Perguntei-lhe se já foi à Ilha de Moçambique, ele disse-me que não. Perguntei-lhe se já foi a Cuamba, ele disse-me que não. O Silvestre tem vinte e quatro anos e nunca viu o mar. Ouvi-o dizer-me por fim que amanhã vai fazer a sua primeira viagem para fora de Nampula, no táxi do primo, comigo, até Cuamba.

O meu pai nunca me disse «gosto de ti». Não era capaz. Mostrou que gostava de mim, elogiando o meu trabalho, mas nunca foi capaz de dizer estas simples palavras: «Gosto de ti.» A minha mãe dizia: «És tão bonito, és parecido com o teu pai.» Como se o amor dela por mim fosse uma sucursal do amor dela pelo meu pai. Nunca consegui dizer ao meu pai «gosto de ti». Quando finalmente me senti capaz de lho dizer, ele já não entendia uma só das minhas palavras. Talvez eu só me tenha sentido em condições de lho dizer quando tive a certeza absoluta de que ele já não entendia uma só das minhas palavras. Com excepção dos tarados e perversos, de resto bem raros, todos tentamos amar os outros o melhor que sabemos. Fazemos os possíveis. Amamos os outros o melhor que sabemos e fazemos-lhes mal. Amo-te e sei que te faço mal. Até há pouco tempo, achava que me amavas e que não me fazias mal. Esta singularidade intrigava-me, incomodava-me um pouco, por introduzir no mundo uma espécie de dissonância, uma desafinação. Por desmentir o carácter absoluto desta regra. Por fazer de mim, do meu pai, da minha mãe, pequenos monstros incapazes da tua pureza. O que descobri sobre ti aproxima-te de nós, faz de ti uma congénere distante da nossa linhagem, faz-me amar-te ainda mais. Estou-te grato por te teres juntado às hostes dos que ferram os dentes e cravam as unhas delicadamente até fazer sangue e não largam a presa. Tens ar de quem não parte um prato e partes os pratos todos e a mobília e tudo o que houver à tua volta. Mas sem cenas, silenciosamente, sem ninguém saber.

Trouxe os postais que o meu pai nos mandou da guerra, da infância pura, da infância pré-verbal, da infância sem consciência das coisas, há um de Nampula, uma fotografia de um jardim, no verso diz «Nampula — Jardim Felgueiras e Sousa», um jardim à europeia, com sebes de buxo a delimitar canteiros de relva, bancos de ripas pintados de vermelho, um baloiço para crianças, ao fundo um rinque de patinagem ao ar livre. A fotografia foi tirada em pleno dia, o céu é azul-claro com nuvens que parecem de esferovite recortada, mas não se vê vivalma no jardim, talvez uma silhueta minúscula debaixo da copa de uma árvore, lá ao longe, uma silhueta que não se percebe se é de um branco ou de um negro. O Silvestre disse ao segurança do banco que não queríamos nada, obrigado, voltámos para ao pé do Lino, mostrei-lhes o postal, perguntei se sabiam onde ficava aquele jardim. Entrámos no táxi do Lino, o carro que amanhã me vai levar a Cuamba, o Silvestre tinha dito que «não é um carro desses que andam por aí», que «é um bom carro». Tem o pára-brisas rachado em teia de aranha, os estofos estão cheios de remendos, o cinto de segurança do lugar do morto, o lugar onde me sentei, só fecha depois de delicadas negociações e pende, bambo, na maior parte do tempo. Vi-os a examinarem o postal com ar muito compenetrado, como um pai e uma mãe que pensam bem antes de responderem a uma pergunta difícil do filho, para não o desiludirem, como testemunhas honestas a depor em tribunal, tentando escrupulosamente não faltar à verdade, ouvi-os a trocarem palavras em voz baixa, viraram o postal para um lado e para o outro, o Lino acabou por dizer qualquer coisa em macua, arrancámos, ruas cheias de buracos, carros a traçarem tangentes à nossa rota, camiões TIR, chegámos a um jardim, «é aqui?», «sim, é aqui», saí do carro, entrei no jardim, não tinha nada que ver com o jardim da fotografia, ou foi remodelado ou é outro, fingi tirar fotografias para não os desiludir, uma esplanada, uma vedação de rede à volta, a habitual poeira vermelha, voltei para o táxi, eles estavam encostados à chapa, disse-lhes «quero ir a um lugar bonito aqui em Nampula». Eles entreolharam-se, hesitaram, houve um silêncio. Senti-me quase comovido ao ver-lhes a expressão compenetrada, o esforço para se lembrarem de um lugar de Nampula, um só, a que se pudesse chamar belo. Como será viver numa terra onde tudo é feio? No entanto, agora que penso nisso, acho que me enganei redondamente. Eles não estavam com dificuldade em lembrar-se de um lugar belo na sua terra. Tentavam talvez decifrar o meu conceito de belo, tentavam lembrar-se de um lugar que eu achasse belo, não de um lugar que eles próprios achassem belo. Procuravam pôr-se no meu lugar e percorrer-me, virar-me do avesso, compreender-me. Enobreciam os meus gestos, livravam-me de todo o mal. E o Silvestre acabou por dizer:

— Se calhar, levamo-lo a ver a estátua do Gungunhana.

Eu e a Leonor começámos a vigiar todas as noites o candeeiro pousado na mesinha da sala, diante da vidraça. Um de nós tornava a levantar-se poucos minutos depois de nos termos deitado, ia pé ante pé à casa de banho, voltava, dizia ao outro num sussurro: «Hoje não há nada.» Ou então: «Hoje está aceso.» Neste último caso, tornávamos a vestir-nos em silêncio, ficávamos sentados na cama, à escuta. Quando se ouviam os ruídos abafados, o trinco, os passos, esperávamos que eles os dois se metessem no quarto, depois levantávamo-nos, um de nós ia à cozinha buscar a chave do terraço, saíamos de casa em silêncio, com os sapatos na mão, calçávamo-nos no patamar, fechávamos a porta da rua com mil cuidados, rodando o trinco com a chave e soltando-o devagar para não fazer barulho, subíamos os degraus de pedra no escuro da noite, sem acender a luz da escada, sem usar o elevador, íamos até ao quarto andar, saíamos para o terraço, sem deixar que a porta metálica batesse. Tínhamo-nos tornado mestres na arte dos movimentos silenciosos, adivinhávamos os passos um do outro, trocávamos instruções nas trevas com um simples olhar, como gatos. Sabíamos calar a dor e as dúvidas, ninguém nos ouvia um queixume. Cumpríamos à risca os ditames que a nós próprios impúnhamos.

Uma mulher e dois homens, os três brancos, exploram há poucos dias o bar do Indicus Hotel. Têm a minha idade, ela nasceu em Angola, um deles nasceu em Lourenço Marques, o outro não cheguei a perceber. Ela não é feia, tem cabelo curto e usa óculos, eles são muito efeminados, cheios de tiques e ademanes. As vozes deles chegaram-me misturadas, como se fossem uma só. «Desde os anos 70, aqui em Moçambique, tudo mudou para pior.» Fiz-me de parvo, perguntei porquê. «Basta ver a degradação desta cidade, que está toda a cair.» Mostrei-lhes as fotografias de guerra do meu pai, a mulher ainda se deu ao trabalho de simular um ar ligeiramente interessado, fez-me algumas perguntas, eles folhearam-nas apressadamente, por obrigação, de cigarro entalado nos dedos, fazendo questão de mostrar que não era nada com eles. «Esta terra é uma desgraça, a energia eléctrica falta em Nampula mais ou menos uma vez por semana, durante um dia inteiro. No princípio do ano estivemos um mês e meio sem energia por causa das cheias. Quem tem gerador safa-se. São três mil dólares para o comprar, mais outros três mil dólares por mês para o abastecer.» Um deles usava uns sapatos de camurça castanhos sem meias, o outro uns sapatos negros de verniz que brilhavam na penumbra, por baixo da mesa. «Foram os pretos quem destruiu tudo depois do 25 de Abril. São eles os responsáveis pelo estado em que isto está. Nada foi reconstruído, como vês. A pouca reconstrução que há é com investimento estrangeiro.» A voz da mulher coloriu-se com laivos de asco, de raiva. «Os pretos vêem-nos a ser assaltados e não fazem absolutamente nada. Os polícias e os juízes são os maiores corruptos de todos. Quando há um acidente, um polícia assiste ao que aconteceu, depois escreve no relatório o que lhe convém e vai a tribunal contar a história de quem lhe pagar mais.» O dos sapatos de verniz chamou um empregado. «Olha, traz-me um sumo de laranja natural e uma fatia de *pizza* de camarão.» Sacudiu a cinza do cigarro. «Aqui no bar do hotel não podemos servir álcool, que os monhés não deixam.» Cruzou e descruzou as pernas. «Há uns dias assaltaram-me o carro, roubaram-me o portátil, mais uma pasta com os acessórios todos do computador. Fui logo à polícia, entrei na esquadra e fui ter com o Leopoldino, que é um subchefe que eu conheço, mal me viu entrar ele disse-me assim: "Já estamos informados do sucedido." Eu ainda nem tinha apresentado queixa, o roubo tinha sido meia hora antes e eles já sabiam do assalto. Depois começaram as negociações. "Talvez se consiga recuperar o produto do roubo." No fundo tive de comprar o meu computador à polícia, tive de regatear o preço como se estivesse num mercado, um tanto pelo portátil, um tanto pela pasta, um tanto pelo disco externo.» O empregado trouxe o sumo de laranja. «Olha lá, quando trouxeres uma bebida a um cliente tens de trazer sempre um guardanapo de papel e uma palhinha metida no copo. Rasgas o papel que vem à volta da palhinha, mas deixas a parte de cima a tapar, ouviste? Entendeste? Leva lá isto para a cozinha e traz com a palhinha e com o guardanapo, como eu te acabei de explicar. Entendeste tudo?» O empregado voltou para trás com o copo de sumo na mão. «As pessoas daqui estão cada vez mais arrogantes. Pelo menos é o que eu noto. Temos de falar com estes tipos muito devagarinho, porque eles não percebem nada. Explica-se uma coisa num dia, no dia a seguir tem de se explicar tudo outra vez do princípio.»

O terraço tinha a toda a volta um parapeito de metro e meio de altura. Na fachada, o rebordo na base do parapeito formava uma espécie de cornija ornamental, não muito larga, dois palmos, pouco mais do que isso. A Leonor descalçava-se, espalmava as mãos no espinhaço do parapeito, içava-se com os braços, saltando para dar impulso, depois rodava sobre o ventre, muito devagar, com mil cuidados, e eu via-a desaparecer. Ouvia o roçagar do corpo dela contra o betão, depois ela chamava-me em voz baixa: «Então? Anda!» Era a minha vez. Fincava as mãos no alto do parapeito, dobrava os joelhos, dava um salto e, no primeiro instante, quando ficava em equilíbrio instável, com a bacia apoiada no murete, a cabeça pendia-me para diante, o sangue descia-me às têmporas num coice brutal, via os carros lá em baixo a dançarem, a virem ao meu encontro, os candeeiros públicos multiplicados por dez, e por instantes sentia que dera impulso a mais e que ia cair de bruços, desamparado, e o sabor do vómito vinha-me à boca, grumos num caldo acre, e eu engolia em seco e sentia o ardor pelo esófago abaixo e fechava os olhos e ficava muito quieto, à espera que a tontura passasse, de ouvidos a zumbir. Uma embriaguez como nunca mais experimentei outra igual. Vinha então a parte mais delicada, rodar controladamente para passar as pernas por cima do parapeito, sem me esfolar todo e sem cair, depois baixar os pés descalços muito devagar, à força de braços, descendo milímetro a milímetro até sentir a superfície da cornija debaixo das pontas dos dedos dos pés. A cornija demorava uma eternidade a materializar-se, parecia fugir à medida que os meus pés baixavam, era preciso resistir à tentação de olhar para baixo, qualquer pequena distracção podia ser fatal. Por fim, de pé na cornija, de costas para o abismo da fachada, dava meia-volta, sempre com uma mão bem fincada no alto do parapeito, e depois, dobrando os joelhos, sentava-me ao lado da Leonor. Ela dizia-me: «Não olhes para baixo.» E dizia-me: «Só tens vertigens se olhares para baixo.» E começava a espera. Fazíamos isto nas noites quentes, nas noites geladas, nas noites de chuva. Baloiçávamos as pernas sobre o vazio e esperávamos, tensos, cheios de medo. Vinte minutos, meia hora, não mais. As incursões nocturnas do pai nunca eram longas. Conversávamos sobre a escola, sobre os colegas da escola. Naquele parapeito, com o abismo à nossa frente, todas as frases que proferíamos soavam a verdades absolutas. Cantávamos canções em voz baixa, os dois em coro, nunca nos enganávamos nas letras. «Agora *A Banda*, do Chico Buarque.» «Agora *O Pato*.» «Agora o *Soneto do Trabalho*.» Sussurrávamos: «Agora é que o mar canta, é que o sol arde, pois quando o povo acorda é sempre cedo.» Nunca falávamos acerca deles. Ali no alto, fazíamos de conta que eles não existiam. Não tínhamos palavras para lhes opor, só os nossos corpos, só aquela vertigem que fazia de cada segundo uma tontura, uma embriaguez, a boca seca, o medo a arrepiar-nos todos por dentro e por fora, só o esófago a contrair-se às avessas em ondas súbitas, só o travo a fel a forrar a língua. A Leonor trouxera os fósforos da cozinha, tirava a caixa do bolso, fazia-a chocalhar. Pegava num fósforo, riscava-o, protegia a chama, o vento ali no alto soprava sempre com força. Em rastos de fumo cinzento, deixava cair, um a um, os fósforos que a brisa apagava. Ao terceiro ou quarto, conseguia segurar a chama. Aproximava o fósforo aceso do meu braço, dizia: «Não fujas, senão cais.» Os pêlos encaracolavam-se, cheirava a queimado. Doía muito, o coração batia aos trambolhões por mim abaixo, mas ela sabia afastar o fósforo meio segundo antes de eu não aguentar mais, meio segundo antes de eu executar o gesto brusco que me poderia desequilibrar e fazer cair. No dia seguinte, a pele fazia uma bolha naquele ponto. Dois ou três dias depois, uma crosta grossa, em forma de moeda. A Leonor estendia-me a caixa. «Agora és tu.» Por momentos, ao riscar o fósforo, com o braço a latejar, eu sentia-me no centro de qualquer coisa. Por momentos, não precisava deles para nada. Durava pouco. O motor do elevador despertava dentro do seu casinhoto, no meio do terraço, e o cabo punha-se a girar na roldana com um silvo. Era o pai a descer, mais ninguém descia àquela hora. Esperávamos. A porta do prédio abria-se, tornava a fechar-se. Às vezes não chegávamos a ver o pai. Era porque tinha o carro estacionado do lado do nosso prédio, não nos atrevíamos a debruçar-nos para diante, com medo de cairmos. Ouvíamos a porta do carro a bater, o motor a arrancar, o ronco a perder-se ao longe. Outras vezes víamo-lo a atravessar a rua. Desejávamos que ele olhasse para o alto por cima do ombro e nos visse ali, recortados em silhueta contra o céu nocturno. Que se assustasse, que desse um grito. Que um remorso do tamanho do mundo se metesse nele e lhe comesse as carnes como a lepra. Mas ele nunca olhava para trás, fugia para o carro com ar comprometido. Também desejávamos que a mãe fosse ao quarto e desse pela nossa falta, que se afligisse, que chorasse, que achasse que tínhamos fugido de casa, que tínhamos morrido, que nunca mais tivesse paz. Mas ela nunca ia ao nosso quarto, nunca deu pela nossa falta. Iniciávamos a delicada operação de nos levantarmos dali, transpormos o parapeito e regressarmos ao terraço. «Um de cada vez», dizia sempre a Leonor, «senão ainda nos atrapalhamos um ao outro e caímos os dois. Vai tu primeiro.» Voltar o tronco de viés, apoiar as pernas na cornija, sempre com a cara colada ao betão, aguentar a dor e o medo, virar costas ao vazio muito devagar, infinitamente devagar, fincar os joelhos na cornija, esticar os braços até tocar com as mãos no alto do parapeito, agarrar com força, pôr-me de pé, dar um pequeno salto, apoiar a bacia no alto do parapeito, rodar, sentir o imenso alívio do piso do terraço ali tão próximo e saltar para lá. Calçávamo-nos, descíamos a escada, descalçávamo-nos no patamar, entrávamos em silêncio, um de nós ia à cozinha pendurar a chave do terraço no prego cravado na parede, ao lado do fogão, deitávamo-nos, adormecíamos. Transpirados do calor, ensopados da chuva, enregelados do frio, consoante as noites, sempre exaustos como amantes saciados.

A mulher levantou-se, foi tratar de um assunto qualquer no bar. Ainda nem se tinha afastado três passos e os dois homens chamaram-me para uma confraria de machos fodilhões, a que os ademanes amaricados deles davam tonalidades cómicas. Aqui só podes ser caçador-recolector ou paneleiro, pareciam dizer-me. Nós somos muito machos, o que é que julgas? E tu, o que queres ser? Paneleiro? Não julgues que podes continuar a observar-nos assim, de longe, arrogante, imune à nossa mágoa, ao nosso medo. «Se quiseres ter alguma coisa com uma mulher daqui, é preciso muito cuidado. Então lá mais para norte nem se fala... as mulheres do Niassa são tramadas. As macuas esticam os lábios da vagina com as mãos, assim (a fazer o gesto de quem desenrola as margens encaracoladas de uma folha de papel), puxam aquilo para fora desde pequenas, depois aquilo enrola e dá um prazer diferente aos homens.» Não contrapus, não obstei, não duvidei, também não pedi pormenores, não era preciso. «As mulheres lá do Norte não são de confiança, tem muito cuidado com a roupa que pões a lavar. Elas ficam-te com uma peça e põem-te na garrafa, como se diz aqui. Quando dás por isso, queres-te ir embora, mas já não és capaz. Conheci um tipo que foi com uma preta e ficou fechado numa casa. Queria sair de lá, mas havia qualquer coisa que o prendia ali. Só ao fim de seis dias é que foi capaz de se livrar.» Neste ponto devo ter feito um ar ligeiramente incrédulo. «Quanto tempo vais cá ficar? Quinze dias? Oh, isso é pouco... Se estivesses aqui seis meses, eu queria ver. Um gajo não vai fazer como no liceu, em que batia umas punhetas. Eu tenho mulher e filhos em Maputo, mas olha que também já fiz os meus disparates.» Dei por mim a dizer: «Parece que África é o lugar certo para fazer disparates.» Eles trocaram um olhar, o dos sapatos de camurça sem peúgas chamou: «Ó Não-sei-quantas! Anda cá!» Sentou-se à mesa uma empregada de mamas enormes, tranças na carapinha, muito arranjada, muito pintada. «Ora diz lá se não está aqui uma negra bonita, hem?» A rapariga riu-se, num embaraço educado. «Ó Não-sei-quantas, este senhor vai amanhã para Cuamba. É ou não é verdade que as mulheres de lá metem os homens na garrafa?» Ela riu-se, abriu as mãos, sem olhar para mim nem para o outro. «Ah, sim, você vai beber muito chá de calcinha. Tenha muito, muito cuidado com a roupa para lavar. Basta elas ficarem com um pedaço de tecido, não é preciso ser a peça toda, e prendem-no lá, já não volta para a sua terra. E muito cuidado com a comida, não aceitar comida de ninguém.» O dos sapatos de verniz ajeitou os óculos. «E tem muito cuidado com os preservativos. Elas furam-nos logo. O sonho delas é ter um filho do branco, é o passaporte delas para saírem daqui para fora.» Neste ponto a mulher do cabelo curto, a sócia deles, voltou para a mesa, a conversa teve de mudar de rumo. O dos sapatos de camurça virou-se para a mamalhuda das trancinhas: «Ó Não-sei-quantas, já podes voltar ali para o balcão, sim?» O dos sapatos de verniz brincou com o isqueiro em cima do maço de cigarros. Dava-me jeito trocar os euros por meticais. Perguntei se estavam interessados.

Uma noite, ao fim de uns três ou quatro anos, lembrei-me de levar para o terraço a pressão de ar do avô, guardada lá em casa não sei por que bulas. Estava na despensa, a um canto. Passou a ser um hábito, uma nova rotina. Eu abria a lata redonda dos chumbos, tirava um, semelhante a uma minúscula rolha de champanhe, guardava-o na boca, para não se perder. Encostava-me ao parapeito, dobrava o cano articulado da espingarda, enfiava o chumbo cuspido no orifício, tornava a fechar a arma com um estalo. A Leonor encostava-se ao meu lado, apoiava o queixo nas mãos entrelaçadas. Ou então era ao contrário. Ela pegava na arma e eu ficava ao lado, a ver. Esperávamos. Fazíamos pontaria às janelas iluminadas dos prédios em volta. As janelas apagavam-se, acendiam-se, íamos mudando de alvo. Esperávamos. Só podíamos disparar no preciso momento em que o elevador, accionado pelo pai, se punha em movimento. Ao despertar, o motor soltava o seu guincho e, meio segundo depois, emitia um ronco cavo, e tínhamos de fazer coincidir o estampido do disparo com este ruído, para abafar a detonação, para os vizinhos do último andar não se aperceberem de nada. Se nos distraíssemos, a oportunidade perdia-se, já não podíamos disparar. O chumbo não estilhaçava as vidraças, a distância era demasiado grande. Ouvia-se um ruído seco, como quando se fecha um botão de mola de um casaco. O chumbo fazia um buraco perfeito na vidraça e caía do lado oposto. Ou então espalmava-se contra o vidro e tombava, desamparado. Eu abria a pressão de ar com um golpe seco, espreitava para a alma do cano a contraluz, via as espirais apertadas das estrias. A espingarda era de uma marca inglesa, tinha a sigla «BSA» gravada na madeira da coronha. A haste do «B» formava uma asa de ave de rapina na parte superior. Uma vez o elevador deu o seu ronco habitual e eu não disparei. A Leonor sussurrou-me: «Então?» Continuei a apontar. Vimos o pai a sair e a encaminhar-se para o carro. Inclinei a arma, sempre a alinhar a mira na ponta do cano com a comissura da alça, e, no momento em que ele meteu a chave na fechadura para abrir a porta do automóvel, disparei-lhe sobre a nuca. Ouviu-se o estampido, baixei-me de repente, escondendo-me atrás do parapeito. A Leonor baixou-se também e olhou-me, atónita. Na ponta da língua, mostrei-lhe o chumbo, luzidio de saliva, que não chegara a meter na arma.

«Duzentos euros? Hum... ainda se fossem dólares... Da próxima vez que vieres traz dólares, ficas a saber. A quanto está o euro?»

Todos começaram a mexer nos telefones inteligentes, com os dedos a deslizar sobre os ecrãs como andorinhas a beber em voo numa piscina, ao crepúsculo. «Não conseguiste trocar no banco? Pois, aqui há sempre filas enormes nos bancos e nas caixas multibanco entre o dia dezanove ou vinte do mês e o dia quatro ou cinco do mês seguinte. É por causa dos salários da função pública. E ali na recepção, não te trocaram? Pois é, só trocam notas de duzentos euros ou maiores.» O dos sapatos de camurça: «Tenho de ir ali à casa de banho, passo pela recepção e vejo a quanto está o metical.» Regressou, fez a conta no telemóvel, tirou do bolso um rolo de notas, contou na mesa, com gestos desprendidos, o valor dos duzentos euros em meticais. A sócia virou-se para mim: «Só mais um conselho. Vais de carro amanhã para Cuamba? Olha, os pretos só têm medo de duas coisas: da chuva e dos cães. Vais de carro e podes dar com uma pessoa calmamente deitada no meio da estrada, a dormir uma sesta, é preciso muito cuidado. E eu sei que é horrível o que eu vou dizer, mas, se atropelares uma criança, não pares. Quando deres por ti, tens a aldeia inteira à volta do carro, a gritar "Assassino! Assassino!", são capazes de te matar ali mesmo. Mais vale parares na povoação seguinte, ires à esquadra e dizeres: "Acho que atropelei uma criança."»

Eu e a Leonor ficámos presos naquele patamar, naquele terraço. Há lugares da infância de onde nunca mais conseguimos sair. Somos duas aves marinhas com as penas empastadas de crude, imóveis, à espera que nos venham limpar. Há lugares da infância que nos obrigam a revisitá-los, a embelezá-los, a enfeitá-los como quem decora uma casa. São lugares perigosos, inquinados, que é arriscado deixar ao abandono. É preciso vigiá-los atentamente, para nos certificarmos de que tudo continua como dantes. Não nos podemos esquecer dos seus contornos precisos, porque, de cada vez que os redescobrimos, ferem como se fosse a primeira vez. Mais vale não desviar os olhos. Em certas alturas distraímo-nos ou não aguentamos mais e vamos a outros lugares, viajamos por outras paragens. Afinal, é preciso viver.

Ficamos fascinados pelo que vemos, por percebermos que há outras maneiras de existir, mais soltas, mais livres, vidas que não se deixaram encurralar à partida, lugares mais arejados, mais salubres. Divertimo-nos, soltamos gargalhadas, saboreamos aqueles momentos. Mas é sempre uma alegria maculada. Sonhamos constantemente com o que podia ter sido e não foi, há em nós uma desobediência que não se desenvolveu, que enquistou. Um gesto abortado de revolta que, por abortado, inquina todo o amor. Um desejo de compreender contaminado pela submissão. Uma submissão disfarçada de rebeldia, mas ciente de que não rompeu as veias, não gritou até rasgar as cordas vocais, não pegou fogo à casa, ficou aquém. Uma curiosidade que se demora em pormenores, até perder o fio à meada. O que nos persegue, o que nos perseguirá para sempre, é saber que, se eles nos tivessem chamado para dentro do quarto, tivessem fechado a porta e nos tivessem dito «tira as cuecas», nós teríamos, como a Paula Rego, obedecido sem hesitar.

O pai levou-nos ao Quarteto com a Manuela a ver um filme chamado *Nós Por Cá Todos Bem*. Antes exibiram um documentário de meia hora chamado *Júlio de Matos... Hospital?*, filmado em Super 8. Eu tinha onze anos. Tive pesadelos com o documentário. Passados uns dias disse à Leonor: «Vamos ao cinema.» Era de tarde, estávamos sozinhos em casa, a mãe fora para o trabalho. Saímos. Caminhámos até à Avenida de Roma, não era longe, descemos até ao Quarteto. Tínhamos o dinheiro que a mãe deixara na cozinha para as compras na mercearia do Sr. Freitas. Entrámos no Quarteto, a Leonor aproximou-se da bilheteira. «Queria dois bilhetes para a sala 3.» A mulher curvou-se, espreitou pela vidraça com os óculos na ponta do nariz. «Mas é para quem?» A Leonor: «É para os meus pais. Eles vêm já, foram arrumar o carro.» Escolhemos um casal de ar simpático, colámo-nos a eles na fila, como se fôssemos seus filhos, a Leonor estendeu os bilhetes ao homem à porta sem tirar os olhos dos nossos pais de empréstimo, simulando um ar um tudo-nada preocupado, o corpo já inclinado para diante, como se temesse vê-los afastarem-se. O homem rasgou os bilhetes sem sequer olhar para nós. Era 1978, toda a gente se estava nas tintas. Sentámo-nos no escuro e esperámos pelas imagens cheias de grão. Macrocéfalos encolhidos nas camas, como bebés gigantescos, deitados na própria merda, a chorar aos gritos com os seus rostos de pássaro, as suas línguas de pássaro, soltando guinchos medonhos. Outros deficientes conduzidos em manadas, como gado manso, cabeças rapadas, olhos piscos, rostos disformes. Pernas cobertas de furúnculos. Cores nauseantes, peles amareladas, vermelhos empastelados. Imagens que tinham cheiro. O plano de um doente, num pátio interior exíguo, agachado sobre uma poça de vomitado multicor, a apanhar pedacinhos de comida e a metê-los na boca com os gestos delicados de um *gourmet*. Fora neste ponto que, no escuro da sala, o pai fizera o seu único comentário ao filme, antes, durante ou depois: «Bem, por esta é que eu não esperava.» Se ele aguentava, se ele achava aquilo normal, nós também tínhamos de aguentar. Não baixei os olhos, não dei a mão à Leonor. Se ele suportava aquelas imagens sem pestanejar, eu também tinha de as suportar. Quando o documentário terminou e a Zita Duarte apareceu no ecrã, eu e a Leonor entreolhámo-nos no escuro e saímos da sala. Não nos interessava o coro das criadas.

Achei estranho haver aqui uma estátua do Gungunhana. O Gungunhana era lá do Sul, não tem nada que ver com o Niassa nem com os Macuas, essas coisas aqui contam muito, já me apercebi. Deixei-me levar no táxi do Lino pelas ruas do lixo e da lama vermelha e das mulheres descalças com coisas à cabeça, fardos em levitação suspensos do céu por um fio invisível, percorremos as ruas sem semáforos, sem passadeiras, sem sinais de trânsito, sem lombas para reduzir a velocidade, as ruas do vale tudo, as ruas do salve-se quem puder. Chegámos a um edifício comprido, baixo, cor-de-rosa, com um ar arranjado, o Museu da Academia Militar, em frente à própria Academia Militar, aquele e esta separados por uma rotunda onde havia um monumento aos mortos pela independência, e então o Silvestre apontou e disse:

— Lá está o Gungunhana. Foi um homem muito cruel, um tirano. Escravizou muita gente.

E quando eu olhei, Amália, vi entre duas árvores, perto da parede lateral do edifício cor-de-rosa, uma enorme estátua de bronze, de uns bons três metros e meio de altura, uma estátua esverdeada do Mouzinho de Albuquerque, com aquela solenidade sufocante e parola que só os monumentos do Estado Novo sabem ter, o Mouzinho de Albuquerque de chapéu de aba levantada, dólman, revólver à cinta, botas altas, bigodaça, a agarrar com a mão direita o punho de uma espada cuja lâmina, partida pela base, desapareceu. A bainha, que estava suspensa do cinturão, também se partiu e também desapareceu. Uma estátua arrancada do seu pedestal numa praça qualquer de Nampula, da rotunda em frente à própria Academia Militar, aposto, que deve ter ficado caída anos a fio num baldio qualquer ali das redondezas, até que, à falta de melhor, sem saberem o que fazer à avantesma, as autoridades decidiram tornar a pô-la de pé naquele lugar esconso, meio oculto, envergonhadamente. Agora, na cabeça do Silvestre e do Lino, o neurasténico do Mouzinho de Albuquerque apropriou-se do nome do rei nativo que ele próprio capturou e condenou ao degredo, e Mouzinho é agora Gungunhana e Gungunhana é agora Mouzinho, um grande tirano que escravizou muita gente, um branco.

O dos sapatos de camurça esperou que a sócia se afastasse, disse-me: «A Não-sei-quantas gostou de ti. Agora é contigo, tu é que sabes. Tem é cuidado com os monhés, não dês nas vistas. Ela é de confiança, tem preservativos. E não é puta nenhuma, atenção.» Quando eu lhe disse que não tinha *Facebook*, ela desatou a rir à gargalhada. «Então como é que fala com a sua mulher?» No telemóvel enorme, espalmado, mostrou-me o *Facebook* dela, fotografias no banho, de biquíni, nua, desfocadas, com as cores empasteladas, a pele castanho-escura, os frascos de champô e gel de banho em tons berrantes. Deitado nos lençóis, o corpo dela era uma mancha sombria, enorme, cheia de altos e baixos. As contas enfiadas nas tranças soltavam estalidos, entrechocavam-se, percutiam surdamente os travesseiros. «Vem, menino», disse ela. «Vem, menino branco.» Não fui capaz. Não eras tu, não era a Fernanda. Entrei na casa de banho, tranquei a porta. Quando, ao fim de um certo tempo, ela veio bater suavemente, perguntando se estava tudo bem, meti-lhe as notas com a cara do Samora Machel por baixo da porta e disse-lhe que se fosse embora.

Arrancadas dos seus pedestais, mutiladas, as estátuas dos conquistadores são, ainda assim, indestrutíveis. Não conseguimos arrancar de nós o feto amarelado do que somos, a vertigem, o estampido da espingarda de pressão de ar, a voz da mãe, o cheiro a queimado da pele. Meteram-nos na garrafa, deram-nos a beber chá de calcinha, queremos sair mas não damos com a saída.

O Silvestre e o Lino começaram a fazer pose em frente à estátua, de braços abertos, os dois a sorrir para a fotografia. Ainda pensei em desfazer o equívoco, em dizer-lhes que aquela é a estátua do português que prendeu o Gungunhana, que o Gungunhana era, em certa medida, moçambicano, lutou contra os portugueses e morreu no exílio, no meio do Atlântico, amargurado e cheio de frio. Mas não quis humilhá-los, não quis dizer-lhes outra vez que não sabem nada, que o branco é que sabe, que têm de aprender comigo, que vim de longe para os reduzir à sua insignificância com as minhas ordens, os meus conselhos, as minhas reprimendas, as minhas prelecções. O Gungunhana, no fim de contas, foi talvez um homem cruel, um grande tirano. E estou certo de que também ele escravizou muita gente.

O Armando andou na escola primária com a Camila, em Faro, conhecem-se de crianças. Numa festa de fim de ano a que fui assistir, a professora encenou uma peça teatral em que um menino vestido de europeu médio disse «como é bom ser branco como o açúcar!», e nessa altura entrou em palco um outro miúdo vestido de pacote de açúcar branco, um estratagema para multiplicar os intérpretes e nenhum pai se sentir discriminado. «Mas um dia», narrou uma garota com uns óculos de massa enormes, que na peça de Natal tinha feito de Nossa Senhora, «o menino branco foi viajar pelo mundo.» Então o miúdo inaugural, acompanhado pelo outro vestido de pacote de açúcar, começou a andar para trás e para diante no palco acanhado, simulando um périplo pelos quatro cantos do mundo. Sucessivamente foram aparecendo meninos vestidos com trajes hipotéticos de outras latitudes e longitudes, cada qual acompanhado de um colega mascarado de um alimento ou objecto da cor certa, em jeito de ilustração viva. «Como é bom ser vermelho como o morango!», proclamou um falso índio, com um garoto mascarado de morango à ilharga, «como é bom ser amarelo como o sol!», suspirou o pseudochinês, com uma menina vestida de Sol pela mão, e já não me lembro se apareceu um indiano, um esquimó e mais alguma etnia.

A Camila estava mascarada de barra de chocolate, fora a Fernanda a fazer-lhe a máscara, deu-lhe os últimos retoques antes de ela entrar em palco, e a professora emparelhou-a com o Armando, cheio de missangas ao pescoço, túnica de cores berrantes até aos pés, sandálias à Jesus Cristo, uma caricatura de preto folclórico saído de um cartaz de agência turística. Entraram os dois em palco de mãos dadas, a narradora ajeitou os óculos de massa, o pacote de açúcar, a quem faltava o acento agudo, coçou o rabo com empenho, provocando risos ternos entre a assistência, e ouviu-se:

— Então o menino branco chegou a África e encontrou um habitante daquela terra, que lhe disse...

Era a altura de o Armando dizer: «Como é bom ser castanho como o chocolate!», mas o miúdo olhou para a assistência, desvairado, levou as mãos aos olhos, cobrindo o rosto, e desatou a chorar convulsivamente. Do meio da assistência, o pai de outra criança gritou:

— Força, Armando!

Mas não fui eu. Depois da festa, antes de voltar para Lisboa com a Camila, ainda subi ao apartamento da Fernanda, com o pretexto de ir buscar a mala da miúda. «O pai e a mãe têm de conversar.»

O pai leu-nos às refeições um livro da Isabel do Carmo, *Puta de Prisão*. Uma das prostitutas cuja história ela contava era filha de outra prostituta. A mãe dela saía para se prostituir, trancava a porta e deixava os filhos sozinhos em casa toda a noite, às vezes dois dias seguidos. Em cima do fogão ficava uma panela de sopa. Quando tinham fome, os miúdos iam até à cozinha, uns a andar, trôpegos, outros a gatinhar. O mais velho esticava-se o mais que podia, agarrava uma asa do tacho e despejava a sopa para o chão. Todos lambiam a sopa dos ladrilhos, como cães. Cheguei a casa da escola, não estava ninguém. A mãe teve de dar aulas depois do divórcio, dois horários completos em duas escolas diferentes, para haver dinheiro. Fui à cozinha, havia canja numa panela. Inclinei a panela para encher um prato, a pega do tacho fugiu-me da mão, despejou-se tudo. Recuei instintivamente para me furtar ao jorro gorduroso. Depois baixei os olhos e vi a sopa a alastrar pelos ladrilhos numa onda avassaladora, a apanhar-me os pés, a escurecer-me os sapatos, e então agachei-me como o doido do Júlio de Matos, como os filhos daquela pobre mulher, e comecei a apanhar do chão, a meter na boca e a engolir, uma por uma, as massas em forma de pequenas letras maiúsculas.

4

Foi então esse o pedaço de carne que mantiveste intocado, o nico de pele que nem mesmo eu pude beijar. Foi então aí que guardaste os nomes das coisas num idioma só teu. Foi então aí que passaste a maior parte do teu tempo, as horas de sono, as horas de silêncio. Quando cheguei ao pé de ti na esplanada daquele centro comercial e te perguntei: «Tens alguma coisa para me dizer? Tens alguma coisa para me contar?», ergueste a cabeça com um ar altivo de fera encurralada e declaraste: «Não.» Fiquei espantado com o teu desplante, com a tua resistência obstinada. Parecias-me um soldado japonês, último sobrevivente do seu batalhão num atol perdido no Pacífico, recusando render-se, recusando até acreditar, não obstante todos os indícios em contrário, que o seu imperador aceitou o armistício. Naquele momento tive medo de ti. Não esperava tanta desfaçatez. Cortei a direito: «Olha, então eu explico melhor. O que é que se passa com o teu dinheiro? Que dívidas são estas?» E tirei do bolso uma folha impressa, dobrada em quatro, onde figurava o rol das tuas dívidas colossais a várias entidades de crédito. Desdobrei a folha e espalmei-a na mesa, entre nós os dois. Eram largas dezenas de milhares de euros, era mais dinheiro do que eu alguma vez possuíra na minha conta bancária. Eram quase cem mil euros. A tua resposta, sempre com um ricto de dureza no rosto, o esgar de repugnância de uma fidalga a quem um serviçal atrevido surpreendeu no banho e que lhe ordena em tom imperioso e cortante que saia imediatamente, foi:

— Está tudo controlado.

Nunca até àquele dia tivera medo de ti. Pareceste-me uma fera encurralada a defender as tuas crias, mas as tuas crias não eram as nossas filhas. Eram as tuas dívidas.

Os camaradas de armas do meu pai não eram o outro. Com eles construí a única cumplicidade que sei estabelecer com as outras pessoas, uma empatia distante, desossada e efémera, um afecto a termo certo, uma relação em que eu sou um filho dilecto que emigrou e vive muito longe e eles são meus pais por algumas horas, laços forjados em torno de uma guerra que não travei, mas de que aos poucos me fui fazendo veterano por afinidade. A guerra do Ultramar funcionou como a matriz ideal para esta minha pertença às coisas em segunda mão: um feito de glória duvidosa, historicamente anacrónico no próprio momento em que teve lugar, de resultado controverso — uma derrota por exaustão, mas sem derrota militar no terreno —, repudiado ou esquecido por quem nele não participou, manchado por crimes de sangue e de luxúria, cadinho de uma irmandade não propriamente secreta, mas regida por uma linguagem e por códigos próprios. Uma saga melancólica e obscura que o meu pai remoía solitariamente, recusando-se a participar nos convívios do batalhão, não mantendo contacto com nenhum dos camaradas de armas. Um apocalipse em lume brando de cuja crónica me fiz herdeiro. Em suma, um lugar onde eu posso estar dentro e fora ao mesmo tempo, ser protagonista e observador, ceder aos outros a boca de cena sem por isso desaparecer do palco. Um lugar onde cabe sempre aos outros a primeira palavra. Um lugar onde, no fim de contas, saboreei a fundo o gosto de ser e não ser ao mesmo tempo. E, como guerra que foi, um lugar fascinante e misterioso, repelente e confortável, um lugar de prepotência e de candura malsã, de amor, de loucura desenfreada, de brutalidade. Como a minha infância, afinal. E a verdade é que me senti desejado pelos antigos combatentes, sabes, senti que eles me acolhiam com o júbilo de velhos artesãos, correeiros ou embutidores ou amoladores de facas, ao verem apresentar-se um novo aprendiz cheio de empenho, talvez o último a abraçar aquele ofício em extinção, talvez alguém capaz de protelar por mais alguns anos o eclipse daqueles segredos, o apagar das legendas daquelas imagens.

Um dia cheguei a casa e vi que no computador, que ficara ligado, te tinhas esquecido de fechar o correio electrónico. Havia muito que espreitava esta oportunidade, sabia que era só uma questão de tempo. Deixo sempre o meu correio electrónico aberto, podes devassá-lo à tua vontade. Faço questão disso, num alarde de transparência, para mostrar que nada tenho a esconder, para vincar a minha superioridade moral, tentando dar-te a entender que os meus segredos e fantasmas são bem mais subtis do que os teus, não se podem confiar ao ecrã de um computador, não se traduzem em mensagens trocadas com mulheres. Não se traduzem em mensagens trocadas com a Fernanda. É no meu corpo que estão inscritas as viagens ao fundo da noite. Tu, pelo contrário, fechas escrupulosamente o correio electrónico de cada vez que abandonas o computador e fazes o mesmo com a tua conta do *Facebook*, como se em nossa casa houvesse uma divisão secreta, trancada a sete chaves, onde eu não pudesse entrar. Quando te iniciaste nas lides do *Facebook,* mandaste-me um pedido de amizade ou então foi uma oferta de amizade, nem sei bem, não conheço os códigos da tribo. Não faço parte do clube, recusei. Depois arrependi-me, mas já era tarde. Foi como se tivesses entreaberto uma porta que logo fechaste. Nem sequer frequentas essàs paragens virtuais quando estamos ambos no escritório, cada qual no seu computador, de costas voltadas um para o outro. O ecrã é grande e sabes que eu facilmente poderia, de relance, ler um fragmento de frase, entrever uma fotografia. Não imaginas os esforços que fiz para te apanhar em falso. O teu secretismo espicaçou a minha curiosidade. Perguntei às nossas filhas, na tua ausência, a tua palavra-passe do correio electrónico e do *Facebook*, pretextando obscuros problemas informáticos. Elas não sabiam. Nem sequer com elas partilharas o código de entrada na tua sala secreta. Cheguei a pensar em pedir a uma delas que, a um sinal meu por SMS, te telefonasse num momento em que estivesses imersa no computador, na esperança de que te levantasses à pressa da secretária para ir atender o telemóvel, sempre abandonado na outra ponta da casa, e de que, com a precipitação, te esquecesses de fechar todas as portas virtuais. Mas só uma conversa telefónica longa e intrincada, de preferência condimentada com novidades dramáticas, recheada de mentiras engenhosas, te poderia fazer esquecer tal coisa. Desisti desse plano, não querendo dar a ver às nossas filhas, tão cedo e tão de perto, as engrenagens da minha maquinaria. Preferi esperar, aguardar pacientemente a minha hora, que havia de chegar, como chegou.

Havia uma ficha eléctrica com o espelho solto, partido num canto. Eu e a Leonor tirávamos o espelho quando a mãe não estava em casa. Agachávamo-nos, um de cada vez. Encostávamos a língua aos terminais metálicos dentro do buraco. O formigueiro na língua não era bem uma queimadura, era o instante que precede a queimadura. Meio segundo, um segundo, dois segundos. A língua ficava dormente, com travo a metal. Parecia que ia ficar presa no buraco, como se houvesse um insecto monstruoso à espreita naquela toca, de quelíceras metálicas em riste, pronto a puxar-nos a língua até no-la arrancar da boca. Era preciso saber esperar e depois fugir com a língua no momento exacto, antes de a armadilha se fechar. Sentado no soalho, de costas contra o rodapé, esgazeado, ficava a saborear aquela impressão. Depois a Leonor baixava-se, de gatas, e tornava a enfiar ali a língua.

Escrevi o romance sobre a guerra do meu pai de jacto, no mês de Agosto, hospedado num convento onde um grupo de pessoas fazia um retiro de silêncio. Almoçava e jantava com elas, ninguém falava, as pessoas trocavam sussurros e apontavam para pedir que lhes passassem o jarro da água ou o cesto do pão, nada mais. Não ia à missa. Uma velha minúscula e careca sentada ao meu lado comia sem parar, de olhos fixos em frente, e cuspia laboriosamente no prato, com a mão a esconder a boca, as peles dos bagos de uva. Ao fim de três dias, uma das participantes veio perguntar-me porque é que eu não assistia à missa. Tinham uma leitura dos Evangelhos para me propor. Declinei, alegando o trabalho da escrita. Mas foi tudo dito em sussurros e acho que ela não percebeu bem as minhas razões. Eu tinha um pé dentro e outro fora, e assim queria continuar. Ela calçava sandálias e tinha o segundo dedo do pé muito comprido e recurvo, encavalitado no dedo grande como uma sanguessuga branca a chupar o sangue na comissura da unha. Um dia ouvi uma das funcionárias do secretariado da casa religiosa queixar-se de que tinham de arrumar uma sala de conferências por causa de um grupo muito grande que ia chegar no dia seguinte. Ofereci-me para ajudar. Eram seis mulheres, as duas da secretaria e as quatro da lavandaria e da limpeza, a carregar mesas pesadíssimas, pilhas de cadeiras, enormes vasos de plantas. Juntei-me a elas, dizendo em tom de jovialidade forçada: «Ora bem, chegaram os reforços!», ajudei como pude, incapaz de rivalizar com elas em desembaraço, em prontidão, incapaz de dissipar a vaga sensação de que a minha ajuda não era totalmente desinteressada, de que queria estar nas imediações delas, de que queria farejá-las, vê-las debruçadas, de cabelos pendidos, a ajeitarem o decote quando se endireitavam, transpiradas, o lábio superior perlado de suor, prestes a tropeçarem nas sandálias de saltos em cunha, para logo recuperarem o equilíbrio entre exclamações prazenteiras, «ó Vitória, olha que eu não tenho vinte anos!», vergadas sob aqueles pesos brutais. Eram jovens, algumas bonitas, desenvoltas. Foi preciso enrolar um tapete gigantesco, e uma delas, muito nova e morena, de cócoras no chão, começou a cantarolar: «Enrola, enrola, ai esfrega, esfrega...» Outra deu-lhe uma cotovelada, fez-lhe «chiu», volveu os olhos para mim. Os participantes no retiro passaram a caminho da capela, repararam em mim a carregar as mesas enormes, ficaram espantados, alguns sorriram, outros franziram o cenho, como que a perguntarem: «Mas o que é que este palerma está para aqui a fazer?» Mal uma das mulheres pegava num vaso de plantas por um lado, logo outra lhe pegava pelo outro, sem pausas, sem me darem tempo de me antecipar. Acabei reduzido à tarefa de entregar à mais velha, um por um, lençóis puídos que ela ia desdobrando e desfraldando para cobrir uma pilha de cadeiras a um canto da sala. No fim as mulheres agradeceram-me: «Foi uma grande ajuda.» E riram-se.

Comia-se mal em nossa casa. O dinheiro era pouco e a mãe não sabia cozinhar. Havia iscas de vaca, verdes, grossas. Havia uma carne guisada, a mais barata do talho, tão cheia de nervos que engolíamos os nacos com água, como se fossem enormes comprimidos. Mas à sexta-feira abria-se a caverna de Ali Babá das iguarias. O pai sentava-se na cozinha e era presenteado com anchovas em lata, enroladas em alcaparras, com queijo de São Jorge, com bolachas de água e sal quadradas, enormes, estaladiças. Tudo saído de um esconderijo que, por mais que esquadrinhássemos a casa, eu e a Leonor nunca conseguimos desvendar. Rondávamos a mesa da cozinha, tentando apanhar algum bocado. A mãe dardejava-nos olhares como facas de serrilha, o pai comia tudo e não deixava nada. Enquanto ele petiscava, a mãe presenteava-o com a correspondência daquela semana. Era propaganda médica da indústria farmacêutica, grandes envelopes contendo folhetos da Roche, da Sandoz, da Ciba-Geigy. Ele não se dera ao trabalho de escrever para os laboratórios a dar a sua nova morada. Abria os envelopes, folheava os papéis distraidamente, deixava-os cair na mesa ou numa cadeira. Não lhe interessavam, serviam apenas para afirmar uma posse sobre aquela casa. Assim que lhes tocava, perdiam para ele todo o valor. Percebi que as pessoas se prolongam, como nódoas de gordura a alastrar, percebi que é difícil contê-las. Eu e a Leonor precipitávamo-nos sobre os folhetos como se fossem tesouros, disputávamo-los com fúria muda, cada qual constituía a sua colecção. Havia alguns didácticos, com desenhos belíssimos, em papel grosso, cintilante. «Os trabalhos de Hércules», da Bayer. Fiquei com as cavalariças de Augias e com as éguas de Diomedes. Hércules segurava no punho fechado as rédeas das quatro éguas e, em primeiro plano, Diomedes jazia no chão, com sangue no pescoço. Hércules olhava-o e parecia triste, quase arrependido do que fizera. No verso da folha, o anúncio de um analgésico.

Tinhas metade do ordenado mensal cativado para pagar uma dívida a uma empresa de crédito, além disso devias largos milhares de euros à FNAC, ao El Corte Inglés, a lojas e a supermercados, e também a bancos, por causa dos cartões de crédito. Dívidas matematicamente impossíveis de saldar, dívidas que eram uma bofetada na cara da mais elementar aritmética, um salto arrojado no vazio, dívidas em que havia qualquer coisa de sacrílego ou de beatífico, uma fé cega em milagres ou um desespero do tamanho do mundo ou ambas as coisas em simultâneo. Assim que chegava o vigésimo terceiro dia do mês, o ordenado que te caía na conta era imediatamente devorado quase por inteiro nesta labareda, como um gnu ferido atacado por um bando de hienas que lhe rasgavam o ventre e lhe começavam a comer as tripas mornas ainda antes de ele morrer, puxando cada uma para seu lado, enlouquecidas, de olhos revirados, entre latidos frenéticos, e a partir daí vivias a crédito, com a corda ao pescoço, com água pelas narinas, em pontas de pés no meio da enxurrada. Para conseguires seguir avante, aderiste ao cartão de cliente em tudo o que era chafarica, contraíste dívidas para pagar dívidas, deixaste que a bola de neve se avolumasse. Passaste noites em claro, viste o dinheiro sumir-se como que por encanto na voragem quotidiana, sem que nas tuas mãos ficasse nada que se visse, nem um automóvel, nem um casaco de peles, nem uma jóia, nem umas mamas de silicone, nem sequer uma viagem longa e luxuosa ao estrangeiro com o seu cortejo de imagens e bugigangas para enfeitar a sala. Tudo desapareceu no sorvedouro da nossa vida de todos os dias, arroz vaporizado, açúcar branco, iogurtes com pedaços, roupa, sapatos, manuais escolares e aulas de música para as miúdas, idas ao cinema, renda da casa a meias comigo, perfumes, cremes hidratantes para o rosto e para as mãos, gasolina sem chumbo, latas de leite condensado, presentes de Natal. E nem por uma vez te queixaste, não deixaste escapar um só comentário que me despertasse a desconfiança. Recolheste-te ao teu quarto secreto com os teus credores e aí assinaste sucessivas notas de dívida, qual Madame Bovary casta, sem prazeres adúlteros. Senti-me enganado, claro. Senti-me espoliado do teu sofrimento, privado do meu papel de confidente, de salvador magnânimo. Assustou-me a tua capacidade de sofreres em silêncio, de me excluíres da tua angústia. Há um verso de Ruy Belo em que ele diz: «Mais que mulher tu és já hoje a minha única viúva.» Assustou-me que agisses assim, como a minha viúva. Como se amasses a ideia de mim, mas eu não estivesse já presente para te ouvir. Como se a minha presença fosse dispensável. Como se a minha presença fosse, em certa medida, incómoda. E assustou-me que, sentada naquela esplanada, com fogo nos olhos, qual alemã fanática numa cidade nocturna em chamas depois da passagem dos bombardeiros americanos, imbuída de uma fé inabalável nas armas secretas prometidas por Hitler, me tenhas dito:

— Está tudo controlado.

Com uma voz em que havia uma fissura estrelada a crepitar aos poucos num pára-brisas atingido em cheio por uma pedra, disse-te que estavas completamente enganada, que nada estava controlado, que nos ias arrastar a todos para o abismo. Respondeste-me sem pestanejar que o contrato com a empresa de crédito incluía um seguro de vida de que eu era o beneficiário caso morresses, que eu nunca seria prejudicado, que tinhas pensado em tudo. Neste ponto, confesso, fiquei estupefacto perante a trajectória vertiginosa e inflexível do teu avião de caça com discos vermelhos pintados na fuselagem, prestes a espatifar-se deliberadamente contra o convés do meu porta-aviões. Tinhas pensado em tudo, com efeito. Se tudo o resto falhasse, morrerias para nos salvar. Fiquei estupefacto, mas, mais ainda, furioso por teres pensado em morrer sem mim, por teres tido a ousadia de imaginar a tua morte sem concertares comigo os pormenores, o dia, a hora, o local. Afinal, estavas disposta a correr o risco de encontrares o teu marido no sopé da encosta, diante da árvore grande, de te apresentares sozinha diante dele.

— Vamos ao El Corte Inglés, vamos à FNAC, aos bancos, eu pago essas dívidas, para isso tenho dinheiro. Para a dívida maior é que não, vamos ter de a carregar às costas durante uns anos. Passas a transferir para a minha conta bancária, todos os meses, a fatia que te sobra do ordenado. E eu fico a gerir todo o nosso dinheiro. É a única hipótese.

Fizeste um esgar de pânico, fincaste os pés no chão, como um animal bravio que vê de súbito à sua frente a jaula para onde o arrastam com uma corda. Mas logo pareceste serenar, cheia de uma resignação agressiva, e disseste:

— Está bem. É como tu quiseres.

Eu e a Leonor enfiávamos o indicador estendido na boca um do outro. «Não mordas», pedíamos, sabendo que o outro ia morder. Só não sabíamos quando. «Não mordas», implorávamos. E o outro dizia: «Não tenhas medo, juro que não mordo.» E, no momento em que o dizíamos, não era mentira, acreditávamos no que estávamos a dizer. Metíamos o dedo estendido no espaço entre os dentes entreabertos, víamos a língua a palpitar lá no fundo, muito vermelha, a encaracolar-se. Mal fazíamos menção de tirar o dedo, o outro mordia com toda a força. Não suportávamos sentir o outro a furtar-se, a apartar-se de nós. A dor era acerada, mas não podíamos gritar, não gritávamos. O pai e a mãe estavam no quarto, os vultos já não se viam atrás do vidro fosco. Tudo menos interrompê-los, fazê-los sair alvoroçados do quarto. Perturbadas durante a cópula, as feras são perigosas. «Agora és tu. É a tua vez. Prometo que não mordo.»

O convento onde escrevi o meu romance era perto de Braga. Antes da refeição, na enorme sala de jantar, as pessoas, de pé em volta das mesas, ouviam o sacerdote agradecer o alimento, depois benziam-se e diziam as palavras rituais. Eu cruzava os braços diante do peito e afagava a testa com os dedos, num gesto equívoco e pouco convicto, a fingir que me benzia, esperando não dar muito nas vistas. Houve um almoço em que uma varejeira enorme zumbia nos ladrilhos, debatendo-se de patas para o ar. Esborrachei-a discretamente com o pé quando me levantei para ir buscar a fruta. Ninguém se olhava nos olhos. Na parede, emoldurada, havia uma Última Ceia feita de tapeçaria em que, à cabeceira da longa mesa, Judas, muito façanhudo, olhava para Cristo com ar de poucos amigos. As mãos, que tinha abertas, pousadas no tampo da mesa, pareciam duas mãos esquerdas, com ambos os polegares voltados para o mesmo lado. Esqueci-me do corta-unhas em Lisboa, as unhas cresceram-me imenso, estriadas e recurvas, como as do meu pai quando ele deixou de as conseguir roer por causa da doença. Uma cadela amorosa pousava-me a cabeça no joelho e fechava os olhos. Enfiei-lhe os dedos no pêlo, arranquei-lhe carraças do peito com as unhas compridas, ela não se furtou. Um velho frade que parecia um anjo, de olhos velados por cataratas, disse-me: «Esta bicha quer os mimos todos só para ela.» Deitei as carraças no lago com repuxo que havia no claustro, vi os peixinhos vermelhos a lançarem-se onduladamente para as comerem, no momento em que elas se afundaram devagar como minúsculos chumbos.

Quando era pequeno pus-me a folhear os livros do avô, na casa da Avenida, e num livro antigo encontrei uma gravura a preto-e-branco que me fascinou, uma pantera e um homem de coroa de louros na cabeça e túnica comprida. Anos depois, soube que a gravura era de Gustave Doré, que o homem da túnica era Dante Alighieri.

Fui buscar uma tesoura, cortei a página a direito desde a margem até perto da pantera, depois contornei o animal com golpes cautelosos, numa linha sinuosa, fazendo pausas para rodar sobre o tampo da mesa o pesado livro encadernado a pele, o que me facilitou o manejo da enorme tesoura. Completada a operação, o homem da coroa de louros ficou a olhar para um buraco na página. Deixei-o ali, não me pareceu importante resgatá-lo também. Tornei a fechar o livro mutilado e pu-lo na estante. Guardei a pantera recortada no meu envelope de recortes. Não a podia mostrar a ninguém, escondi-a no meio das imagens colhidas nas revistas e nos jornais antigos que me davam para eu escortinhar antes de irem para o lixo, animais ferozes, automóveis, aviões, paquetes de cruzeiro. Nas noites em que o candeeiro da sala não se acendia para chamar o pai, eu tirava a pantera do envelope, deitado na cama, e admirava-a debaixo das cobertas, iluminando-a com uma lanterna de bolso. No verso da imagem havia palavras truncadas em francês, cortadas cerce pela minha tesoura. O medo de ser apanhado fazia parte do prazer que a imagem me proporcionava. Passei a temer as visitas a casa dos avós. Procurava o livro na estante com os olhos, tentando perceber se fora mexido. Nunca mais o abri, para não chamar as atenções, para não me denunciar. O meu romance sobre a guerra colonial era um mosaico de recortes feitos à socapa nos relatos dos veteranos. Eles queriam que eu escrevesse a história deles, sem desvios, *ipsis verbis*. Eu inventei uma narrativa em que o meu pai executava gestos nobres, altruístas, temerários. Atribuí-lhe actos e palavras que outros tinham executado ou proferido. Dei-lhe, nas recordações dos outros homens, um relevo excessivo. Enchi-o de remorsos por ter deixado o Artur em Moçambique, uma mágoa que nenhuma das suas palavras ou gestos alguma vez indiciara.

À medida que íamos crescendo, o ritual das sextas-feiras adquiriu novos contornos. O pai tocava à campainha, a mãe precipitava-se a abrir, ele entrava em nossa casa com o ar mais natural do mundo.

Não cumprimentava a mãe, mal olhava para ela. Falava somente connosco, dizia: «Tenho aqui um livro para vos ler.» Sentava-se na sala, a mãe corria em volta da Leonor e de mim como um cão pastor a morder as ovelhas para não se tresmalharem, temendo algum assomo pré-adolescente de rebeldia, éramos obrigados a sentar-nos também. Ele abria o livro que trazia na mão e punha-se a ler em voz alta. Dinis Machado, *O Que Diz Molero*. José Cardoso Pires, *Balada da Praia dos Cães*. Todo o Lobo Antunes da primeira fase. Ao fim de uma hora de leitura pausada, a mãe levantava-se e desaparecia sem nós darmos por isso. O pai lia mais três parágrafos, fechava o livro, levantava-se e saía também. Eu e a Leonor ficávamos na sala, a olhar para a parede. Aquela que sempre nos fora apontada como a mais nobre das artes, a literatura, via-se reduzida a um mero preliminar sexual. Aprendemos que nada havia de intocável, nada havia de sagrado. Um dia, depois de o pai se eclipsar discretamente, a Leonor pegou no romance que ele deixara para trás, em cima da mesa. *Memória de Elefante*. Saímos para o patamar, sentámo-nos, ela abriu o livro na página em que o pai abandonara a narrativa e começou a ler em voz alta, imitando-lhe as inflexões, os maneirismos, as pausas no lugar certo. Concluída a leitura daquela folha, arrancou-a com um gesto cauteloso, para que a mutilação não se notasse à primeira vista, amachucou-a e começou a comê-la, despedaçando-a com os dentes e mastigando-a laboriosamente. A certa altura, julguei que ela ia vomitar. Arquejou, vi-lhe a garganta dilatada, correram-lhe lágrimas pela cara abaixo. Engoliu o último bocado, estendeu-me o livro e disse-me: «Agora és tu. Lê e depois come.»

A mãe tinha uma irmã mais velha. Lembro-me dela, cómica, feiosa, com cara de raposa sem malícia. Era a preferida do meu avô, à falta de um varão. A mãe contou-me muitas e muitas vezes, como quem cata a crosta de uma ferida em carne viva, uma história da sua adolescência. Certo serão, numa festa lá em casa, entrou, com o seu vestido branco, na sala onde já estava a irmã, e houve um breve silêncio quando todos os presentes, principalmente os rapazes, pousaram os olhos nela. Dali a pouco, o pai chamou-a de parte e disse-lhe: «Deixe brilhar a sua irmã.» As pessoas, em Portugal, vivem obcecadas com as precedências, com as hierarquias. Nunca há que chegue para todos, é imperioso determinar quem é o primeiro a servir-se. O amor é um bem escasso, esgota-se com muita facilidade, não se pode desperdiçar. «Deixe brilhar a sua irmã» é uma frase horrenda, feita de plutónio radioactivo, que fica a cuspir silenciosamente a sua radiação durante a vida inteira da pessoa a quem foi dirigida e em cujo peito se alojou.

A caixa de costura da mãe continha uma provisão infindável de alfinetes. Vista à lupa ou ao microscópio, a ponta de um alfinete é romba como um menir pré-histórico, como um pénis. É possível cravar um alfinete na carne e fazê-lo emergir mais adiante, empurrando-lhe com força a cabeça metálica, como fazia a mãe para marcar a bainha de umas calças ou de uma saia, antes de a pespontar. O sangue corre, três ou quatro gotas de cada buraco. Depois chupa-se. É preciso saber como se faz. Aprende-se muito a ver as mães costurar.

Todos os dias ajudava o frade de olhos leitosos a regar as hortas e os claustros do convento, que tinha terrenos a perder de vista. Percebi que aquele trabalho pesadíssimo recaía por inteiro sobre os ombros daquele velho. Não havia ninguém para o ajudar. Ele caminhava pelos campos de calças de ganga arregaçadas até ao joelho. Metia os braços nus no contentor cheio de restos de comida da cozinha e atirava mãos-cheias de esparguete pelo ar. Os gansos engoliam os fios brancos como se devorassem vermes a contorcerem-se em novelos, entrelaçados à flor da terra. Era da Terceira, contou-me que serviu várias vezes de motorista ao Vitorino Nemésio. Parámos ao pé de uma carpintaria ao abandono, ele disse-me que o irmão carpinteiro morrera havia muito. «Mas venho aqui regar estas roseiras, para isto não se perder.» Contou-me que o irmão carpinteiro era também vedor da água, tinha um pêndulo, deambulava pelas terras, o pêndulo dava um estremeção, ele dizia: «Aqui há água.» Os gansos perseguiam-me, corpulentos, de língua carnuda e afilada, sibilando que nem serpentes aladas e trôpegas. Quando encurvavam o pescoço para diante pareciam pequenos dinossauros carnívoros. Encurralavam a cadela, que se encolhia e os olhava com ar intrigado. Os pardais a tomarem banhos de pó na orla do milharal levantavam uma espessa nuvem amarela. Fiquei com as unhas cheias de terra negra. Limpei-as com os dentes em movimentos semicirculares, senti as pedrinhas a raspar contra o esmalte dos incisivos. Vi um carro dos anos 70 assente em cepos de madeira, com os pneus no ar, coberto de um pó espesso, com pirilaus traçados nos vidros por dedos anónimos. No pára-brisas havia um olho que parecia desenhado pela mão de um artista egípcio num túmulo do Vale dos Reis e, ao lado, em letras garrafais, uma só palavra: «Juízo». Quando eu rodava o manípulo de metal vermelho, a grossa mangueira, cheia de bolsas de ar, contorcia-se como uma jibóia a asfixiar a presa, chicoteando a terra e cuspindo esguichos relutantes. O Benfica jogava às nove da noite e o portão do convento fechava às dez. Menti ao frade de olhos leitosos, disse-lhe que naquela noite ia a casa de um ex-combatente do batalhão do meu pai, perto de Braga, e que tinha receio de chegar depois da hora do fecho do portão. Ele disse-me «que interessante», prontificou-se a emprestar-me a sua chave, pediu-me pormenores, perguntou-me onde morava o veterano. Disse-lhe que tinha a morada escrita no outro caderno de viagem. Encontrei uma velha lista telefónica da região do Minho na secretaria do convento, procurei uma morada plausível. Disse ao frade de olhos nevados que o veterano morava num lugar chamado Gualtar. Ele confiou-me a sua chave do portão com um gesto discreto, quase dissimulado, disse-me em voz baixa: «Esteja à vontade, regresse à hora que quiser», como se tivesse entendido tudo, como se me perdoasse. Deu-me explicações pormenorizadas sobre a maneira de chegar a Gualtar, que ouvi com atenção fingida, tomando notas para parecer mais convincente. Contou-me que o pai dele fora recrutado para a Grande Guerra. Um navio negro esperava ao largo da Terceira para levar a tropa. Veio a notícia de que a guerra acabara, o pai já não embarcou. Vi o jogo do Benfica num café a cinco minutos do convento, no meio de homens que interpelavam os jogadores no ecrã, gritando: «O treinador 'tá-te a chamar, não ouves? Tens merda nos ouvidos?», e: «Passa a bola, caralho! Queres entrar com ela na baliza, é?», e que batiam com as moedas no balcão a pedir vinho. Quando entrei no convento, às onze da noite, os gansos cercaram-me, silvando como hidras, de asas abertas, as línguas a palpitar como lesmas duras, prestes a ser engolidas.

Começámos pela pele em volta das unhas das mãos, calejada de tanto a roermos, porque aí quase não doía e quase não sangrava. Depois passámos para a pele dos cotovelos, pregueada e solta. Cada qual espetava um alfinete no cotovelo do outro e contávamos até vinte. Um de nós dizia: «Até cinquenta.» Continuávamos. Ao chegarmos a cinquenta, um de nós dizia: «Até cem.» A mãe nunca estava em casa durante o dia. De noite, sentados na cornija da fachada do prédio, à espera que o pai saísse, esticávamos uma perna, apertávamos entre o polegar e o indicador da mão esquerda uma prega de pele do joelho, onde ela é mais folgada, e cravávamos-lhe o alfinete que trazíamos de antemão preso na roupa. O sangue sabia bem e secava depressa. Doía muito tornar a flectir a perna com o alfinete cravado no joelho, a pele retesava-se e um novo fio de sangue escorria pela canela abaixo e ia ensopar-nos a peúga. Mas o que custava mais, o que doía mesmo, era, no momento em que o elevador soltava o seu ronco, puxar o alfinete num gesto brusco e sentir a queimadura do metal lambuzado de sangue a sair de dentro de nós.

5

Falei com um homem que fez parte do PCP e que se desfiliou antes da queda do Muro de Berlim. Ele trouxe à conversa o Mário Dionísio, mas acho que estava a falar de si próprio: «O Mário Dionísio, depois de romper com o PCP, passou o resto da vida numa espécie de exílio, em busca de uma parte de si mesmo de que se sentia amputado.» É assim que eu me sinto: numa espécie de exílio, amputado de uma parte de mim. E este exílio gera uma busca incessante, caótica. Uma busca condenada ao fracasso, porque não saio do mesmo lugar. Eu e a Leonor nunca falamos acerca do patamar, nunca falamos acerca do terraço, nunca falamos acerca da porta fechada, nunca falamos acerca dos fósforos, dos alfinetes, das cicatrizes, e este silêncio estende-se a tudo o que há em nós de íntimo. Não perguntamos um ao outro a opinião sobre isto ou aquilo. Não pedimos conselhos sobre o que fazer, não trocamos confidências. Nunca, mas nunca falámos sobre os nossos amores e desamores. Não falamos, ou quase, sobre os nossos filhos. Apenas trocamos informações factuais ou juízos sumários, sem direito a contraditório. A festa de aniversário é no dia tantos do tal. A não-sei-quantas vai fazer Erasmus em Cracóvia. Agora estou sem carro, foi para a oficina, não me dá jeito. Gostei do último filme do Canijo, achei bem esgalhado. Sempre que o telefone toca e vejo que é o número da Leonor, sei que o tema da conversa vai ser um e só um: a mãe, a saúde dela. Quando o pai era vivo havia dois temas possíveis: a saúde do pai ou a saúde da mãe. Não há mais nada. O patamar, o terraço, as marcas discretas na nossa pele mataram toda a intimidade entre nós para o resto das nossas vidas. Ou antes: toda a intimidade entre nós está contida no patamar, no terraço, nas marcas discretas na nossa pele, no sabor pegajoso da página mastigada do Lobo Antunes a colar-se ao céu-da-boca. Ficámos saturados de intimidade. Não sobrou espaço para mais nenhuma confidência.

A princípio, na escola, não contei a ninguém. A preparatória era um vulcão estromboliano de selvajaria onde caí aos trambolhões quando o meu avião foi abatido. O pára-quedas prendeu-se nos ramos de uma árvore e fiquei ali a esbracejar, suspenso a um metro do chão, a agitar as pernas, e todos os rapazes da escola desfilaram diante de mim e me perguntaram: «Eu tenho terra no cu, tu tens areia no cu, quem é que tem terra no cu?» E eu caí sempre na esparrela, de todas as vezes respondi: «És tu.» Só demasiado tarde entendi o trocadilho. No recreio, à chuva, vi um tipo com um olhar sanguinário de Klaus Kinski a espancar um rapaz que lhe esfarelara um cigarro sem querer e não pedira logo desculpa, enquanto em volta todos formaram uma cadeia metálica, de braços enclavinhados, para ninguém intervir. O fulano de ar alucinado espancou a vítima a murro, cada soco soava como uma maçã madura a esborrachar-se contra uma parede. No fim, abriu a braguilha e mijou para cima do rapaz caído. O mais velho da minha turma era um brutamontes chamado Antero. Numa aula, vi-o a desenhar no caderno, com esmero de artista amador de casas de banho públicas, um casal despido, em que o homem, por trás, sodomizava a mulher. O Antero tinha cara de cavalo, a boca atafulhada de dentes, de incisivos já gastos pela ruminação. Contou-me que o pai dele, quando se enervava, não desatava aos gritos. Pegava na navalha, abria a lâmina e punha-se a atirá-la à parede. A navalha rodopiava pelo ar em torno do seu eixo e cravava-se com um estalo, o pai levantava-se e ia buscá-la. O Antero escapulia-se de casa e só voltava de madrugada. À saída da escola, no terreno baldio onde agora se ergue a mesquita, vi um empregado da escola, o Sr. Coelho, um homem alto e nodoso, cheio de rebarbas, a sovar o Antero. Agarrou-o pelo pescoço, atirou-o ao chão, deu-lhe murros e bofetões. Havia um mar de gente no talude lamacento, um círculo fluido e oleoso que escorregava de um lado para o outro, sempre a rodear aqueles dois pontos. Assisti a tudo do passeio oposto. Passados uns dias, na cantina, vi entrar o Sr. Coelho, que agitou o punho, grosso como um malho, e berrou ao Antero: «Então tu fostes dizer ao conselho directivo que eu que te bati? Grande mentiroso!» O Antero desatou a chorar, disse que toda a gente tinha visto. Nunca pensei que ele chorasse assim, como uma criança, com lágrimas tão grossas. O Sr. Coelho disparou: «Quem viu? Diz lá, se és capaz, quem viu?» O Antero virou-se para o rapaz ao seu lado: «Tu estavas lá, viste tudo.» E o outro, de olhos baixos, sob os holofotes do Sr. Coelho, que tinha uns punhos de pedra lascada: «Eu não, eu não vi nada.» O Antero começou a percorrer a cantina, com o Sr. Coelho a farejar-lhe a nuca e uma procissão de mirones atrás, gente a adivinhar bagunça e mais batatada. Ia de mesa em mesa, à procura de possíveis testemunhas, com a voz presa, chorando mais alto a cada nova recusa, desesperado, a ver o mundo fugir-lhe e ficar mais pequeno. Pararam diante de mim, o Sr. Coelho cravou os olhos nos meus, o Antero agarrou-me o braço, lançou-me à cara uma baforada quente a cheirar a estábulo, implorou-me: «Tu estavas lá, tu viste, ele bateu-me!» Seguiu-se meio segundo de silêncio absoluto, que eu rompi, dizendo: «Não, não estava, não vi nada.» O Antero soltou um grito como se lhe faltasse o ar, o cortejo afastou-se de mim e já não havia nada a fazer.

Menti porque dizer a verdade seria como subir ao palco numa sala apinhada. Faria de mim a testemunha-chave. Eu que, muito a custo, me desembaraçara do pára-quedas e vivia agora escondido em território inimigo teria de gritar aos quatro ventos a minha existência. Nem pensar. As verdades estavam todas emaranhadas numa enorme bola de cotão. Contar uma delas implicava vomitá-las a todas. «Sim, vi o Sr. Coelho a bater no Antero. Sim, vi o meu pai a sair do quarto da minha mãe.» A verdade trazia a reboque um enredo intrincado, prolongava-se no tempo, parecia que nunca mais acabava. Exigia empenho. Era íngreme, metia medo. A mentira era mais simples, mantinha-me do lado de fora das coisas, não me vinculava a nada nem a ninguém, não tinha amanhã. A mentira quase nem precisava de mim para existir. Na cantina, diante do Antero e do Sr. Coelho, bastou sussurrar «não, não vi nada» e, de imediato, pude esconder-me outra vez.

No liceu, já mais crescido, tentei, hesitante, estender a mão a alguém. Mas a quem contar? Esta questão foi o gorgulho que, a partir de certa altura, bichou toda a minha vida. A quem revelar aquela anomalia, aquela singularidade, aquela mancha? A quem dizer: «O meu pai e a minha mãe divorciaram-se, mas ainda vão para a cama um com o outro e usam-me a mim e à minha irmã como biombos.» Na altura ainda não se falava em escudos humanos. A quem dizer: «Vivo demolhado em mentiras desde que me lembro.» A quem dizer: «Há na voz da minha mãe, quando volto de um fim-de-semana em casa do meu pai, inflexões de ternura, ao pedir-me que lhe conte o que vi por lá, que nunca lhe conheci em nenhuma outra ocasião.» A definição de amigo passou a ser esta: alguém a quem eu contava o meu segredo. Os eleitos eram pouquíssimos e todos reagiam com perplexidade, com assombro. Não percebiam o que eu queria deles. Eu próprio também não sabia muito bem. Talvez quisesse que me traçassem um diagrama explicativo daquela doença, que concebessem em meu benefício uma cosmologia capaz de reduzir aquele fenómeno às proporções de um mero exemplo no seio de um padrão recorrente, ou que, partilhando comigo um aleijão análogo, me ajudassem a carregar aquele fardo. Fui alargando o leque de candidatos, multiplicando as tentativas. Tornei-me menos selectivo. Um após outro, pressentindo em mim uma obsessão, sentindo-se investidos de uma responsabilidade desmesurada, os escolhidos preferiram afastar-se discretamente. Nenhum se mostrou à altura daquela minha exigência. Eu era como o Antero, a vaguear em busca de alguém que me dissesse: «Eu vi. Eu sei do que falas. Estou contigo.» Todos baixavam os olhos. Todos me negavam, assim como eu negara o Antero. Com o tempo, percebi que trazia estampada na camisola a minha história de desamor. «A quem contar?» deu lugar a: «A quem não contar?» O esforço para dissimular tomou o lugar da ânsia de revelar.

A reacção a esta minha deformidade, no momento em que eu a verbalizava como se fosse um acto fundador, passou a ser a bitola para avaliar todas as namoradas e amantes, a prova suprema que lhes cabia superar. A história dos meus pais era a minha estátua do Gungunhana. Era a atracção mais bela da minha cidade. Grotesca, inestética, incongruente, um destroço pesado e inamovível deixado pelos colonizadores, um monstro só aparentemente inofensivo que, depois de um périplo por ruas esburacadas e ruínas, eu apontava, com um misto de orgulho, embaraço e cautela, a todas as mulheres com quem me relacionava. Um ar de indiferença, uma risada trocista, um comentário do género «só isso? Olha que não é nada de especial, já vi coisas bem mais estranhas» ditavam o fim da relação a curto prazo. A pena, a comiseração eram-me também insuportáveis. Frases como «que horror, coitado» ou «pobre de ti, que infância desgraçada» eram o garante do meu desinteresse e de uma ruptura mais ou menos célere. No caso da Fernanda, a alegria caótica que dela irradiava levou-me a protelar dia após dia esta cerimónia iniciática. No fundo, sempre temi que ela não fosse digna de compartilhar aquele pão. Quando o pai dela morreu, ela chorou muito e, na igrejinha de Almancil, no velório, a olhar para o rosto azulado do pai na urna, disse-me esta frase: «Como é que ele foi capaz de me fazer uma coisa destas?» E depois: «Como é que ele pôde ser tão egoísta?»

E depois: «Será possível ele não ter pensado nos netos que ainda vão nascer? Não os quis ver, não os quis conhecer?» Percebi que nunca lhe mostraria o meu patamar, o meu terraço. Ela não seria capaz de se manter em silêncio, teria muita coisa para dizer, tentaria interpretar, faria perguntas para afugentar o medo. Tudo o que me dissesse soaria absurdo, banalizaria o sucedido. Só alguém sem medo da proximidade da morte me poderia valer. O casamento durou mais uns anos, a Camila nasceu, mas foi como se ali mesmo, na missa de corpo presente do pai dela, naquela igrejinha branca de Almancil, no calor tórrido de Agosto, quatro dias depois de nos termos casado ali bem perto, num dia de calor igualmente tórrido, eu tivesse decidido ir em busca de outra mulher. Desde que ela me acolheu no seu quarto, pouco tempo depois do divórcio, construí com ela uma conjugalidade efémera, despreocupada, alegre. Durante duas ou três horas somos marido e mulher. Ela tem à minha espera acepipes especiais, anchovas em lata, enroladas em alcaparras, pão muito branco, queijo de São Jorge, água fresca. Os alimentos surgem sobre a mesa da cozinha como que por encanto, apetecíveis e decorativos. Quando era pequena, a Camila sentava-se à mesa e comia connosco. Eu e a Fernanda nunca saímos juntos de casa, não vamos à praia, não vamos ao café da esquina. Deitados na cama, ela desafia-me para viagens ao estrangeiro, escapadelas a dois. Digo sempre que não, que não pode ser, que de certeza daremos de caras com alguém conhecido. Ela sorri como se dissesse: «Mas quem importa já sabe, ou não?» Não desiste, não se melindra, torna a insistir seis meses depois. Aponta-me nas paredes e no tecto os novos desenhos que ilustram estas viagens imaginárias, nunca concretizadas. Uma praia tropical, a Torre Eiffel, o Big Ben. Não sei se outros homens frequentam o quarto dela. É-me indiferente. Agora que a Camila já não mora com ela, meto-me no carro e vou até ao Algarve esporadicamente, uma vez por mês, não mais, às vezes de dois em dois meses. Em cada encontro marcamos o encontro seguinte. Nunca falhamos. Não trocamos mensagens de telemóvel ou *emails*, não é preciso. Enquanto escrevia o meu romance sobre a guerra, o périplo para conversar com os camaradas de armas do meu pai forneceu-me o álibi ideal, mas há outros. Hei-de cansar-me um dia, assim como o meu pai se cansou, já velho, já avô, e deixou de aparecer em casa da minha mãe. Ou antes, não se cansou. Percebeu que já não dava mais. Não foi um rebate de consciência, não foi uma epifania, não foi uma mudança interior. Foi, como sempre, um impulso ditado pelas vísceras. E se o sei é porque a minha mãe mo contou um dia, com a amargura cansada de quem conta uma grande desgraça que há muito lhe parecia iminente, que viu aproximar-se passo a passo e que agora sabe irreversível.

E tu, meu amor? E tu? Tu percebeste tudo e não me pediste contas. Percebeste tudo quando te exigi um compromisso incondicional mesmo antes de ter dormido contigo, da primeira vez que fomos jantar fora. Percebeste que o importante, da minha parte, foi sentir que estavas disposta a entregar-te a mim com base num mero palpite, numa primeira impressão, mesmo correndo o risco de não nos entendermos na cama. Mesmo que eu fosse impotente. Numa peça que vi ao teu lado, no D. Maria II, Pippo Delbono disse que a verdadeira compaixão é descer ao mais fundo das trevas, procurar um pária, dar-lhe a mão e trazê-lo connosco para a luz. Desceste ao mais fundo das trevas, procuraste um pária, deste-lhe a mão e trouxeste-o para a luz, e esse pária era eu. E quem foi resgatado das trevas pode resgatar quem o resgatou? Não ficaste de sobreaviso, não ficaste de pé atrás, agiste como um general que mandou todos os regimentos embrenharem-se no combate, não tinhas tropa de reserva a que lançar mão se o inimigo rompesse as tuas linhas avançadas. Sempre senti em ti esta entrega afincada e sem retorno, e, mesmo agora, depois do que descobri, continuo a sentir o mesmo. Estás à mercê do pânico, do salve-se quem puder, da debandada geral. Há em ti a firmeza inabalável de quem não teme perder as coisas, porque sabe que em todas elas há uma verdade que só a sua perda nos revela. A nossa primeira viagem ao estrangeiro foi muito difícil para os dois. Descobrimos em Itália que também podíamos ser infelizes um com o outro. Ainda não morávamos juntos, eu já me separara da Fernanda mas ainda não assinara o divórcio. Tinha saudades da Camila e foi ali, longe de casa, que me compenetrei de que não a ia criar, de que não ia vê-la crescer todos os dias. Fui mau para ti, fiz o que diz o Ruy Belo naquele verso: «Contigo fui cruel no dia-a-dia.» Em Vicenza, na véspera de regressarmos a Portugal, disseste-me que querias estar sozinha, deixaste-me naquela esplanada ao pé do Teatro Olímpico, disseste que voltavas dali a duas horas. Perguntei-te onde é que ias. Recusaste-te a dizer, no tom firme de quem não diz «não» para dizer «sim» logo a seguir. Vi-te desaparecer, paguei a despesa à pressa, segui-te. Não foi difícil iludir-te. Olhaste duas ou três vezes para trás, mas havia arcadas em muitos prédios, pude ocultar-me atrás das colunas. Meteste por uma ruela estreita, deixei que ganhasses avanço. Quando dobrei a esquina, desapareceras, mas soube logo que tinhas entrado na bela igreja de Santo Stefano. Entrei. Vi-te ajoelhada num banco, lá à frente, muito perto do altar-mor, onde a *Ressurreição* de Tiepolo te impressionara meia hora antes, quando ali tínhamos estado os dois. Aproximei-me discretamente, pé ante pé, sentei-me atrás de ti. Estavas tão absorta, com a fronte pousada nas mãos entrelaçadas, que não deste por nada. Falavas em voz baixa, num sussurro. Ajoelhei-me, pus-me à escuta. Senti o cheiro do teu perfume. Se quisesse, podia ter-te tocado. Estavas ao alcance da minha mão. Apurei o ouvido. Falavas com Jesus Cristo. Falavas com ele como se falasses com um amigo. Como se falasses ao telefone com um amigo. Pus-me a escutar a conversa. Não te mostravas chorosa nem comovida, não tinhas a voz embargada. Fazias pausas. Retomavas. «Estás sempre do meu lado, sei que estás sempre do meu lado. Preciso da tua ajuda. Preciso da tua ajuda para ser melhor. Preciso de força, preciso de coragem para continuar, para fazer este caminho. Tu sabes as minhas razões, sabes os meus sentimentos, sabes os meus erros. Tu sabes.» Na tela, em tons de sépia, o Cristo esbatia-se, espectral, até quase desaparecer. «Tu conheces-me, conheces as minhas limitações, sabes aquilo que eu sou melhor ainda do que eu própria. És mais íntimo para mim do que a minha própria intimidade. Faça o que fizer, cometa os erros que cometer, sinto que tenho o teu perdão. Tu sabes porque é que eu ajo assim ou assado, sabes o como e o porquê de todos os meus gestos. Não tenho de me explicar, só tenho de falar. Sou pecadora e sou sofredora. É pecado e é dor.» Ergueste os olhos para o altar. Fiquei muito quieto, suspendi a respiração, não mexi um músculo. Voltaste a sussurrar: «Faz com que ele fique. Acho que ele vale a pena. Acho que não vou encontrar outra pessoa como ele. Mas decide tu como vai ser. Se ele não ficar será também muito belo. Ficaremos na memória um do outro, para sempre imaculados, perfeitos. Seremos o sonho um do outro. Decide tu.»

Com mil cuidados, levantei-me do banco, esgueirei-me pela nave lateral, saí para a rua, arrepiei caminho em passo acelerado, rezando para que a mesma mesa estivesse livre na esplanada junto ao Teatro Olímpico. Estava. Sentei-me, pedi mais café. Chegaste pouco depois. «Liberto-te das juras de amor que me fizeste, das tuas promessas. Se quiseres, és livre de voltar para a tua mulher. Estou certa de que ela te vai receber de braços abertos. E não estou zangada contigo, acredita.» Percebi que a mais leve hesitação da minha parte seria fatal. Abracei-te, beijei-te, disse-te que não fosses tonta. Repeti as minhas juras e promessas, uma por uma. Levei-te para o hotel e fizemos amor. Foi a primeira vez. Até aí, não tinha sido capaz. Dizias-me: «Podemos ficar toda a noite abraçados.» E ficávamos abraçados, dormíamos assim. Como se houvesse em ti uma frieza que me assustasse. Como se houvesse em ti uma distância que eu não conseguisse vencer.

Um dia, muitos anos depois, sem te confessar que te segui, perguntei-te onde foste daquela vez, em Vicenza, durante aquela hora e meia. Respondeste-me que foste a uma igreja. «Fazer o quê?», perguntei-te. Recusaste dizer-me. Disseste que isso ficava entre ti e Jesus Cristo. Perguntei-te então se, na esplanada, ao dizeres-me que me libertavas de todos os compromissos, esperavas que eu ficasse contigo, como afinal aconteceu, ou se temias ouvir-me dizer: «Sim, tens razão, é melhor acabarmos.» Respondeste-me que tinhas a certeza absoluta de que eu ia ficar contigo. Perguntei-te porquê. Respondeste-me assim: «Quando saí da igreja e voltei para perto de ti, eu que me perco sempre, que nunca encontro o caminho aqui em Lisboa, onde moro há tantos anos, que viro sempre à direita quando devia virar à esquerda e vice-versa, encontrei o caminho certo logo à primeira naquela cidade onde nunca tinha posto os pés, onde nunca mais voltámos. Encontrei o caminho certo para voltar para perto de ti.»

6

Talvez aqui, em Cuamba, antiga Nova Freixo, já perto do lugar onde o meu pai fez a guerra, talvez aqui a infância impoluta, talvez aqui a infância antes de ser infância, talvez aqui, perto do lugar onde o meu pai se declarou sinceramente o mais infeliz dos homens. Talvez aqui, no campo, longe das cidades. Talvez aqui.

Na estrada para cá, vi espantalhos na berma com paus cravados no peito ou nas costas para não caírem ou então ramos bifurcados a cingirem-lhes a cintura ou o pescoço, com coletes reflectores no tronco e a cabeça coberta por um saco de juta, como o homem-elefante no filme do Lynch, quando foge das pessoas na estação de comboios e acaba encurralado num canto da latrina pública e grita: «Eu sou um homem! Eu sou um homem!» Um rapaz surgiu na berma da estrada, ergueu o braço a exibir um peixe enorme, negro, a mão enfiada até ao pulso na cavidade esbeiçada dos opérculos, o peixe a oscilar pesadamente como a cauda de um dinossauro marinho. Perguntei: «Do mar?» E o Lino: «Não, das lagoas», e apontou para as planícies em volta. Numa subida, a faixa do nosso lado estava quase toda ocupada por um camião TIR parado, o reboque carregado com um contentor de quarenta pés, os pneus calçados com grandes calhaus. Debaixo do camião, à sombra, o motorista enroscado no asfalto, a dormir, de rosto apoiado nos punhos fechados. Contornámos o camião sem abrandar, regressámos à faixa da esquerda numa guinada, seguimos. Numa parede, em letras toscas que desciam ao encontro da terra: «O albino é teu irmão.» À saída de Nampula vi um camião pesado com rolos de arame farpado no pára-choques traseiro. Perguntei o que era aquilo. «Acontece subirem homens quando o camião abranda. Se o camião não levar ajudante em cima da carga ou se o ajudante adormecer, eles trepam. Se o ajudante estiver a dormir, atiram ele para a estrada e começam a descarregar o camião em andamento. Já aconteceu. Depois vêm outros recolher, estão escondidos aí no mato. Outras vezes julgam que o ajudante adormeceu, mas ele está de vigia. Começa a dar-lhes com a catana, mas eles não se ralam, continuam a tentar trepar. Por isso o arame farpado.» Havia um incêndio enorme, uma língua de fogo desenrolou-se, atravessou-se na estrada à nossa frente, o Lino nem abrandou, desviou o carro como se contornasse outro camião TIR ali estacionado, seguimos em frente.

Cheguei a Cuamba e senti-me fora do mundo. O Luís Gouveia recebeu-me com o seu ar despachado. É de Coimbra, vive em Cuamba há dez anos, a chefiar a fábrica de algodão. Nunca tinha estado em África, respondeu a um anúncio, veio para cá, adaptou-se, parece-me o género de homem que se teria adaptado a outro lugar qualquer, fosse qual fosse a latitude. Usa o palavrão com parcimónia para salgar as frases e fala em rajadas curtas e em salvas de morteiro. Tem uma certa rudeza pícara, é o género de homem que discute com o condutor do *tuk-tuk* em Banguecoque porque acha que o fulano o está a roubar no preço e que, quando se vê rodeado de uma chusma de condutores de *tuk-tuk* furiosos, prontos a partir-lhe a cara, desata a fugir e se enfia num centro comercial e, para fazer tempo e ver se entretanto os ânimos arrefecem lá fora, decide ir à casa de banho cagar. Foi ele quem me contou esta história e eu acredito, porque ninguém se lembraria de inventar o pormenor do ir cagar. É o branco certo para trabalhar em Moçambique. Não carrega o peso do passado, finge que o passado não existe. Nunca diz «os pretos», diz «esta gente», diz «estes gajos». As pessoas desta terra produzem algodão, ele dirige uma fábrica de onde têm de sair todos os anos fardos de algodão aos milhares, quanto mais melhor, o resto é secundário. Não me parece que tenha alma de carrasco, mas, se tiver de escolher entre ser vítima e carrasco, será sempre carrasco. E em Moçambique é preciso escolher todos os dias, a todas as horas do dia. É um homem contraditório, brutal e reflexivo ao mesmo tempo. Contou-me: «Da primeira vez que fui a Portugal de férias, todos os gajos aqui da fábrica me pediram coisas, disseram que depois me pagavam. E eu, feito camelo, fiz uma lista e trouxe tudo, depois andei a distribuir. Jurei para nunca mais. Muitos deles não agradecem, esquecem-se de pagar, acham que nós temos muito dinheiro e que não nos faz diferença. Comecei a dizer que não a todos os pedidos, para não me chatear. Não trago nada, só o que me apetece, para quem me apetece, quando me apetece.» Mas depois: «Um dos agricultores aqui da zona foi o gajo que mais algodão produziu no ano passado. Este ano produziu muito pouco. Fui falar com ele, perguntei-lhe o que se passou, e ele: "Este ano preguicei." Se calhar o gajo é que tem razão, o gajo é que sabe.» Tem no rosto uma certa reserva, fitou-me com um olho semicerrado, de queixo muito erguido, a coçar a barba esparsa com os dedos enclavinhados, como se arrancasse pêlos aqui e além. À partida, parece estar sempre na retranca. Avalia num golpe de vista os forasteiros que aqui chegam para perceber ao que vêm, o que querem, se estão convencidos de que sabem tudo ou se, pelo contrário, estão dispostos a ouvir, se vêm como conquistadores, como missionários, como turistas ou como descobridores no sentido mais literal da palavra, para descobrirem coisas que não sabiam. Devo ter superado a prova com distinção, porque ele me deu guarida numa das casinhas para os engenheiros da fábrica que se encontrava vaga, disse que me emprestava um jipe para o próximo fim-de-semana com um motorista para me servir de intérprete.

No dia a seguir à cena da Camila com o namorado diante do nosso prédio, bateram à campainha ao final da tarde. Estava sozinho em casa, fui ver, espreitei pelo óculo. Era o Armando. Fiquei sem saber o que fazer, com a mão pousada no trinco. Só a porta nos separava, estávamos a menos de meio metro um do outro. Suspendi a respiração, não me mexi, não fiz barulho. Ele tornou a tocar, murmurou qualquer coisa. O que é que ele me quereria dizer? Se eu abrisse, tinha de o mandar entrar. «Mas o que é que ele quer?», pensei. «Justificar-se? Interceder junto de mim para que a Camila faça as pazes com ele? Queixar-se dela, dizer que ela é isto ou aquilo?» Ouvi barulho na escada, tornei a olhar pelo óculo. Ele tinha-se ido embora. Abri a porta, desci a escada, saí do prédio, olhei em volta. O Armando tinha desaparecido sem deixar rasto. Fui até à placa central, pus-me em pontas de pés, olhei para um lado e para o outro. Nada. Voltei para dentro.

Era domingo, acordei tarde, saí da fábrica de algodão, caminhei pela poeira das ruas, pelo meio do lixo, com a curiosidade serena de quem folheia ao acaso um livro de poesia acabado de comprar. O Luís disse-me antes de eu sair: «Podes andar por aí à vontade, estamos em nossa casa», e bastaram estas palavras para eu começar a tomar liberdades com tudo o que via. Fotografei as coisas e as pessoas sem lhes pedir licença ou pedindo licença com a firmeza de quem sabe que o seu pedido não pode ser recusado. Quando um grupo de adolescentes me fez de longe gestos vagamente agressivos e me gritou palavras enroladas, não perguntei a mim mesmo o que fizera para merecer aquilo, limitei-me a pensar «aqui também há valentões» e segui caminho sem olhar para trás. Transferi para os outros, para os seres e para as coisas com quem me cruzava, a responsabilidade de me atraírem para junto de si, disponível para me deixar cativar. Ensaiei ousadias, pus de parte alguns pruridos, comprei uma garrafa de água fresca, abri-a sem me certificar três vezes de que a tampa estava bem selada e bebi pelo gargalo no meio da rua, engasguei-me, cuspi-me todo, limpei a boca com as costas da mão. Semeei sorrisos a lanço, plantei olhares simpáticos sem cuidar de saber se iriam medrar naquele solo. Entrei em lojas, perguntei o preço de coisas que não queria comprar, fui perseguido por empregados que viram em mim uma quadra natalícia caída do céu em pleno Agosto, um excêntrico milionário europeu desejoso de gastar o seu dinheiro em rolos de tecido, em ferragens, em ventoinhas eléctricas, fiz-me de desentendido quando a desilusão deles se lhes vincou nos modos ferozes de quem vislumbrou um oásis e percebeu que era apenas poeira. Tratei esta terra com um tu-cá-tu-lá excessivo de velhos conhecidos, como se a reencontrasse depois de muitos anos sem nos vermos. Cheguei a afeiçoar-me a uma poça de água suja, longa e espelhada, à porta de uma padaria. Bisnaguei os braços generosamente com protector solar e espalhei o líquido com os dedos e derramei nas calças uma nódoa comprometedora que alastrou pela braguilha, mas não me importei. Rondei uma camioneta azul sem rodas, de eixos assentes sobre tijolos, guardada por um rebanho de cabras castanhas e pretas. Admirei os esforços denodados das nuvens de poeira vermelha para velarem o disco do Sol. Aproximei-me sem receio dos amontoados de lixo nas bermas, a farejá-los, a catalogar-lhes o conteúdo, vendo os cães que, mergulhados nos detritos até ao ventre, erguiam para mim os olhos exaustos. Fiz rir duas mulheres que se afastavam e que olharam por cima do ombro para me ver melhor. Com vagares de antropólogo diletante, detive-me diante das mesas de armar onde os vendedores ambulantes ensimesmados expunham os seus produtos, as malas de viagem, as mochilas escolares, as roupas, os auscultadores para ouvir música, os cartões de telemóvel, os sapatos, deixei que aqueles objectos mobilassem a minha retina muito mais tempo do que é costume. Percorri a quadrícula colonial destas ruas largas, sentei-me num alpendre que parecia ter sido posto ali para meu deleite. Era uma casa branca com muitas portas, uma fiada de lojas, e as portas davam todas para esse alpendre corrido que se apoiava em colunas de alvenaria e que dobrava a esquina numa curva suave. E o piso do alpendre era de cimento pintado de ocre, um socalco elevado em relação à poeira da rua, e eu sentei-me ali, encostado a uma coluna, e senti através do tecido das calças a frescura do cimento muito macio nas nádegas e nas coxas, e a altura daquele degrau pareceu-me feita à medida das minhas pernas. E um velho saiu de uma loja e meteu conversa comigo e disse-me que se chamava Faustino e disse-me que eu estava diante da casa de alvenaria mais antiga da povoação, construída por um branco chamado Francisco Maria Soeiro em 1958, quando aquela terra ainda se chamava Nova Freixo, para servir de loja de comércio geral, e que nesse tempo se vendia ali tudo, bichos vivos, bichos mortos, produtos de farmácia, gasolina numas bombas de manivela, tudo. E que o pai dele, Faustino, fora corneteiro da administração. Ergui os olhos e reparei na regularidade com que se alinhavam os barrotes ligeiramente vergados do alpendre e vi que na rua passavam motos a bambolear-se, levando no assento pessoas escarranchadas aos pares, embora as rodas, estranhamente, não levantassem poeira. Apareceram dois miúdos muito sujos e pediram-me dinheiro e eu dei uma nota de dez meticais a cada um, mas disse que em troca lhes queria tirar uma fotografia, e eles olharam para a objectiva com o ar solene de pequenos escravos que, levados para a Ilha de Moçambique, vissem o mar pela primeira vez antes de descerem ao porão de um navio negreiro, e um disse chamar-se Janico e o outro nomeou-se Estefânio, e eu disse-lhes «chega-te mais para ali» e «juntem-se mais» e «olha bem para mim», como se eles fossem meus filhos e eu os fotografasse num jardim aí de Lisboa. Mantive-os cativos muito tempo, minutos a fio, só depois de saciados os meus instintos de coleccionador é que lhes dei carta de alforria. Quando os viu aproximarem-se e estenderem para mim as mãos delicadas, o Faustino comentou: «O nosso país está reduzido a esta desgraça.» Depois de tirar as fotografias aos miúdos, já de pé no alpendre, continuei a conversar com o velho, a quem mostrei as fotografias de guerra do meu pai, e reparei então nos derrames que lhe aguarelavam o branco dos olhos, e os dois garotos iam passando a correr entre mim e ele, primeiro o da camisola azul, depois o da camisola encarnada, ora para um lado, ora para o outro, soltando risadas escarninhas, como quem salta uma fogueira ou como quem se esgueira entre dois cães ferozes presos com correntes ou como quem foge das ondas à beira-mar. Depois disseram «já vamos» e vi-os afastarem-se lado a lado pela rua abaixo, e nem por uma vez olharam para trás. Só agora, tarde de mais, me apercebo de que não disse ao velho que Cuamba é uma terra bonita. Devia ter-lhe pagado uma cerveja, devia ter conversado mais com ele. Devia ter-lhe perguntado mais coisas acerca do pai. Ao câmbio daquele dia, dez meticais eram vinte e três cêntimos do euro. Com o pretexto de fotografar o cavername do alpendre, estendi-me de costas no cimento ocre, obrigando os transeuntes a desviarem-se, e repousei pela primeira vez desde que cheguei a Moçambique. Talvez aqui a paz.

Cheguei ao restaurante que o Luís me tinha indicado e sentei-me na esplanada, que tinha um muro baixo em volta. Entrava-se na esplanada por um hiato no muro ou então entrava-se no restaurante pela porta principal e passava-se para a esplanada por uma porta de comunicação, e nas mesas havia toalhas brancas pousadas num ângulo de quarenta e cinco graus sobre toalhas aos quadrados vermelhas e brancas e havia guardanapos de pano muito grossos e macios enrolados dentro dos copos, com um bico a despontar, e sentei-me no meio daquela geometria familiar de arraial alfacinha de santos populares. Pedi caril de frango, três miúdos da rua vestidos de andrajos aproximaram-se do muro da esplanada:

— Ó amigo! Ó amigo! Tenho fome!

Há uns anos deparámos com aquele sem-abrigo espanhol no *hostel* de Estocolmo, a falar sozinho às tantas da noite na sala de convívio, a perorar em tom raivoso e a debater-se para desatar o nó cego do atilho da mochila enquanto duas alemãs se riam dele, e tu disseste-me: «Vamos dar-lhe a nossa lasanha. É talvez Jesus Cristo a pôr-nos à prova.» Mas hesitámos, nenhum de nós quis dar o primeiro passo, achámos o fosso demasiado fundo, não sabíamos como transpor aquele vau. Se estávamos mesmo a ser postos à prova, então fracassámos miseravelmente. Ainda disseste: «Jesus Cristo cruza-se a cada passo no nosso caminho.» Mas não foste mais além, o riso das alemãs era enervante e não dava sossego, foi-nos relativamente fácil antipatizar com elas, o sem-abrigo era caricatural, rubicundo, parecia um Popeye velho e obsoleto. Na noite seguinte, o dono do *hostel* veio com um amigo expulsar o sem-abrigo e surpreendeu-o no duche e disse-lhe «tens cinco minutos para arrumar as tuas coisas» e disse-lhe «devias voltar para a tua terra». E o sem-abrigo ia dizendo «têm de compreender a minha situação», arrumou as coisas pausadamente, os cinco minutos só se cumpriram ao fim de três quartos de hora. Estavam zero graus na rua. Talvez todos tenhamos um Jesus Cristo privativo para nos pôr à prova, um Jesus Cristo que nos acompanha pelo mundo fora e cuja pele vai mudando de cor.

Não respondi aos miúdos da rua, tinham um ar tão famélico, tão miserável, tão desumano, estavam quase despidos, braguilhas de fechos-*éclair* avariados, esbeiçadas como bocas de pequenos predadores, a roupa pardacenta, hirta da sujidade, continuei a comer, mexi na máquina fotográfica para disfarçar. Os miúdos ficaram a vigiar-me por cima do muro. De cada vez que o empregado aparecia, escondiam-se atrás da parede. O arroz transbordava do prato, não consegui comer tudo. Veio uma empregada levantar o meu prato e os meus talheres, uma gorda de ar maternal. Os miúdos desataram a esbracejar atrás do muro, fizeram gestos à empregada, a chamarem-na, a pedirem os restos da minha comida. Ela apontou, mandando-os irem até à porta principal do restaurante, cruzou a porta de comunicação, levando o prato. Pus-me de pé, fui até ao muro, torci o pescoço para ver. A empregada saiu para o passeio com o prato estendido, um dos miúdos pegou nos ossos de frango com fiapos de carne agarrada, nas peles flácidas, amontoou tudo na concha da mão, outro formou uma espátula com os dedos encurvados e rapou uma parte do arroz para a outra mão em movimentos mecânicos e eficientes, o terceiro imitou-o e recolheu o arroz que sobrava, depois afastaram-se os três em passo vivo, já a comerem enquanto atravessavam a rua, semeando na sua esteira, quais cometas de lixo a passarem junto do Sol, uma cauda de detritos, bagos de arroz, ossos descarnados de frango, pingos de molho amarelo, fragmentos da alface que eu me abstivera de comer com medo das infecções intestinais, porque a minha ousadia durara pouco, afinal.

Uma amiga da minha mãe disse uma vez em nossa casa, muito exaltada: «Se tiver de haver prostitutas para a minha filha chegar virgem ao casamento, então que haja.» Acho que ela queria dizer: se tiver de haver pessoas infelizes para nós sermos felizes, então que haja. Se tiver de haver pessoas na lama para nós nos sentirmos limpos, então que haja. Como se a porção de felicidade disponível no mundo fosse limitada e não chegasse para todos. Pior: como se houvesse a cada instante uma porção fixa de infelicidade e de sofrimento que é forçoso distribuir pelas pessoas, um fardo de amargura a que só podemos escapar alijando-o para os ombros do próximo. Depois do 25 de Abril, para educar o povo, dizia-se aquela frase: «A tua liberdade acaba onde começa a liberdade dos outros.» Da primeira vez que ouvi a minha mãe dizer isto, pareceu-me que ela tinha dito: «A tua felicidade acaba onde começa a felicidade dos outros.»

Naquela noite, ao jantar, na mesma esplanada, o Luís Gouveia apresentou-me às outras pessoas que estavam hospedadas na fábrica e que aqui iam ficar mais uma semana, um grupo de jovens, quatro portugueses e uma moçambicana branca, e eu senti-me bem, assim cercado de citadinos transplantados para o meio do mato, numa falsa comunhão a termo certo entre estranhos reunidos por acidente, numa versão em ponto pequeno dos *Dois Anos de Férias*. Os outros ao alcance da minha mão, os outros à mercê da minha simpatia ou antipatia, gente que nada sabia de mim, entre quem eu poderia, talvez em pé de igualdade, escolher aliados, fazer amigos, nutrir pequenos ódios de estimação, celebrar pactos de defesa mútua, estabelecer cumplicidades efémeras. Talvez aqui a infância-infância, talvez aqui o corpo livre das imposições do sexo, livre das exigências da cópula, talvez aqui o pau, a pedra, o fim do caminho.

Desafiei a Camila para irmos ao São Jorge ver um filme cubano sobre o projecto nuclear falhado do castrismo. Combinámos encontrar-nos à porta. Ela apareceu em cima da hora, a sessão estava prestes a começar. Trazia consigo o Armando. Apresentou-nos. «Este é o meu pai, este é o Armando.» Nem ela nem ele pareciam muito preocupados com as horas, ele fez até menção de acender um cigarro, apressei-os, fui à bilheteira comprar um bilhete adicional para o Armando, arrebanhei-os para dentro da sala, eles deixaram-se conduzir com a bonomia de quem cede aos caprichos de um velho excêntrico.

Havia três técnicos da EDP, um economista, o Mário, e dois engenheiros, o Chinelinhas e o Caixa-de-Óculos, colei-lhes alcunhas para facilitar. Tinham vindo estudar a viabilidade da construção de uma pequena central eléctrica de painéis solares para alimentar uma aldeia perto de Cuamba chamada Majune. Um projecto-piloto para países muito pobres e muito grandes, onde não há dinheiro para montar uma rede eléctrica decente que chegue a todo o lado. Ou talvez até haja dinheiro, há sempre dinheiro, mas as prioridades são outras, como comprar bens de primeira necessidade, armas e assim. O projecto tinha todo o ar de coisa para inglês ver, de gota de água no deserto, os técnicos da EDP eram arraia-miúda, putos de vinte e tal ou trinta anos, mandados até este fim do mundo para se esfalfarem a trabalhar, para darem a cara, para passarem por vendedores de ilusões se tudo fracassar, para apanharem uma doença com um nome impronunciável, para fazerem currículo, para aprenderem a não se queixar muito porque podia ser bem pior, podiam ter nascido aqui, podiam viver aqui, podiam nunca ter saído daqui. O Chinelinhas era meio careca, tinha uma barbicha que cofiava com ademanes de filósofo, vestia uns calções com muitos bolsos de vários tamanhos e uma *T-shirt* branca, calçava umas chinelinhas pretas de enfiar no dedo e pisava o chão como se o afagasse carinhosamente. O jantar foi lagostins para toda a gente e ele disse «eu gosto de comer marisco onde ele é bom» e depois disse que Moçambique não tem futuro, porque as pessoas cortam as árvores todas para lenha e dentro de uns anos não vai haver florestas, e que isto lhe fazia imensa impressão, depois encheu o prato com muito cuidado, sem pressa, primeiro o arroz, a seguir os pequenos lagostins vermelhos, três ou quatro, dispostos num acaso coreografado, todos voltados para o mesmo lado, por fim o molho amarelo a cercar a ilha de arroz, tudo encimado por umas palmeiras de verdura, salsa ou coisa que valha, e quando a natureza-morta ficou concluída ele tirou do bolso um telemóvel muito grande e muito delgado e ergueu-o e fotografou a sua obra, e no dia seguinte o Mário mostrou-me no seu telemóvel o *Facebook* do Chinelinhas e lá estava a fotografia do prato da véspera na mesa do restaurante com uma legenda do género «Comida boa» ou «Nesta terra come-se bem» e comentários de amigos do género «Ai que inveja» e «Bom apetite». O Mário era um loiro de barbas, um gordo à primeira vista descomplexado, de piada subtil e certeira, com quem simpatizei logo. Tinha um mau hálito épico e uns dentes acastanhados que me tranquilizaram, dispensando-me de procurar outros defeitos. Escolhi-o instintivamente para meu companheiro de aventuras, para amigo a quem daria a entrever alguns cambiantes da minha chaga. O Caixa-de-Óculos, o outro engenheiro, era um rapaz castiço, o mais novo dos três, sempre a usar onomatopeias e interjeições para dar vida às histórias que contava, «comecei a tomar banho e catrapimba!, levei logo um esticão na testa por causa da cabeça eléctrica do duche, já disse ao Luís, aquela porcaria está avariada, tem os fios à mostra, abre-se a água e trau!, saem faúlhas», o género de rapaz simpático que revela todas as suas limitações quando se começa a falar de futebol. Depois havia a Anita, uma engenheira do ambiente, moçambicana branca, de Maputo, funcionária da empresa que tinha ganho o concurso para fazer o estudo de impacto ambiental do projecto de electrificação da aldeia, de cabelo curto e risca ao lado à Jean Seberg, mas sem um rosto à altura, com um casaquinho de malha abotoado pelas costas abaixo que me irritou logo, porque não se percebia se o casaco era mesmo assim ou se ela o tinha virado ao contrário para fazer charme. Passei bastante tempo a lançar-lhe olhares pouco discretos em busca da etiqueta do casaco na parte da frente do decote para desmascarar o embuste, depois pensei que nesse caso ela teria tido o cuidado de descoser a etiqueta e pus-me a procurar os vestígios da marosca, um pesponto qualquer na malha junto à garganta, um vinco, e ela tinha o tique enervante de repuxar as mangas do casaco para cobrir as mãos e quando punha as mãos em cima da mesa só se lhe viam as pontas dos dedos e tinha as sobrancelhas espessas e faltava-lhe qualquer coisa para ser bonita e calçava uns daqueles sapatos rasos de sola de borracha cujos atacadores não se apertam, o atacador parece uma cobra, entra num buraco e sobe aos ziguezagues pelo peito do pé acima e leva um nó em cada ponta e não serve para nada, não aperta nem desaperta, e ela cada vez me irritava mais e houve um momento em que achei que talvez ainda conseguisse baixar a guarda na presença dela, que foi quando ela disse que a família tinha uma casa de férias na Ilha de Moçambique e que aquilo era maravilhoso, embora houvesse o problema de as pessoas fazerem as necessidades na praia, que se chama «fecalismo a céu aberto», e toda a gente desatou a rir, um riso espontâneo e acolhedor no escuro da noite plácida, e o Mário disse que «fecalismo a céu aberto» parecia o nome de um culto religioso, mas depois ela estragou tudo com uma avalancha de anglicismos, contou que tirou o curso na África do Sul e que quando lá estava fez «*bungee jumping*» numa ponte, mas que teve o cuidado de escolher uma empresa segura, com um bom «*track record*» em termos de acidentes e com uma «*database*» que se podia consultar *online*, e que aquele salto tinha sido «*the time of my life*». Detestei-a desde logo com requintes de malvadez, sem hipótese de redenção. Depois havia o Spielberg, um documentarista *freelance* encarregado de preparar um vídeo da fase preliminar do projecto para apresentar à ONU e convencê-los a meterem dinheiro naquela iniciativa, um tipo esgazeado, um pouco distante, para quem aquilo era apenas mais um trabalho em África, sem pachorra para se maravilhar nem energia para desenganar os outros, querendo apenas dar aquilo por encerrado com o profissionalismo frio dos mercenários e partir para o próximo compromisso marcado na sua agenda. O Luís presidia ao grupo, todos se calavam para o ouvir, os seus anos de África, a sua idade e a sua condição de anfitrião de nós todos conferiam-lhe autoridade, podia dar-se ao luxo de lançar perguntas do género: «O que é que vocês estavam a fazer quando foi o 11 de Setembro?», e fazia-se silêncio na mesa e toda a gente respondia à vez e os outros calavam-se e escutavam com atenção, como numa sala de aula. A Companhia de Algodões de Moçambique também estava metida no projecto, porque, além de ter painéis solares, a central, se chegar a existir, também irá queimar restolho de algodão para produzir energia.

O filme acabou, ficámos a conversar nas escadas do São Jorge. Perguntei-lhes se tinham gostado. A Camila disse que mais ou menos. O Armando disse que sim, que tinha gostado muito. Mas depois acrescentou: «Uma pessoa assim como o Carlos deve gostar mais. Isso é um filme para pessoas mais velhas. As pessoas, chegando a uma certa idade, parece que estão cheias de coisas que ficaram por acabar. Como no filme, aquela central nuclear que nunca chegou a dar energia. Aquela cidade-fantasma para os trabalhadores.» Sorri, deliciado. O rapaz tinha percebido tudo. «E tu», perguntei-lhe, «não vais deixar nada a meio na tua vida?» E ele: «Eu não, eu vou começar numa ponta e acabar na outra.» E depois: «O meu avô teve de se vir embora de Moçambique com a minha avó e com o meu pai, que ainda era miúdo, quando foi a independência. Nunca mais lá voltou. Fez a guerra do lado dos portugueses, depois foi sipaio. Morreu quando eu era muito pequeno, não o cheguei a conhecer bem. Lembro-me de um homem amargurado, cheio de coisas por acabar. Eu não quero ficar assim quando for velho.»

No fim do jantar o Mário disse qualquer coisa em voz baixa ao Caixa-de-Óculos, depois virou-se para mim e perguntou-me se eu queria colaborar no projecto, porque toda a ajuda era bem-vinda, iam entrar na segunda e última semana dos trabalhos e ainda faltava imensa coisa, e eu disse logo que sim, eufórico, disse que o Luís só me arranjara jipe para Jemusse no sábado seguinte, disse que se ele não tivesse perguntado eu próprio teria oferecido a minha ajuda. Pedi pormenores, inteirei-me das tarefas. Talvez aqui a infância, no fatigar do corpo até à dormência, na aprendizagem de novas posturas, no embotar do gume dos olhares alheios. Veio logo à tona cá no íntimo o meu lado «eles já vão ver», o meu lado «eles não me conhecem, julgam que eu sou uma pessoa como as outras, nem sabem o que os espera», o meu lado competitivo, o meu lado de puto sempre ansioso de mostrar aos grandes que tem lugar entre eles, o meu lado estupidamente implacável, imune a estados de alma, que despreza os doentes, todos necessariamente uns fiteiros, os que não passam sem as refeições a horas certas, os que estão sempre aflitinhos para ir à casa de banho, os que acham que por aí não dá, por aí não se passa, os que se cansam, os que têm asma, os que não podem mais, os «por hoje já chega», os «não exageremos», os que têm dores de cabeça, os que sofrem de alergias, os que usam lentes de contacto e têm medo do pó, os que se abanam com papéis dobrados em quatro quando o ar está muito abafado, os que espetam um espinho no dedo, a minha costela insuportável de retroescavadora silenciosa e cega, a minha costela de Pantaleão Pantoja. A minha costela de miúdo a querer fazer as coisas de que o pai e a mãe se orgulhariam, mas em silêncio, sem espalhafato, às escondidas deles. Como se, incapaz de agir de outro modo, incapaz de me estar marimbando, de me baldar, de fazer as coisas às três pancadas, amaldiçoado por aquela frase que o pai nos disse uma vez e que a mãe adoptou como estribilho, «só há uma maneira de fazer as coisas, é bem», eu quisesse, ainda assim, privá-los do consolo de acharem que, afinal, não escavacaram tudo dentro de mim. Privá-los do consolo de acharem que, apesar de tudo, podem ou podiam morrer descansados. Privá-los do consolo de acharem que, apesar de tudo, valeu a pena. Pressenti logo de início, embora o Mário e o Caixa-de-Óculos não mo tenham dito com as letras todas, que o avanço do projecto dependia de muitas variáveis, das prioridades estratégicas da EDP, dos meandros burocráticos da ONU, do dinheiro que haverá ou não haverá, do dinheiro que aqui se poderá ganhar, porque a generosidade é rendível, desde que devidamente publicitada. As pessoas de Majune terão electricidade se alguém, sentado num gabinete muito longe daqui, em Lisboa ou noutra capital europeia qualquer ou até na China, quem sabe, olhar para os números alinhados numa folha de papel ou no ecrã de um computador e achar que a boa publicidade irá compensar o gasto de dinheiro, que as trombetas a tocar nas ruas a caminho do templo proclamando as virtudes do nobre esmoler trarão prestígio e riqueza suficientes para cobrir largamente o valor da esmola. O Caixa-de-Óculos e o Chinelinhas tinham a seu cargo a parte técnica, aí eu não podia meter prego nem estopa. Mas ao Mário cabia fazer inquéritos à população e, com os dados recolhidos, caracterizar aquele microcosmo aldeão e demonstrar a viabilidade do projecto, provar que há em Majune um número suficiente de pessoas dispostas a pagar a taxa de ligação e a electricidade a um preço reduzido para a coisa ter pés para andar. E aqui, sim, imaginei logo para mim um papel tão efémero quanto relevante, decidi abraçar aquilo com todas as ganas, forçar o projecto a cruzar uma linha de não retorno, tirar dúzias e dúzias de pontos GPS nas casas, propiciar o preenchimento de uma pilha nunca vista de inquéritos, coligir uma caterva colossal de dados que permitisse ao Mário escrever um relatório incrivelmente pormenorizado, inatacável quanto à representatividade da amostra e quanto à fiabilidade das previsões dos custos. Decidi que o presidente ou o director-executivo ou o accionista maioritário da EDP a quem coubesse erguer o polegar ou baixá-lo, por mais pulha e desalmado e ganancioso e sedento de prémios monetários no final do exercício semestral que fosse, não teria a mais leve ponta por onde pudesse pegar para escrever na folha de rosto do *dossier* «Majune», acima da sua assinatura de porco capitalista, a palavra «indeferido». Naquela noite quase nem dormi, tal o entusiasmo. Acendi a luz, levantei o mosquiteiro, fui até ao frigorífico, bebi um copo de água fresca. Sentei-me à pequena mesa feita de metal e de contraplacado, com caracteres chineses estampados no rebordo do tampo, fechei os olhos, deixei-me embalar por uma vertigem, disse «agora é que estes filhos da puta vão ver», sem saber ao certo quem eram os «filhos da puta» que «iam ver», podia ser o Chinelinhas, podia ser a Anita, podia ser o administrador sem rosto da EDP em Lisboa ou na China, com a faca e o queijo na mão. Cada qual à sua maneira, todos eram filhos da puta, todos iam ver do que eu era capaz. Talvez aqui fosse possível aumentar o reservatório de felicidade do mundo, dar a uns sem tirar aos outros.

Só falta explicar-te a razão mais importante de todas, Amália, o motivo que realmente me impediu de pregar olho, a razão daquela insónia eufórica. Foi a ânsia de superar o meu pai. Vi ali, naquele projecto, uma possibilidade, caída do céu aos trambolhões, de ombrear com ele, de lhe repetir os gestos, apurando-os, de lhe roubar a primazia de uma vez por todas. Tenho fotografias em que ele está a vacinar magotes de negros, filas e filas de crianças e mulheres, uma chusma de gente a perder de vista. Sei de cor quantas pessoas ele vacinou num só dia no Chicôco, em Fevereiro de 1968, porque ele teve o cuidado de o anotar no diário: trezentas e uma. Sete homens, setenta mulheres e duzentas e vinte e quatro crianças. Trezentas e uma pessoas. Era preciso fazer uma coisa tão extenuante como esta, que se pudesse traduzir em números, mensurável, palpável. «Nem penses em fraquejar», disse a mim próprio, à luz do frigorífico aberto. Depois de, nas páginas do meu romance, ter domesticado o pai morto, chegara o momento de o deixar para trás no mundo dos vivos.

Descemos a escada do São Jorge, chegámos ao pé do metro, o Armando e a Camila beijaram-se na boca sem aviso, desviei os olhos. Ele despediu-se de mim: «Adeus, Carlos, até à vista.» E eu: «Um dia tens de me contar as histórias de Moçambique do teu avô.» E ele: «Sim, eu conto. É uma maneira de acabar o que os outros não puderam acabar. Contar as histórias deles. Dar-lhes paz.» Virou costas, atravessou a avenida a correr com o semáforo vermelho para os peões e desapareceu do outro lado. A Camila trazia um casaco de pêlo cor de cereja, vermelho-berrante. Enquanto esperávamos pelo metro, sentados nos bancos do cais, ela disse-me: «Pai, vou vender óvulos a uma clínica para ter dinheiro para umas férias com o Armando no Japão. Mesmo assim, ficam a faltar quinhentos euros. Podes emprestar-mos? Eu pago-te da próxima vez que doar óvulos. Pode-se doar três vezes.»

Atirei-me ao trabalho como se pretendesse desagravar um nome de família maculado por crimes contranatura. Na manhã da segunda-feira, bem cedo, saímos da fábrica em dois jipes com a sigla CAM desbotada na chapa das portas, seguidos por uma camioneta de caixa aberta a abarrotar de adolescentes de Cuamba, alunos da 12.ª classe, a quem cabia o papel de inquiridores. Parados no mercado de Majune, eu, o Mário e a Anita ficámos à espera que os chefes de bairro viessem dizer quais as casas dos interessados que ainda faltava incluir na lista. Apareceu um chefe de bairro, disse:

— Tenho mais quatro pessoas que ainda falta. — Eu adiantei-me logo, chamei quatro inquiridores, fui atrás dele.

— É longe?

— É já ali.

A aldeia pareceu-me enorme, quatro mil pessoas espalhadas à volta da linha de comboio que vai para o Malawi, caminhámos em fila indiana, formou-se um cortejo de putos a seguir-nos. Na primeira habitação onde entrámos, ao fim de dez minutos de caminhada, tive um impulso didáctico, chamei para perto de mim um dos inquiridores, perguntei-lhe o nome, era Milagre Júlio, expliquei-lhe como se usava o telemóvel para tirar fotografias georreferenciadas que o Mário me tinha passado para a mão.

— Seleccionas esta função, escreves aqui o código, neste caso é B32. Não, tens de ter cuidado, o ecrã é muito sensível. Pronto, assim já está. Agora carregas aqui. Vê se ficou bem. Espera. Não, há qualquer coisa que não está bem. Deixa ver.

Era preciso georreferenciar os edifícios mais importantes de cada habitação. Um quadrado de terra batida, uma vedação de caniço, às vezes chulipas metálicas dos caminhos-de-ferro cravadas ao alto no chão, arames vermelhos da ferrugem. Uma casa principal, às vezes uma segunda casa, um celeiro no alto de estacas, para os animais não comerem o que não lhes compete, uma latrina ao canto. Galinhas, cabras esporádicas, cães silenciosos, crianças por todo o lado. Os tijolos de adobe como lingotes de ouro artesanais, saídos de um tesouro pré-histórico, de arestas rombas. O Milagre demorou uma eternidade a tirar as fotografias, atrapalhou-se várias vezes, via-se que estava nervoso por causa da responsabilidade, fazia as coisas a medo, foi preciso repetir, expliquei-lhe tudo de novo, os minutos passavam, comecei a ficar tenso, senti o garrote da impaciência a apertar, olhei para o relógio, disse a mim mesmo «assim não dá». Era preciso escolher entre ensinar a fazer e fazer depressa. Entre escorrer como água por cima das coisas e deixar-me ensopar por elas. A multidão de negros em fila, à espera da sua vez, nas fotografias do meu pai a administrar vacinas contra a varíola inquinava tudo, não me dava descanso, fazia daquela empreitada um contra-relógio. Quando finalmente acabámos, olhei em volta e percebi que era indispensável registar aqueles momentos com a minha máquina fotográfica, que era preciso recolher provas inequívocas do meu triunfo, e então ordenei ao dono da casa que se perfilasse em frente à construção, para eu tirar uma fotografia. O homem, um velho de galochas, muito franzino, com uma incongruente camisola azul-bebé da *Adidas*, postou-se ali, tenso, hirto, a cabeça baixa, as mãos unidas diante das virilhas, como se estivesse nu à beira da cova, antes da execução, e quisesse mesmo assim ocultar o sexo, e eu cerrei os dentes e disparei a máquina sem dó nem piedade, fazendo-me valer da minha pele branca, usando em meu proveito as rotinas de séculos e séculos de sujeição das gentes pardas. Voltei-me para o Milagre:

— Agora ficas aqui, preenches o inquérito com este senhor. Escreve aí o número no cabeçalho, B32. No alto da folha, sim, neste quadrado. Já sabes como é. Isso mesmo, B32. Quando tiveres acabado, vais ter connosco.

Vi-os sentarem-se frente a frente à sombra do beiral de colmo, o velho e o rapaz, o velho de roupas muito coçadas, o rapaz praticamente vestido como um adolescente citadino português, ouvi o Milagre pedir, de esferográfica em punho, o inquérito pousado sobre os joelhos: «Me ensina o teu nome», o velho respondeu num fio de voz: «Virgílio Damião», adiantei-me: «Desculpe interromper, só quero despedir-me», apertei a mão ao dono da casa, os olhos dele fixaram um ponto no chão, algures entre os meus pés, saí em passo vivo com o chefe de bairro e com os outros três inquiridores e com a ranchada de putos atrás.

— E a próxima casa, é longe?

— É já ali.

Levei a coisa para a brincadeira, perguntei à Camila se não preferia vender o cabelo ou os incisivos de cima, como a Fantine. Mas ela não leu esse romance e tive de lhe explicar, a piada perdeu-se. Não lhe perguntei se a clínica vai revender os óvulos dela em Portugal ou no estrangeiro. Provavelmente nem ela própria sabe, nem lhe interessa. Serei avô sem dar por isso, terei netos algures que nunca irei conhecer, muito possivelmente parecidos com a Camila, que é parecida comigo, que sou parecido com o meu pai. Perguntei-lhe se o Armando sabe disto. Ela disse que não. Que ela lhe falou desta ideia há uns anos, quando vieram os dois do Algarve para Lisboa, mas que ele sempre foi contra. Que foi por isso que se zangaram um com o outro naquela noite, à porta do prédio, aquela noite em que ele quis falar comigo. Disse-lhe que ia tentar arranjar os quinhentos euros, sabendo que, muito provavelmente, não ia conseguir. Sabendo que, muito provavelmente, não me ia esforçar o suficiente. Sabendo que não estava disposto a pôr em risco esta minha viagem a Moçambique, a minha fantasia moçambicana, por causa da fantasia japonesa dela. Depois perguntei-lhe:

— Mas porque é que ele não quer que tu vendas os óvulos?

— Diz que lhe faz muita impressão. Que não sabemos se as crianças vão ser infelizes. Se vão ser criadas por loucos, por gente que as maltrata. Se vão ser usadas para experiências. Ele vê muitos filmes de ficção científica.

Fez uma pausa.

— Eu disse-lhe que, às vezes, os maiores loucos são os pais biológicos. — Olhou para mim, mas não sorriu. Desviou o rosto. — São esses que conseguem dar cabo de nós. O pai do Brian Wilson obrigou-o a cagar em cima de um jornal, na cozinha, em frente aos irmãos. O pai do Marvin Gaye deu-lhe um tiro, matou-o. E os pais do John Lennon eram doidos varridos.

E eu pensei: «E a mãe da Frances Farmer. E o pai do Dickens. E a mãe do Rimbaud. E o pai do Pasolini.»

Rompemos pela rede de capilares daquela aldeia, veredas e ruas traçadas ao sabor de impulsos orgânicos, em sinuosidades anatómicas, por entre falanges de tijolos de adobe a crestar ao sol perto das feridas rasgadas na terra argilosa de onde saíra a sua matéria-prima, uma rapariga a dar à bomba num poço que fez menção de parar ao ver-me e depois ergueu um pé para ganhar balanço e tornou a fazer força com os braços no manípulo metálico, um pneu velho meio sepultado na terra pardacenta, a exibir o dorso reptiliano, um porco malhado a mastigar ruidosamente e a olhar-me com ar de desafio, um grupo de mulheres debruçadas no fundo de um enorme buraco alcantilado e negro, a encherem latas com a água cristalina de uma nascente brotando em golfadas como sangue impelido pelos batimentos de um coração subterrâneo e a passarem-nas de mão em mão até ao alto, as latas a entrechocarem-se em tinidos suaves enquanto as gotas de água, tombando, percutiam o chão surdamente como pequenos seixos. Ao fim de um quarto de hora de caminhada, o chefe de bairro parou diante de outra casa e disse «é aqui», saudou em voz bem alta, «salama», pediu licença para entrar, «odi», transpusemos a abertura em L na vedação. Já sem grande convicção, decidi dar uma segunda oportunidade aos rapazes, chamei para junto de mim outro inquiridor, perguntei-lhe o nome, era Chorão Lucas, comecei a explicar-lhe como se manejava o telemóvel:

— Seleccionas esta função, tens de carregar aqui no ecrã. Não, não é assim. Volta atrás, fecha isso. Dá cá. Pronto, já está, recomeça. Carregas ali. Não, ali.

O chefe do bairro olhava para mim com ar calmo, como se tivesse todo o tempo do mundo, como se todas as minhas excentricidades fossem compreensíveis, toleráveis, interessantes, até. O Chorão tornou a enganar-se, riu-se nervosamente para os outros inquiridores, os miúdos pequenos segredavam frases uns aos outros, estendi o braço para o telemóvel, disse ao Chorão:

— Olha, deixa estar, é melhor ser eu a fazer.

Ao fim de três ou quatro casas estabelecera já uma rotina bem oleada, uma sequência fixa e eficaz de gestos e de palavras, uma mecanização da solidariedade, uma linha de montagem do amor ao próximo, sempre de olho no meu pai, como um piloto de corridas a encurtar distâncias para o líder a cada curva. Cruzar a abertura na vedação com ar decidido, na peugada do chefe de bairro, dizer «salama», depois «odi», tirar os pontos GPS, anunciar em voz alta o código daquela casa, certificar-me de que o inquiridor o escrevia no quadradinho respectivo do inquérito, fotografar com a minha máquina o dono da casa parado em frente à habitação, deixar o inquiridor sentado diante do aldeão, a preencher o inquérito, despedir-me, dizer «assanti», obrigado, avançar para a casa seguinte. Os outros cansam-se depressa, eu não me posso dar a esse luxo. Perante os olhares intrigados dos habitantes, impus em Majune a minha cadência vertiginosa, a minha fuga para a frente, num contraste deliberado e consciente com o ambiente pacato da aldeia, que só o berreiro das aparelhagens sonoras perturbava aqui e além. Tendo tomado o pulso à tarefa, fixei para mim próprio a meta ambiciosa mas realista de trinta pontos de GPS diários, quarenta, se possível, cada qual acompanhado do respectivo inquérito, depois de, no jipe, ter ouvido a Anita dizer, no tom de quem cometera uma proeza extraordinária, que o seu máximo até ali era quinze, e o Mário dizer que chegara aos vinte e três num dia particularmente extenuante. «Não sabem com quem se meteram», pensei. «Vão ver.»

Chegámos a São Sebastião e a Camila tinha de apanhar a linha vermelha, esperei com ela no cais. Perguntei-lhe quanto custava, no total, a viagem ao Japão. Disse-lhe que ia tentar arranjar o dinheiro todo. No momento em que o disse, acreditei naquilo que estava a dizer. Pedi-lhe que não vendesse os óvulos. «Tu não és como a tua mãe. Tu não és como eu, não és como nós. Vais ser capaz de fazer as coisas de outra maneira, vais ser capaz de viver de outra maneira.» Foi o mais longe que cheguei de uma confissão de culpa à Camila. Mesmo que não vá mais além, também neste domínio já superei o meu pai. O metro chegou, eram só três carruagens, estávamos na ponta errada do cais e ela despediu-se de mim à pressa e desatou a correr pelo meio das pessoas, tentando antecipar-se ao condutor, que se dirigia para a cabeça da serpente. Era tarde, quase meia-noite, mas o cais estava apinhado. Fiquei a ver a mancha de pêlo cor de cereja a afastar-se pelo meio dos turistas, esperei que ela se virasse para me dizer adeus. Ainda lhe gritei: «O Armando tem razão!» Mas ela não se virou. Quando ela tinha nove ou dez anos, fui buscá-la a Faro numa sexta-feira e trouxe-a para Lisboa. Tornei a levá-la para baixo no domingo, cheguei a casa às duas ou três da manhã, por me ter demorado mais do que o costume no quarto, com a Fernanda. Na segunda-feira vi que a Rita tinha os olhos vermelhos de chorar. Chamei-a, sentei-a no meu colo. «O que é que tens?» «Não quero contar.» «Vá lá, conta ao pai.» Não foi preciso insistir muito. «A Camila disse-me quc eu não sou tua filha. Tu não és o meu pai. Eu sou filha do primeiro marido da mãe, que morreu antes de ela te conhecer. É verdade?» Abracei-a, disse-lhe que não, claro que não. Pedi-lhe que não te contasse. Expliquei-lhe: «Se contares à mãe, ela deixa de gostar da Camila, e a Camila nunca mais pode vir passar os fins-de-semana connosco.». Ela prometeu-me guardar segredo, muito séria, com as suas pupilas de sete anos. Cumpriu.

O Mário disse-me que as pessoas de Majune não passam fome, que aqui se pratica uma agricultura de subsistência, mas sem privações a valer. Contou-me que já esteve no Quénia, num campo de refugiados do Sudão, e que aí, sim, viu a miséria funda, a miséria-miséria, a fome-fome. Incomodou-me esta primazia dele em matéria de sofrimento alheio. Senti-me, além disso, defraudado. Instintivamente, desejei que estas pessoas fossem muito pobres, para eu poder ajudá-las muito. Tudo o que diminuísse a miséria delas me punha em desvantagem em relação ao meu pai. Depois arrependi-me deste desejo inconfessável, mas já era tarde. À hora do almoço as crianças juntaram-se aos magotes à volta dos dois jipes e da camioneta de caixa aberta. Alguém me passou para a mão um saco de plástico preto contendo o almoço e eu sentei-me no banco de trás do jipe de cabina dupla e fechei a porta e logo um friso de rostos negros se colou ao vidro. Olhos atentos às promessas e às ameaças em mim contidas, tentando decifrar intenções, detectar fraquezas, sinais de cedência aos ditames do corpo, a transpiração que escorre, a mão que afasta o cabelo da testa, o sobressalto de um possível engasgo, os dedos enclavinhados que coçam furiosamente a axila. As bocas comentavam, fazendo o relato de cada gesto, não só em benefício dos que não conseguiam ver mas também para conferir às imagens uma existência mais duradoura. As mãos não batiam no vidro. Os miúdos não me chamavam, não gritavam, olhavam-me, fascinados e expectantes, como índios do Iucatão petrificados perante as barbas hirsutas, a armadura, o cavalo de um conquistador. Desamarrei o nó que fechava a boca do saco. Um sumo de pacote, uma banana, uma caixa comprida de esferovite com duas postas de peixe frito espalmadas por cima do arroz, um garfo e uma faca de plástico branco. A aparição de cada um destes artigos foi acolhida por um frémito de emoção a percorrer os corpos do outro lado do vidro. Dei-me conta disto pelo canto do olho. Ao meu lado estava o Chinelinhas e no banco da frente estava o Mário e no lugar do condutor estava a Anita. Dentro do jipe reinava um calor opressivo, sufocante, sem ar condicionado. Embora já soubesse a resposta, perguntei: «Isto é sempre assim?» E a Anita disse: «É sempre esta chatice, não se consegue comer em paz», no tom de quem se queixa das moscas, e eu olhei para a nuca dela e pensei: «Mas como é que fui capaz de imaginar que esta cabeça quadrada e este cabelo ratado se pareciam com os da Jean Seberg no *Acossado*?» Depois perguntei em voz alta: «Mas não se pode dar comida?» E o Mário disse: «Eu, se fosse a ti, não dava.» Bebi mais um gole de sumo, ainda havia um resto no pacote, baixei o vidro, cinquenta mãos entraram pela janela. Meti rapidamente o pacote na mão que mais se estendeu, surpreendido, apesar de tudo, perante a brusquidão da arremetida, tornei a subir o vidro. Fiquei estupefacto, julgava que me seria possível escolher o destinatário da minha generosidade. O rapaz que agarrara o pacote de sumo tentou fugir, sofreu uma placagem numa nuvem de pó, o Mário disse «eu avisei», a Anita disse «que ideia tão parva», e foi a vez de nós os quatro contemplarmos a cena com o fascínio malsão de quem assiste à matança de um animal de grande porte ou à cópula de um grupo de actores pornográficos. O Chinelinhas tocou-me no braço ao de leve para eu me recostar e não lhe tapar a vista, os corpos engalfinharam-se e rebolaram e o vencedor da refrega, um matulão, pôs-se de pé, de palhinha na boca, a olhar para nós, esborrachou o pacote no punho fechado enquanto chupava convictamente o resto do sumo, a repelir as investidas dos mais pequenos com a outra mão, e depois de muito chupar deitou o pacote para o chão, reduzido a uma bola, olhou para mim e gritou: «Olá, Carlos! Sou Maurício!», e logo outro miúdo se apressou a pegar no pacote e chupou por sua vez na palhinha e deitou-o fora e depois outro e outro, e por fim uma garota aproximou-se e pegou no pacote abandonado e sacudiu-lhe o pó e espalmou-o devagar. Trazia um vestido comprido, tinha uns brincos nas orelhas e, com gestos cautelosos e exímios, rasgou o pacote pelas costuras num dos cantos, levou o rasgão à boca e sorveu para não deixar cair uma só gota, depois foi abrindo o pacote até este ficar convertido numa folha, com o revestimento interior de alumínio plastificado a brilhar ao sol, e pôs-se a lamber metodicamente aquela superfície espelhada com o esmero de uma gata a lamber uma cria recém-nascida.

No fim, quando a epiderme das coisas se soltar de vez, será ao teu lado que irei enfrentar a falange dos mortos, eriçada de lanças.

O meu pai a meter a chave furtiva na fechadura do carro como um ladrão nocturno de automóveis, a minha mãe furiosa, transfigurada, a andar pela casa aos berros, com olhos sanguinários de Medeia, quando o meu pai telefonava a desmarcar, «Aquela puta! Aquela puta!», és tu que vais afastá-los com a tua mão estendida. Tocas no pesponto das cicatrizes que me cobrem os joelhos, as pernas, os braços, olhas-me e sorris. «Preocupas-me tanto», dizes. Tocas com a ponta dos dedos nos relevos da minha pele, nas minhas escarificações tribais, como se fosses uma rainha medieval capaz de curar as chagas dos pobres em dias santos. A Fernanda nunca reparou no pontilhado destas marcas.

As pessoas perfilavam-se diante das casas para a fotografia, obedeciam às minhas ordens com uma prontidão desarmante. As mulheres, ao perceberem que iam ser fotografadas, entravam em casa a correr, tornavam a sair, enrolando à cintura a sua melhor capulana, ajeitando o cabelo. Uma garota viu-me a erguer a máquina e levantou o braço num gesto célere e rapou o bigode de ranho do lábio superior do irmão mais novo e limpou a mão ao vestido e sorriu para mim. Acudi a todas as solicitações, a ninguém disse «agora não pode ser», a ninguém disse «fica para amanhã». Mulheres saíam-me ao caminho, diziam: «Na minha casa ainda não tiraram o ponto.» Eu detinha-me, respondia: «Vou só ali adiante, a outra casa, já volto.» Improvisava: «Chorão, vai com esta senhora, vai já preenchendo o inquérito. Quando lá chegar, eu digo-te o código.» Distribuía as forças do meu pequeno exército pelo terreno, servia-me do meu sentido de orientação para nunca me perder, para memorizar onde colocara os meus destacamentos, usava os chefes de bairro como sipaios, como guias nativos. Percorri quilómetros para trás e para diante em vaivéns caóticos, em círculos, rendido à aleatoriedade topográfica dos pedidos que me chegavam. Saía do mercado com um chefe de bairro para marcar três pontos e, quando dava por mim, passara-se uma hora e marcara oito ou nove, palmilhando a aldeia em trajectórias que, traçadas num mapa, teriam a forma ora de uma espinha de peixe, ora de um novelo de cotão, ora de uma árvore desenhada por uma criança, ora de uma constelação nos céus austrais. Os chefes de bairro diziam sempre que as casas eram «já ali». Entreguei-me à tarefa de corpo e alma, saboreando o cansaço físico, as dores musculares, a roupa colada ao corpo do suor, com o empenho feroz das brincadeiras de criança.

Eu e os fulanos da EDP formávamos uma pequena comunidade. Íamos juntos de manhã até Majune, almoçávamos lá juntos, regressávamos juntos à fábrica ao final da tarde, exaustos, cada qual tomava um duche no seu quarto, depois esperávamos, sentados nos degraus da casinha dos serviços administrativos da fábrica, que o Luís aparecesse em passo veloz e dissesse «vamos embora jantar?», e então levantávamo-nos e subíamos para o jipe num tropel, amontoávamo-nos lá dentro, cinco pessoas na cabina, duas na caixa, com gestos precipitados, num medo pueril de ficarmos para trás, como garotos. Depois do jantar todos se iam deitar, eu ficava com o Mário no escritório da fábrica, pela noite dentro, até às duas ou três da manhã, a ordenar alfabeticamente os inquéritos daquele dia, a introduzir os dados na folha *Excel* para começar a tratar os resultados, eu ditava e ele escrevia, sexo, idade, material de construção da casa, pau a pique, blocos de cimento, tijolos de argila, tijolos de argila cozida, caniço. Pelo meio trocávamos gracejos, dei largas ao meu humor escabroso e pueril. Exagerei, como sempre. Confiei-lhe as alcunhas que dera aos membros da equipa, tentámos arranjar em conjunto uma alcunha para a Anita, hesitámos entre «Manguinhas» e «Cara de moreia». Gozámos com os anglicismos dela. Jurei que, se ela tornasse a dizer «*database*» na minha presença, lhe ia ao focinho. Os números iam crescendo na folha *Excel*, o computador gerava gráficos circulares divididos em fatias de cores diferentes, tentando domesticar a realidade. Actividade exercida, agricultura (algodão, milho, soja, tabaco, outros), comércio de produtos hortícolas e bens alimentares, comércio de outros bens (bebida tradicional, roupa, etc.), comércio de carvão, biscates (electricista, carpinteiro, serralheiro), doméstica. Existem locais sagrados ou religiosos dentro da sua propriedade, sim ou não?

Na segunda-feira tirei trinta e sete pontos GPS, um *record* absoluto. De regresso a Cuamba, ao fim do dia, nem por uma vez me gabei, ouvi o número «trinta e sete» a ser sussurrado repetidamente por outras vozes à mesa do jantar, como um prodígio ou uma monstruosidade. Só o Mário me sorriu sem rebuços, como se tivesse encontrado em mim um aliado. Os outros olharam-me com o ar de comiseração de quem vê um homem a pedir em casamento uma mulher que conheceu há dez minutos.

As colunas da folha *Excel* do Mário iam-se enchendo de números, o computador fazia cálculos devoradores, o relatório vicejava, lançava em torno de si uma copa frondosa, rompia a terra com grossas raízes, prometia dar semente, reproduzir-se. Tem em casa um gerador, um painel solar, uma geleira, uma bomba de água, como é que ilumina a sua casa, usa uma lanterna de pilhas, usa um candeeiro de petróleo, usa velas, usa lenha, se recolhe lenha para iluminar e cozinhar, onde a vai cortar, quanto tempo demora a chegar a esse local, a que distância fica, a água que bebe é tratada? No inquérito havia uma parte para registar qual o rendimento mensal do agregado familiar. O escalão mais baixo era «menos de 1500 meticais». Ou seja, menos de trinta e cinco euros.

A felicidade dos outros é sempre suspeita. Ou é postiça, um embuste, ou foi roubada a outrem. Só a felicidade da Fernanda é genuína, pura como água, sem uma parte de mentira diluída em três partes de verdade. Tu aceitaste o teu quinhão de infelicidade, abraçaste-o. Sabes que a tristeza dos outros em nada diminui a tua. Somente de vocês as duas não me defendo. Os outros rondam, querem roubar bocados da pobre felicidade maltrapilha que consegui remendar às três pancadas. Acoitam-se no mato, emboscados, nas subidas, à espera do momento em que terei de abrandar, para saltarem para a traseira do camião, atirarem para a estrada o vigia adormecido e começarem a apoderar-se da minha felicidade. E é por isso que não posso abrandar.

Foi na reunião com os moradores que pela primeira vez me assaltou a suspeita de que havia qualquer coisa de sacrílego em trazer a energia eléctrica àquelas paragens nos moldes em que o estávamos a fazer. A suspeita de que talvez houvesse ali, naquela penúria, naquela lonjura de tudo, nos olhares e nos gestos daquelas pessoas, não uma certa liberdade, longe disso, não uma certa pureza, nem por sombras, mas uma mescla irrepetível e primordial de emoções, de entrega e de reserva, de ânsia e de saciedade, aquilo a que Ruy Belo chama «a quase mística decência da pobreza», um equilíbrio precário que não resistiria à revolução tecnológica iminente e que seria substituído por outra coisa, quase certamente pior. A suspeita de que subsistia ali uma história que, embora já muito adulterada, detinha ainda um fundo de verdade, fundo esse que ninguém tinha o direito de viciar, uma história cujo enredo não deveria ser desviado do seu curso, cujo epílogo não deveria, sob pretexto algum, ser apressado. A suspeita, só ao alcance de um neurótico como eu, de que a salvação, se é que tal coisa existe, não virá na forma de artefactos tecnológicos, acompanhados pelo seu cortejo inevitável de diligências registadas por escrito em suportes digitais, transacções mais ou menos opulentas, códigos de barras, marcas registadas, contabilidade organizada, tempo contado, perspectivas de curto e longo prazo, realidade virtual. Acima de tudo, a sensação de que, já tendo provado a mim próprio do que era capaz, podia, por momentos, dar largas a uma postura distanciada, como que a ganhar fôlego para a grande tarefa que me trouxera a Moçambique: encontrar o Artur. Feito este que, caso eu o levasse a cabo, converteria o meu pai, de uma vez por todas, no mero iniciador de um gesto que me coubera completar, no autor de um desmando, o abandono do Artur, a que eu fora capaz de pôr cobro, apertando a mão ao garoto-feito-homem cinquenta anos depois.

A reunião aconteceu à sombra de uma árvore enorme e destinava-se a explicar o projecto aos habitantes de um dos bairros da aldeia. Puseram uma fila de cadeiras de plástico para os responsáveis e eu perguntei ao Caixa-de-Óculos se devia sentar-me ao lado dos membros da equipa, e ele disse-me: «O melhor é perguntares ao Mário», e o Mário disse-me: «Tens andado os dias inteiros pela aldeia a tirar pontos, é melhor sentares-te, senão as pessoas não vão entender o que andas aqui a fazer.» Sentei-me na cadeira da ponta e o Spielberg aproximou-se, de câmara ao ombro, muito vermelho, já com um valente escaldão na cara e nos braços, e disse-me, um pouco brusco: «Olha, importas-te de chegar a tua cadeira só um metro para o lado, para não apareceres na imagem, porque isto depois vai ter narração em *off* e não convém apareceres junto da equipa, desculpa lá, é que senão cria problemas de continuidade com o que eu já filmei, tu oficialmente nem estás aqui», e eu afastei a cadeira uns bons três metros para a direita, não querendo beliscar o projecto, por pouco que fosse, e entretanto havia um gerador ali ao pé a fazer um estardalhaço incrível e os habitantes esperavam em silêncio, as mulheres e as crianças sentadas no chão de um lado da árvore, os homens do outro. Veio o Mário e olhou para mim e disse: «O que é que estás aí a fazer, tão longe?», e o Caixa-de-Óculos acrescentou: «Isto não pode ser, foi tiro e queda, já me vieram perguntar porque é que este mucunha não está com os outros, não dá para andar com explicações», e o Spielberg sugeriu: «Olha, põe-te ao meu lado e finge que lhes tiras fotografias, assim não apareces na imagem», e eu levantei-me para obedecer, mas ele voltou à carga: «Tens é de tirar daí a cadeira, não pode ficar aí a cadeira vazia, faz um efeito estranho», e eu levei a cadeira de plástico para perto de uma cubata, medindo cada gesto, sabendo que tudo o que fazíamos ia sendo compilado numa crónica oral de peripécias e proezas, depois pus-me ao lado do Spielberg e tirei duas ou três fotografias aos corpos e rostos caucasianos perfilados nas cadeiras. Fui outra vez buscar a minha cadeira, sentei-me, tentei decifrar os olhares dos aldeões na nossa frente, medir as parcelas de desconfiança, de expectativa, de júbilo refreado, de indiferença em cada rosto. Senti nos ombros um peso colossal.

O gerador acabou por se calar e a reunião começou. O Mário pôs-se de pé e surgiu ao seu lado o intérprete, um aldeão bem vestido pelos padrões daquele lugar, de camisa às riscas, sapatos nos pés. Sorria, dava entoação exclamativa a todas as frases, fazia lembrar um pastor evangélico ou um vendedor de feira, era barrigudo. O Mário explicou que o projecto da central eléctrica ia demorar a ser posto em prática, que aquela era só a fase preliminar. Que estavam a levar a cabo uma recolha de informação para avaliar a viabilidade do projecto. Que tinha quase a certeza de a electrificação da aldeia ir em frente, mas que não podia dar a certeza absoluta. Que aquilo era como um noivado ou então um namoro, um namoro que em princípio ia dar em casamento, mas que por enquanto era só um namoro, ainda não havia data marcada para o casamento.

Senti as tripas apertadas quando ouvi estas frases. Pareceu-me que o amor não era para ali chamado. Falar de amor arrasta as coisas para uma dimensão diferente. O amor, aprendi com os meus pais, é sangue e lama e merda. Era como se o Mário dissesse a esta terra: «Olha, quero namorar contigo, mas ainda não sei se vamos casar. Tenho quase a certeza. Quase, quase. Mas ainda não tenho a certeza absoluta. Não faças já o enxoval. Não faças planos. Não sonhes, conserva para já os velhos hábitos, não mandes fazer o vestido de noiva. Não te convenças ainda de que eu sou feito de carne e osso. Não te despeças ainda das tuas antigas amarguras.» As pessoas ouviam em silêncio as palavras do Mário, depois as frases melodiosas do intérprete, moviam a cabeça para a esquerda e para a direita como espectadores numa partida de ténis. As crianças, sentadas no meio das mulheres ou ao colo destas, não soltavam sequer um vagido, não choravam, como se tivessem perdido o uso da fala ou pressentissem uma grande catástrofe. A certa altura, o Mário disse que até ao final do ano a equipa esperava obter as licenças de construção do governo moçambicano, em Maputo e em Cuamba, e então houve uma explosão espontânea, uma eclosão de júbilo represado, um jorro de esperança que finalmente encontrara a tão ansiada válvula de escape, negada até então pelas frases prudentes, pelo tom cauteloso do Mário. Ele corou muito, deixou que os aplausos cessassem, depois continuou, disse que aqueles que ainda não tinham respondido ao inquérito deviam ir ao mercado fazê-lo, para depois se tirar o ponto em suas casas. Disse que até à véspera tinham sido preenchidos trezentos e sessenta questionários. Mal o intérprete disse isto em macua, com a designação do número em português, palavras que aquela língua fagocitara e não pudera digerir, «trezentos e sessenta», as pessoas tornaram a aplaudir, aos gritos, e o Mário olhou para nós, sentados atrás, e o olhar dele cruzou-se com o meu e ele ergueu as sobrancelhas, entre intrigado e assustado pelos vapores embriagantes daquele vinho derramado a pedir um brinde à saúde dos noivos. O intérprete anunciou então que agora ia falar o engenheiro fulano-de-tal, para explicar a parte técnica do projecto. O Chinelinhas levantou-se da cadeira, deu um passo em frente, cofiou a barbicha, pigarreou e disse:

— Eu sou o homem que vos vai trazer a electricidade.

Na terça-feira, pus o pé direito em cima de uma tábua que fazia as vezes de banco no mercado de Majune e apoiei o caderno de viagem sobre a perna flectida enquanto escrevia. O matulão de ar agressivo chamado Maurício, que eu tinha visto triunfar na luta sem quartel pelo meu pacote de sumo, emergiu do grupo que me observava, perfilou-se ao meu lado, muito sério, pôs o pé descalço em cima da tábua, apoiou o cotovelo no joelho, a imitar a minha postura, olhou fixamente para os outros, de queixo amparado na mão, e ficou assim muito tempo. As pessoas da aldeia iam-se tornando pessoas, ganhavam espessura, enchiam-se de vícios, conquistavam o direito a serem examinadas, interpeladas, insultadas por mim. Almocei na caixa da camioneta com os inquiridores, sentado num rolo de corda. Servi-me da roda traseira da camioneta à laia de degrau para subir. Dois inquiridores içaram-me à força de braços. Por momentos desequilibrei-me, julguei que me ia estatelar de costas, arrastando-os comigo. Eles fincaram os pés no rebordo da caixa e puxaram-me como quem salva das ondas do mar um náufrago branco.

Na reunião à sombra da árvore o intérprete perguntou se alguém tinha dúvidas. Um homem levantou-se e disse que tinham ido a casa dele na sua ausência fazer o inquérito e que tinham tirado o ponto, mas que não tinham tirado fotografias com «a outra máquina», e apontou para mim. A mulher fora enganada?

Na sexta-feira vi um tanque de guerra.

Na quarta-feira a Anita estava maldisposta, doía-lhe a barriga. Recostou-se numa tábua corrida, no mercado, afogueada, a abanar-se, «estou morta». Tinha uma garrafinha de água metalizada com tampa de rosca, daquelas que se vendem nas lojas para desportistas, e bebericava constantemente, entre estalidos metálicos. De noite vimos uma coruja que cruzou o halo de luz de um candeeiro da fábrica durante meio segundo, a mostrar o avesso branco das asas, e eu disse: «Olha, uma coruja», e o Spielberg disse logo: «Grande coisa, vêem-se muitas em Portugal, no campo.» De noite, diante do meu quarto, tombavam de vez em quando com estrondo folhas enormes e duras de uma árvore-da-borracha. Os morcegos vinham no escuro chupar a fruta das árvores, silenciosos como vampiros. Pendurados de cabeça para baixo no meio da folhagem, sorviam as mangas com espasmos sôfregos de cópula.

Um jovem pôs-se de pé no meio das pessoas sentadas e disse que ainda morava em casa dos pais. Que quando a equipa lá fora ele estava em casa dos pais, mas que queria construir uma casa nova para si. Queria ficar já registado. Como devia fazer? Os outros ouviram-no num silêncio sepulcral, ninguém fez comentários, ninguém sobrepôs a sua voz à do orador, nem sequer num sussurro. As pessoas não se chamavam umas às outras em voz baixa, não trocavam sinais ao longe, não saudavam quem ia chegando e se sentava na orla do grupo, não comentavam a meia-voz, não faziam nada que perturbasse a limpidez do verbo. Como se neste lugar a palavra fosse ainda sagrada, fosse ainda uma ferramenta nova, usada com cautela, com parcimónia, para não se gastar, para não perder o fio, fosse ainda portadora de verdades perenes. Como se neste lugar a palavra não pudesse ser desbaratada, não pudesse ser evocada em vão.

Enquanto comíamos, um inquiridor começou a filosofar na caixa da camioneta, os outros riram-se. Olhavam para mim, queriam ver se eu me ria também. «Amor não tem idade.»

Na terça-feira tirei vinte e nove pontos GPS. Parei à sombra de uma árvore para pôr protector solar, o chefe de bairro Maurício Miguel perguntou-me se era medicamento, eu expliquei que era por causa do sol.

«Esqueceram-se da palavra para a mãe que perde o filho. Filho que perde a mãe é órfão. Esqueceram-se do contrário.» Sabia que os outros observavam a minha reacção, sorri sem grande empenho.

Na quarta-feira comprei no mercado uma capulana da Tanzânia e andei com ela metida no bolso das calças, dobrada, a fímbria colorida a ver-se. Uma mulher nova viu-me passar sozinho e perguntou: «Não me quer dar essa capulana?»

«Homem que tem duas mulheres é polígamo. E mulher que tem dois homens?» Pausa. «É puta.» Os olhares cravaram-se todos em mim. O meu sorriso mumificou-se, converteu-se num esgar palerma. As raparigas sentadas no meio dos rapazes mexiam febrilmente nos telemóveis, fingiram não ouvir. Os inquiridores vivem em aldeias próximas de Cuamba, fizeram questão de traçar uma linha divisória a separá-los da miséria bisonha e ensimesmada que ali nos rodeava. Disseram-me que moravam em casas de tijolo cozido, não de tijolo cru «como estas aqui», e apontaram para as casas da aldeia. Disseram-me que moravam em casas com telhados de chapa ondulada, não de colmo «como estas aqui». Todos tinham electricidade em casa. Todos usavam roupas limpas e calçavam sapatos de ténis. Pareciam turistas cansados, já sem vontade de tirar fotografias. Ou então colonizadores relutantes, pouco convictos das potencialidades daquela terra de acolhimento.

Na sexta-feira vi um tanque de guerra dentro do quintal de uma casa.

Aos poucos comecei a notar uma mudança na postura das pessoas da aldeia em relação a mim. De início intrigadas, mostravam-se agora um tudo-nada trocistas. Ou talvez não houvesse mudança nenhuma, talvez eu estivesse apenas a habituar-me a este lugar. Aos poucos pareceu-me que os habitantes não levavam a sério a possibilidade de a aldeia ser electrificada. Pareceu-me que tinham uma vasta experiência de desilusões e que não queriam passar novamente pelo mesmo. Ou talvez vislumbrassem o alto preço a pagar por aquela benesse. Ou talvez não quisessem povoar os meus sonhos, ser objecto dos meus intentos, ser interlocutores das minhas fadigas, inspirar as minhas reflexões, legitimar as minhas aspirações. Pareceu-me que viam em mim, em nós, forasteiros brancos, aparições pouco plausíveis, emissários de potentados longínquos e questionáveis. Pareceu-me que pressentiam em nós uma relação com a palavra demasiado livre, demasiado fácil, uma proliferação verbal necessariamente pagã, necessariamente portadora dos ingredientes de um embuste. Pareceu-me que viam à transparência de mim, que haviam percebido os meus verdadeiros motivos, que repudiavam a condição de figurantes no meu pequeno teatro doméstico.

Na quinta-feira, ao jantar, o Spielberg mostrou-nos no computador portátil um filme de animação que ele próprio tinha criado para apresentar o projecto à ONU e à comunicação social. A narração era de uma criança imaginária de Majune, uma rapariga. Mas falava em inglês. Tinha sido a Anita a emprestar a voz àquela personagem. A menina imaginária dizia que a electricidade lhe ia permitir fazer coisas magníficas, como guardar comida no frigorífico e estudar à noite, à luz do candeeiro. A voz falava em inglês com sotaque africano, a música de fundo era uma batucada suave. O Caixa-de-Óculos explicou que a ideia era expandir o projecto para outros lugares, aplicar o mesmo modelo noutras aldeias isoladas, noutros países africanos. Disse que era preciso um nome em inglês para o projecto, que ainda faltava isso. Disse que o projecto só era viável se crescesse, se ganhasse massa crítica, se criasse uma dinâmica própria. Que era preciso fazer em grande escala coisas em pequena escala. A Anita disse que os desenhos do «*spot*» estavam muito giros. O Spielberg perguntou se o sotaque de preto não estava exagerado. Eu calei--me. O Mário disse que não, que nem pensar. Ao dizer «sotaque de preto», o Spielberg fez o esgar fugidio de quem diz um palavrão na presença de pessoas que conhece mal. Depois mostrou-nos algumas imagens que já tinha montado para o documentário. Grandes planos da reunião com os aldeões à sombra da árvore. Campos de algodão. Crianças. Capulanas coloridas à venda no mercado, a drapejar ao vento. «Ainda me falta uma imagem forte, que faça a diferença», disse. «Ainda não tenho aquela imagem impactante de que ando à procura, para isto arrasar, para o projecto levantar voo.»

O tanque de guerra era russo, do tempo da guerra civil, e havia muito que já não tinha motor, já não tinha recheio. Era só a carcaça de um tanque. Era um T-34 e eu espreitei pela abertura na vedação da casa e não vi ninguém lá dentro e chamei em voz alta e ninguém respondeu e entrei à socapa e fotografei a máquina de guerra. Havia capulanas estendidas na chapa quente, a secar.

Na quinta-feira as pessoas da equipa já estavam fartas de mim até aos olhos, os diálogos eram breves, descarnados, as frases ficavam a meio quando eu me aproximava. Ia a caminhar ao longo de uma vedação de caniço e um grupo de mulheres que estavam sentadas em círculo a desfolhar o milho viram-me aparecer e desataram num clamor triunfal, «Blblblblbl!», fazendo vibrar a língua contra o palato, um brado trémulo, mourisco, mas julguei pressentir naquele grito uma nota de chacota, pareceu-me que o aplauso se prolongou um pouco mais do que seria natural ou razoável. O clamor ganhou contornos de assuada, alimentou-se do meu embaraço evidente e recrudesceu, deliciado, quando eu ergui a mão em jeito de saudação pouco convicta, acompanhou-me até eu desaparecer da vista das mulheres e só então se dissolveu numa gargalhada colectiva de que não fui convidado a comungar.

Os inquiridores mostravam-se cada vez mais relutantes em me acompanhar. Entreolhavam-se: «Vais tu?» Reviravam os olhos, viam as horas no telemóvel, avaliavam a probabilidade de as minhas longas expedições pela aldeia os fazerem chegar atrasados à distribuição dos sacos de plástico da refeição. Os que iam comigo escapuliam-se na primeira oportunidade, voltavam para o mercado, esperavam pelo almoço. Só se acotovelavam nas casas das mulheres novas e bonitas, disputando o direito de ficar sozinhos com a dona da casa a preencher o inquérito. O eleito era olhado com inveja pelos outros, ouviam-se bocas ordinárias do género: «Agora vais tirar o ponto dos calções» ou «Não te esqueças de ver quantas camas tem a casa». Os próprios chefes de bairro se perdiam nos recantos da aldeia. Na quinta-feira, depois de tirar o ponto numa casa, dei pela falta do chefe de bairro Maurício Miguel. Arrepiei caminho, fui dar com ele numa das casas por onde tínhamos passado antes, a enrolar cigarros com um aldeão. Ele viu-me chegar e disse: «Este amigo tem um tabaco de primeira, aguenta aí só um minutinho.» Senti-me como um capitão que sai da trincheira à cabeça da tropa e que, percorridos dez passos, olha para os lados e para trás e percebe que está sozinho, que ninguém acredita naquela guerra, que se arrisca a levar um tiro nas costas se teimar demasiado com os soldados. Os próprios garotos de Majune acabaram por se cansar, o meu séquito reduziu-se a três ou quatro miúdos, os mais chatos, quase provocadores, um grupinho encabeçado pelo Maurício, que se punha a dançar à minha frente, levantando espessas nuvens de poeira castanha, encaracolada, e me gritava: «Carlos! Carlos! Ó Carlos!», até eu o detestar com todas as ganas, até eu lhe dizer em surdina: «Desaparece, vai para casa, que a tua mãe está lá à tua espera.» Perguntei ao Maurício Miguel: «Mas estes miúdos não têm escola?» E ele: «Parece que não há escola, o professor não recebe o salário faz três meses.»

Fui-me tornando quezilento, insuportável. Na quinta-feira só consegui tirar catorze pontos. O Chinelinhas passeava-se pela aldeia, sempre a mexer no telemóvel com ligação à Internet, ouvi-o dizer ao Mário: «Não posso ir contigo para esse lado, que estou de chinelos.»

Na sexta-feira, logo de manhã, a Anita veio ter comigo e disse-me: «Hoje é o último dia, vamos acabar mais cedo. Às três horas, o mais tardar, temos de sair da aldeia.» E depois acrescentou: «Olha, hoje só vai um jipe, não há lugar para ti, tens de ir na caixa da camioneta com os inquiridores. Não te importas, pois não?» Olhei na direcção do jipe, o Mário evitou o meu olhar, entrou para o banco traseiro. Eu fiz-me forte, disse à Anita que não me importava, claro que não, «assim até tem mais piada», ela repetiu: «Às três horas, sem falta.»

A chapa da caixa e dos taipais da camioneta feriu-me as nádegas e as costas com denodo a cada solavanco, encarregou-se de tornar claro que o meu lugar não é aqui, que eu não passo de um intruso no Niassa. Os inquiridores instalaram-se placidamente à minha volta, de pernas estendidas. Duas raparigas mexiam calmamente nos telemóveis, mandavam SMS sem que o tumulto dos buracos da estrada de terra batida conseguisse sequer abrandar o seu dedilhar, limitavam-se a soltar um vago queixume distraído e quase imperceptível quando a camioneta saltava com as quatro rodas no ar e arqueava o dorso e escoiceava. Agarrei-me com as duas mãos aos taipais, apoiei-me sobre uma nádega numa pose de *maja desnuda*, depois de levar dois pontapés nos tomates que me iam deixando paralisado da cintura para baixo, contraí todos os músculos do corpo, tentei disfarçar o incómodo e as dores. Ninguém reparou em mim. O pó dos carros com que nos cruzávamos metia-se-me nos olhos, fazia-me chorar.

Cansado, dorido da viagem de camioneta, vagueei pela aldeia, tirei um ou outro ponto GPS sem grande convicção, sem a preocupação de trazer comigo um inquiridor para preencher o respectivo inquérito. No posto médico a enfermeira aproximou-se de mim, encurralou-me com o olhar vivo, perguntou-me: «Quando? Quando vem a electricidade?» E mostrou-me a marquesa onde faziam os partos à luz de candeeiros de petróleo quando o gerador avariava. Respondi-lhe que não sabia, que a decisão não era minha, que tinha muita pena de não lhe dar certezas, enquanto os meus olhos procuravam pontos de fuga no horizonte. Ela fitou-me de muito longe, com um vidrado no olhar que não era só timidez, não era só desconfiança, não era só reserva, não era só animosidade, não era só chacota. Nas traseiras do posto médico, por trás de uma vedação, vi brilhar qualquer coisa, um cano oblíquo, fui ver o que seria. Era o canhão do tanque de guerra, foi aí que o descobri.

Tornei a almoçar na caixa da camioneta com os inquiridores. No fim do almoço, dois ou três deles puseram-se a abrir os caixotes de cartão onde as refeições tinham sido trazidas de Cuamba e onde cada qual tinha deixado as suas sobras. Vi-os erguer um a um os sacos pretos com os restos, percebi que tentavam adivinhar pelo peso quais os que ainda continham comida que valesse a pena rapar. No grupo de miúdos reunidos em volta da camioneta, o matulão chamado Maurício começou a roçar-se por trás numa garota, em movimentos pélvicos exuberantes, a exclamar: «Energia! Energia!», enquanto me fitava. A garota empurrou-o, soltou: «Caralho!» Ele voltou à carga, numa cópula simulada: «Energia!» Ela repeliu-o às punhadas, gritou: «Filho da puta, caralho!», em seguida tornou a olhar para nós, à espera.

Depois do almoço voltei à casa onde vira o tanque de guerra. Chamei novamente do lado de fora, dessa vez uma rapariguinha apareceu no hiato da vedação. Perguntei-lhe se podia entrar para tirar fotografias, ela disse que sim. Outras duas miúdas corriam para cá e para lá no terreiro, a preparar um cozinhado qualquer. O Sol descaíra no céu desde aquela manhã, a luz faiscava na chapa do tanque, percebi que ia conseguir tirar fotografias magníficas. Percebi que estava ali a imagem perfeita para abrir o documentário do Spielberg, o tanque de guerra abandonado em volta do qual fora construída uma casa, o símbolo de todas as chagas do passado doloroso e amargo que o desenvolvimento iria talvez sarar. Ocorreu-me a locução para acompanhar o plano do tanque em contrapicado, um lugar-comum do género: «Numa terra flagelada por décadas de guerra...», mas depois lembrei-me de que tinha de ser em inglês. Voltei-me para as miúdas, que me observavam, perguntei-lhes «querem ficar na fotografia?» e elas disseram logo que sim, vieram a correr, a estalar os chinelos de plástico contra os calcanhares. Fiz-lhes sinal para se perfilarem diante do rinoceronte de aço que perseguira os alemães pela Europa fora e viera morrer ali, bem longe do seu *habitat*. O tanque estava tão próximo da casa que, se ganhasse nova vida e rodasse a torre, o canhão derrubaria um após outro os paus que sustentavam o beiral do telhado de colmo. Se o monstro avançasse em linha recta, faria desabar a parede frontal da casa de adobe. As garotas encostaram-se ao rebordo de chapa acima das lagartas cobertas de areia petrificada. Pensei em trepar para cima do tanque, em tirar fotografias lá do alto, mas tive medo que alguém da equipa fosse a passar ali perto e visse a minha silhueta recortada no azul do céu. Ainda não decidira se queria o tanque só para mim. Despedi-me das raparigas, voltei para o mercado, eram quase três horas.

O Spielberg estava a entrar para o jipe, o sol que começava a escorregar ao encontro do crepúsculo cintilou-lhe na calva. O Mário veio ter comigo, perguntou: «Então, onde é que foste? Hoje ninguém te viu.» E eu: «Andei por aí.» E ele: «Alguma coisa de interesse?» Hesitei. «Nada de especial», acabei por dizer. E ele: «Olha, desculpa lá isto de ires na camioneta. Eu até ia, mas uso lentes de contacto, não dá mesmo, por causa do pó. Desculpa lá.» Fiz um gesto com a mão. «Ora essa, não tens nada que pedir desculpa.» Puxei a máquina fotográfica para o peito, liguei-a. «Olha, quero-te mostrar uma coisa...» Ergui os olhos, ele já tinha entrado no jipe, o barulho do motor da camioneta, que pigarreou naquele momento, abafou esta minha última frase. Encolhi os ombros, guardei a máquina fotográfica no estojo, trepei para a caixa da camioneta, içado à força de braços pelos inquiridores, instalei-me o melhor que pude. O jipe seguiu à frente, descreveu uma curva, avançou ao longo da linha de comboio que vai para o Malawi. Mal a camioneta arrancou, os inquiridores sentados à minha volta, sem trocarem uma palavra, num gesto automático, agarraram nos caixotes a abarrotar de sacos com os restos de comida do almoço, cascas de banana, pacotes de sumo vazios, caixas de esferovite contendo espinhas e peles de peixe frito, bagos de arroz, e, sem uma palavra, atiraram-nos pela borda fora, como tripulantes de uma nau a alijar a carga supérflua durante uma tempestade. No meio da poeira vi o esbracejar dos miúdos da aldeia, que tinham vindo a correr atrás da camioneta, a lançarem-se em chusma sobre os montes de caixotes rebentados, caídos na berma. Imitando os inquiridores, pus-me à vontade, estiquei as pernas para ocupar o espaço agora livre no meio da caixa da camioneta. Agarrei-me ao taipal com as duas mãos, contraí todos os músculos do corpo e preparei-me para quarenta minutos de suplício. Quando olhei para trás pela última vez, antes de a camioneta dobrar a curva, vi lá ao fundo, no meio da poeira vermelha, rodeado pela nuvem de miúdos acocorados no lixo derramado, o matulão chamado Maurício, de pé em cima de uma pilha de caixotes amolgados, pernas afastadas e peito cheio, a erguer ao alto no braço esticado, como quem exibe um troféu de campeão ou o facho da liberdade, um saco preto barrigudo a verter restos de comida por um rasgão, e então ele fitou-me de olhos muito abertos, injectados de sangue, e gritou num brado rouquejante:

— Energia!

7

Fica, Amália, fica comigo. Não te vás embora. Não partas, cinquenta anos é tarde para recomeçar. Se nos separarmos, seremos como desempregados cinquentões, a quem ninguém dá trabalho. Tu própria o disseste uma vez: «Se nos separarmos, não arranjo mais ninguém, fico sozinha.» O que construímos ao longo destes anos é assim tão mau? Preferes ficar sozinha a continuar comigo? A dívida foi a tua maneira de me fazeres ver que me consegues magoar. Pior: que existes fora de mim. Que podes existir sem mim. O teu primeiro marido espera-te ao pé da árvore frondosa, anda para trás e para diante, procura-te sofregamente com os olhos. Quando olho para ti não te vejo com rugas e cabelos brancos como eu, vejo-te como eras em adolescente, de cabelo curto, nas fotografias que guardas do tempo em que eu ainda nem sequer te conhecia. Que cláusulas terá o seguro de vida que assinaste em meu benefício? As companhias de seguros não pagam o prémio em caso de suicídio, deves sabê-lo. Que raciocínio desenvolveste? Pensaste em simular um acidente? Pensaste em deixar-te morrer de desgosto? Abalou-me a ousadia com que me excluíste dos preparativos da tua morte. Feriu-me não teres acertado comigo os estratagemas para ludibriar o teu primeiro marido. O contrato de concessão de crédito que a Cetelem te enviou por *email* era um documento interminável em PDF. Desisti de o ler a meio da segunda página. O texto, em estilo burocrático, mas cheio de ameaças veladas, não fora feito para ser lido. Era uma arma de arremesso. Aposto que não o leste, sequer. Assinaste de cruz.

Escrevi o meu romance sobre a guerra para desapossar o meu pai do exclusivo da narrativa bélica, para o destronar, para escrever o livro que ele próprio não foi capaz de escrever. Para reescrever as histórias de guerra dele, para as extirpar da mentira posterior. Para o enobrecer. Fi-lo à custa dos outros veteranos, que viram as suas narrativas reformuladas, subordinadas à infelicidade do meu pai, por mim usurpada. Escrevi o meu romance para, com o engodo da guerra colonial, contar aos veteranos uma outra guerra, a minha. Quem vai à procura da guerra tem já uma guerra dentro de si. Michael Herr escreveu: «Creio que a Guerra do Vietname foi o que tivemos em vez de uma infância feliz.»

Leio os *emails* que recebes. Agarrados a estes, em lençol, vêm os *emails* que escreveste. Assuntos da escola. Problemas com alunos, questões burocráticas da direcção de turma. Passo adiante, não me interessa. Conversas com as parceiras do clube de leitura. Isto, sim, interessa-me. As inflexões das frases, as opiniões, as despedidas, as beijocas e os abraços. Os debates sobre a comida que cada uma levará para os vossos lanches ajantarados mensais. «Como o autor é judeu, talvez alheiras?» És sempre a mais reservada, nunca te expões, nunca dizes «adoro isto» nem «detesto aquilo», dizes apenas «gosto disto», «não gosto muito daquilo», «prefiro aqueloutro», quer se fale de livros quer de comida. Não te entregas, tens a frieza delicada de uma hospedeira do ar. Delicio-me a ler estas mensagens, regalo-me ao perceber o pouco de ti que dás aos outros. Incomodam-me, em contrapartida, as mensagens que trocas com os teus irmãos, a cumplicidade, as memórias, as coisas que nem chegam a ser ditas, por não ser necessário, por estarem subentendidas, a ternura evidente. Sinto-me espoliado. Invejo-te. Nunca troco *emails* com a Leonor. Nenhum de nós quer correr o risco de deixar na posse do outro um rasto escrito dos seus sentimentos. Ambos sabemos que tudo poderá ser usado contra nós.

A única maneira de neutralizar o potencial destruidor da tua dívida foi abraçá-la, apropriar-me dela, torná-la uma coisa nossa, minha e tua e das nossas filhas. Mobilizar-nos aos quatro para a pagarmos até ao último cêntimo, instituir em nossa casa uma economia de guerra. Unir-nos em volta da tua dívida, agora colectivizada, os quatro em círculo, de mãos dadas, como crianças que os pais deixaram sozinhas em casa e que tentam afugentar o medo, contando uma fábula a várias vozes. Quis desapossar-te da tua dívida assim como desapossei o meu pai da guerra dele. «Esta é a caixa do dinheiro», disse-vos, à mesa do jantar. Uma lata de bombons vazia, rectangular, tendo estampado na tampa o desenho de uma carruagem vitoriana, puxada por uma parelha de cavalos brancos. «Fiz esta tabela no computador. Cada vez que alguém tirar dinheiro, escreve o nome, a data e quanto é que tirou. Eu vou escrevendo aqui no cabeçalho quanto é que ponho na caixa. Vou pôr agora vinte euros.» Escrevi «20€» no canto superior esquerdo da tabela, registei a data, dobrei a folha em quatro, pu-la dentro da caixa juntamente com as notas, uma de dez e duas de cinco, com gestos pausados e demonstrativos de ilusionista de *cabaret*. «Esta caneta fica sempre dentro da caixa, que é para anotarem na tabela, senão esquecem-se. Ninguém pode tirar a caneta daqui. Assim vamos conseguir saber quanto gastamos. Assim vamos conseguir pagar a dívida.»

Não te vás embora, tudo o que eu sou está à vista, não tenho segredos para ti. Não tenho segredos para ninguém, aliás. Queres maior honestidade do que esta? Estou despido na tua frente como no dia em que nasci. Estou despido desde o dia em que nasci, mas só tu olhaste para mim com atenção. A ameaça dos outros é esta. Sabem tudo sobre mim. Só não sabem se não quiserem.

Escrupulosamente, apressei-me a enviar pelo correio um exemplar autografado do meu romance a todos os veteranos com quem falara para o escrever. Fui em pessoa a Monsaraz entregar um exemplar ao furriel Gamito e tu foste comigo. Almoçámos em casa dele.

No final do almoço, enquanto tu e a mulher dele estavam na cozinha a fazer o café, ele disse-me:

— Sabe, fiquei arrepeso por causa duma coisa que lhe contei.

O exemplar do livro repousava no tampo da mesa, tendo em cima o maço de fotografias da guerra que ele fora buscar para, mais uma vez, mas mostrar. Ele limitara-se a folhear o livro, a medo, dir-se-ia. A primeira coisa que me veio à cabeça foi que ele se estaria a referir às peripécias durante as orgias com as pretas, algumas bastante escabrosas, que ele me contou e que eu me abstive de incluir no livro. Ou então que este arrependimento fosse por causa das confidências acerca dos esbulhos nos abastecimentos da tropa, que tantos militares praticavam, do soldado raso ao comandante do batalhão, cada qual roubando de acordo com a sua patente, o soldado raso quase nada, o tenente-coronel à grande. Também não incluí esses pormenores no romance, achando-os escusados. Mas não era nada disso que o atormentava.

— Fiquei arrepeso por lhe ter contado que pensei em desertar, em me passar para o outro lado. Não quero que alguém pense que eu queria abandonar os meus camaradas. É só que aquela guerra, ao meu ver, não fazia sentido. Tenho pensado muito no que lhe contei, acho que, se calhar, não lhe devia ter falado dessa história.

Mas logo a seguir tornou a pormenorizar, enquanto sacudia com gestos delicados a cinza do cigarro castanho, longo e fino:

— Só não fui porque não tinha quem fosse comigo. Eram uns duzentos quilómetros para norte até ao Tanganica, hoje Tanzânia.

Pareceu-me que, ao ver o livro assim acabado, com capa e contracapa, título em letras gordas, páginas impressas com falanges de palavras em marcha, o furriel Gamito vislumbrou pela primeira vez o que havia de irreversível e de potencialmente devastador no gesto de narrar uma história por escrito. Sentiu-se, pareceu-me, espoliado. Mesmo sem ter lido uma linha, assaltou-o a suspeita de que se deixara ludibriar.

A minha mãe contou-me uma vez que, quando estava grávida da Leonor, ia com o meu pai na rua, atravessaram numa passadeira, ela ficou para trás, um automóvel veio disparado pela rua abaixo, travou num guinchar de pneus, só por um triz não a atropelou. O meu pai desatou aos gritos, aos murros no *capot* do carro, com o rosto colado ao pára-brisas, a desafiar o condutor para que saísse. «Anda cá para fora, se queres ver! Anda cá para fora, meu cabrão, que eu desfaço--te!» Ela contou-me isto em tom embevecido, disse-me: «Havias de o ver, ficou histérico.» Uma inflexão peculiar na voz dela indicou-me que «histérico», lá em casa normalmente um insulto arrasador, era, neste caso, um elogio. O meu pai não era pródigo em cenas em lugares públicos. O histerismo dele era para consumo doméstico. O que ela me quis dizer foi: «Ser homem é isto. Um homem a sério grita, enerva-se, perde as estribeiras.» E bem mais importante: «Esta foi a maneira que o teu pai arranjou de dizer que gostava de mim, porque não era capaz de o dizer de outro modo.» A única vez que o meu pai demonstrou em público que gostava de uma mulher foi assim: aos gritos, a cobrir de perdigotos o pára-brisas de um carro, a insultar um desconhecido. Mas o mais importante que a minha mãe me quis dizer com esta história foi: «Depois de "deixe brilhar a sua irmã", qualquer manifestação de amor me era grata, mesmo a mais bizarra, mesmo a mais turva, mesmo a mais doentia. Mesmo um amor destilado em histerismo era preferível ao gume frio de "deixe brilhar a sua irmã". Aliás, só um amor destilado em histerismo podia embotar o gume frio de "deixe brilhar a sua irmã".»

Passei a acompanhar-te nas idas às compras. Sou agora o dono dos cartões multibanco, sou agora o detentor exclusivo dos códigos secretos com quatro dígitos. Entregaste nos bancos os teus cartões *Visa,* os teus cartões multibanco. Fica, Amália, não precisas dos cartões, não precisas de dinheiro. És a ajudante do ilusionista, rodopias em palco, seminua, meto-te na caixa, serro-te ao meio, faço-te desaparecer, faço aparecer em teu lugar, quando retiro com um gesto brusco o pano de cetim negro, um tigre dentro de uma jaula. Invadi aquele mundo que era só teu, o supermercado, visitei-o escondido no bolso do teu casaco, na tua mala de senhora, ou então ao contrário, trazendo-te no pulso, como um relógio, ou ao pescoço, como um fio. Sou imune às tentações multicores, às armadilhas dos descontos em cartão nas compras superiores a trinta euros até ao final da semana, à vertigem do pague três e leve quatro, aos preços acabados em 99 cêntimos, aos saldos que terminam sempre depois de amanhã. Nada me desvia do que importa, há em mim uma aridez que nada pode remediar. As compras acentuaram a nossa proximidade física, passei a partilhar contigo os pesos brutais que dantes carregavas pelas ruas, sozinha, em sacos de plástico e em carrinhos. Diz-me que gostaste, diz-me que valeu a pena. Trauteio contigo as canções de Natal em inglês que emanam do sistema sonoro das grandes superfícies, sempre as mesmas vozes melosas desde finais de Novembro até meados de Janeiro. Na fila da caixa, quando chega o momento de pagar, estendo o cartão ou o dinheiro, guardo a factura no bolso de trás das calças. Digo em voz alta quanto é que poupámos em descontos. É uma nova maneira de nos amarmos, afinal não estávamos exauridos. E vais-te embora agora, que tantas avenidas se abrem e outras tantas se fecham, agora que o nosso mundo mudou?

Leio os teus *emails*, leio as tuas SMS à socapa, quando vais ver televisão e te esqueces do telemóvel no quarto. Sei as horas a que combinas tomar café com a amiga x, com o amigo y dos tempos da faculdade. Sei as datas dos aniversários das amigas e dos amigos, dos filhos e filhas das amigas e dos amigos. Sei as idades de toda esta gente. Sei, porque a farmácia te manda uma SMS, quando tens de tirar ou pôr o anel vaginal. Quando ouço os teus passos a aproximarem-se, atiro o telemóvel para cima da cama, vou ao teu encontro para te demorar no corredor e dar tempo a que o monitor se apague sozinho. Fica, Amália, mais ninguém te amará assim, com esta mistura de entrega e reserva, com esta voracidade incrédula de quem espera sempre ver-te fugir, mais ninguém te exigirá tanto, mais ninguém te dará tanto e tão pouco ao mesmo tempo.

Com o meu romance já nas livrarias, compareci pela primeira vez no almoço anual do batalhão do meu pai, que naquele ano foi em Aveiro. Ele nunca pôs os pés nos almoços do batalhão. Ocupei o lugar dele, como se reparasse uma falta por ele cometida. Saí da estação de comboios, perguntei a uma mulher que ia a passar na rua onde podia apanhar um táxi. Ela virou-se para mim: «Ó meu amor, olhe eles ali ao fundo!» Quando entrei na igreja, a missa já começara. Procurei afanosamente rostos conhecidos, avistei somente o do cabo enfermeiro Sebastião Candeias. Senti-me ligeiramente ludibriado. À saída, a primeira coisa que perguntei ao cabo enfermeiro depois de lhe apertar a mão foi se já tinha lido o meu livro. Ele disse-me: «A minha mulher é que é mais de leituras, ela leu e contou-me umas partes. Gostei. Mas há lá umas coisas que eu não me lembro daquela maneira.» A mulher dele aproximou-se de mim: «Gostei muito do seu livro. Principalmente daqueles capítulos que você escreveu como se fossem cartas ao seu pai. Das conversas com os ex-combatentes gostei menos. Não pensei que tivesse sido uma guerra com tantas pretas. Já desconfiava, por uma ou outra coisa que tinha ouvido, mas nunca pensei que fosse tanto.» Não imaginas, Amália, o gozo que estas frases me deram. Não imaginas o prazer de ver o mundo por mim criado a mostrar-se àquela mulher, frase após frase, a desvendar-lhe coisas que ela desconhecia, num *tricot* paciente e inexorável. Depois do almoço houve discursos. Mal a primeira voz ribombou nas colunas sonoras, a recordar «aquele tempo», muitos veteranos, de olhos postos no orador, desataram a chorar com uma espécie de raiva desesperada, como quem vê arder a própria casa sem nada poder fazer. Sebastião Candeias tornou a contar-me, como se fosse a primeira vez, a sua viagem de vinte e seis horas ininterruptas de Abrantes até Chaves, em Outubro de 1967, saltando de comboio em comboio, para ser incorporado no batalhão.

Acrescentou pormenores. Ia com dois camaradas, que fizeram a mesma viagem interminável. Chegaram a Chaves já de noite. Foram até ao quartel. «Agora já é tarde, só se podem apresentar amanhã. Querem jantar qualquer coisa? Ainda se arranja...» Jantaram na messe, comeram o rancho. Perguntaram onde podiam dormir. «Aqui não pode ser. Têm de ir para o forte.» Foram ao frio até ao Forte de São Francisco. Deitaram-se nos beliches da camarata, começaram a coçar-se. As camas estavam infestadas de percevejos. «Não se aguenta, vamos embora.» Tornaram a vestir os uniformes, saíram, passaram a noite em claro a deambular ao acaso pelas ruas desertas de Chaves, sentados em bancos de jardim, a andar de baloiço e de escorrega nos parques infantis, a conversar, a fumar, a contemplar as girândolas de traças na cúpula de luz dos candeeiros públicos, a bater com os pés no chão e a soprar nas mãos em concha por causa do frio, até que viram nascer o sol atrás das serras e então encaminharam-se sem pressa para o quartel. Como gado manso a recolher ao estábulo sem o acicate de um pastor, sem um assomo de contrariedade, sequer. No final do almoço um outro veterano deu-me boleia para a estação de comboios, falou sem parar, disse-me: «Quando olho para os meus camaradas nestes almoços, não os vejo gordos e carecas como eu. Vejo-os jovens, como eram em 1967.» E depois: «A guerra moldou a nossa personalidade. Ficou-nos um certo gosto pela solidão.»

O amor do meu pai pelas mulheres, se é que se lhe podia chamar amor, era sempre clandestino. Ele não sabia exprimi-lo em público, não era sequer capaz de o assumir lá no íntimo, provavelmente. O amor dele por uma mulher, qualquer mulher, era sempre tendencialmente adúltero. Sem mistério, sem ocultação, pouco restava. Havia nele uma necessidade doentia de enganar as mulheres. De as subjugar e menorizar, enganando-as. Negando-lhes a entrega, o amor genuíno. Como não podia deixar de ser, depois de enganar a minha mãe com outras mulheres, acabou a enganar a última amante, convertida em segunda mulher, com a minha mãe. E a enganá-las a ambas com outras mulheres. Provavelmente, só no adultério havia para ele a verdadeira intimidade, a intimidade do corpo-a-corpo, das baionetas, da morte. Eu livrei-me desta herança paterna, alijei este peso, esta apetência pelo mistério. Não há em mim grande mistério. Como diz o juiz Holden aos caçadores de escalpes em *Meridiano de Sangue*, o mistério é não haver mistério nenhum.

Exigi que deixássemos de comprar perfumes de marca, fomos a uma loja de sucedâneos onde havia prateleiras repletas de frascos todos iguais, rótulos azuis para homem, rótulos cor-de-rosa para mulher. Dissemos à empregada os nomes das marcas que queríamos. Eu disse «Fahrenheit», tu disseste «Dior não-sei-que-mais». Ela consultou uma lista, disse: «O Fahrenheit é o nosso número setenta e quatro dos perfumes para homem, o Dior não-sei-que-mais é o nosso trinta e um dos perfumes para senhora. Da primeira vez que compram um dos nossos perfumes pagam mais um euro, que é o valor do frasco. Quando cá voltarem trazem o frasco, nós tornamos a encher e já não pagam esse adicional.» Os perfumes cheiravam vagamente aos originais, o cheiro dissipava-se ao fim de poucos minutos. Disseste: «Para comprar isto, não vale a pena. Não gosto destas porcarias.» Disse-te que tinhas toda a razão, pareceu-me que perfilhavas a minha lógica de estoicismo comunitário e promíscuo, que decidiras levá-la ainda mais longe. Ter-me-ei enganado? As minhas camisas ainda guardam o odor do tempo em que me encharcava em perfume logo de manhã, antes de sair de casa, a oitenta euros o frasco. Farejo-te, procuro no teu corpo o cheiro a suor, o odor a tabaco agora a descoberto. Repeles-me, pareces, pela primeira vez, avessa ao contacto das minhas mãos. Lanças-me olhares em que julgo ler a frase «vai ter com ela» ou «ela que te ature», pareces-me perigosamente próxima de a verbalizar. Passei a comprar comida mais barata por estar no limite do prazo de validade, iogurtes a metade do preço. Compro duas dúzias de uma só vez, nesse dia empanturramo-nos de iogurtes, ao almoço, ao lanche, ao jantar. No dia a seguir ao fim do prazo há sempre, num recanto do frigorífico, um iogurte que sobreviveu à chacina, escondido atrás dos *tupperwares* de restos. Arranco-o do esconderijo, levo-o para a sala. «Só passou um dia. Isto está óptimo, não faz mal a ninguém. Para o lixo é que não pode ir. Quem come?», pergunto. As miúdas entreolham-se, abanam a cabeça. «Prefiro não comer, já não posso mais com estes iogurtes», diz a Rita. «Isto faz-me lembrar quando eu tinha aulas de natação no Técnico e havia lá um miúdo gordo que passava o tempo a arrotar e me dizia sempre o que tinha comido antes de entrar na piscina: "Dois iogurtes, uma sandes de paio."» E a Eugénia: «Era só o que mais faltava, eu comer esta porcaria.» Tu estendes o braço, pegas no iogurte: «Pronto, como eu.» Ficamos a ver-te comer o iogurte fora do prazo como se expiasses pausadamente uma culpa. Nesses momentos, pareces-me empenhada. Estarei a exigir-te de mais?

No colégio de freiras, uma rapariga chamada Regina aproximou-se da minha mãe no pátio e perguntou-lhe: «Queres ser a minha melhor amiga?» Não se conheciam, passaram a ser isso mesmo: as melhores amigas. A Regina tinha apenas um irmão, mais velho do que ela. Com vinte e tal anos, o irmão saiu de uma festa de madrugada, trepou a uma árvore, desafiado por amigos, e morreu enforcado no cachecol, suspenso de um ramo altíssimo. Foi preciso chamar um carro dos bombeiros para o tirar dali. A Regina disse à minha mãe: «Sempre achei que os meus pais teriam preferido que tivesse morrido eu.» O meu avô tinha como filosofia de vida um suposto provérbio chinês, que não se coibia de proclamar aos quatro ventos na presença das filhas: «Um homem não se pode pôr em todas as mulheres. Mas pode, ao menos, tentar.» Quando a minha mãe soube que tinha aberto concurso para hospedeiras do ar da TAP e disse ao pai que queria concorrer, ele cortou: «Olha, filha, se queres ser puta, há maneiras mais fáceis.» Todas estas histórias nos eram contadas regularmente pela nossa mãe, depois do divórcio, na ausência do nosso pai. Eram a guerra de África dela. Cabia-nos aprendê-las de cor. Do nosso avô ficaram-nos poucas memórias em primeira mão, morreu ainda nós éramos crianças. Dizia que, na Segunda Guerra Mundial, os alemães tinham tentado conter o «perigo amarelo», as «hordas mongóis». Estávamos na casa de campo, a Leonor encontrou no chão um canivete velho, cheio de ferrugem, guardou-o como se fosse uma relíquia. Tentámos abri-lo, limpámo-lo o melhor possível. O avô viu-nos. «O que é isso? Mostrem cá.» Pegou no canivete, disse: «Que porcaria.» Atirou-o para longe, num gesto largo de atleta. Virou-se para nós e declarou: «Vocês não têm o sentido estético das coisas.» Passámos horas à procura do canivete. Nunca mais o encontrámos.

Telefonei ao furriel Gamito para lhe dizer que encontrara no almoço do batalhão o quarto alferes da companhia 1271, o Cristóvão Rosado, que até àquele ano nunca participara nestes convívios e de quem ninguém tinha o contacto. Ele disse-me: «Ah, sim? Não me diga.» Perguntei-lhe pelo meu romance, se estava a gostar. Era esse, afinal, o fito do meu telefonema. Desejava vê-lo vestir a pele da personagem a que eu dera o seu nome, queria-o espantado mas feliz como alguém que se vê ao espelho pela primeira vez depois de uma operação plástica bem-sucedida. Em vez disso, fui acolhido por um silêncio pesado. Como quem faz um esforço, ele disse-me que começara a ler o livro e que depois parara. Que agora era a mulher que estava a ler e que ela lhe ia contando certas coisas. Havia na voz dele uma nota agreste, de incómodo.

— Parece-me que o senhor fez ali certas confusões. A minha mulher disse-me que escreveu lá que, no *Vera Cruz*, na viagem de regresso do Ultramar, eu quis comprar o uniforme do Artur ao capitão da companhia. E que ele não mo quis vender. Como é que isso pode ser, se fui eu que trouxe comigo o uniforme do Artur? Tenho-o aqui em casa, fui eu quem lho mostrou, o senhor lembra-se bem.

Senti o meu edifício a abrir rachas, a desmoronar-se. Tentei limitar os estragos, disse-lhe que, no meu romance, essa cena se passa entre o Gamito e o meu pai, não entre o Gamito e o capitão, e que o Gamito não tenta comprar o uniforme do miúdo, tenta trocá-lo por outra coisa. Depois de o Gamito me ter mostrado em sua casa o uniforme em miniatura, que eu até então só tinha visto no corpo do garoto, nas fotografias a preto-e-branco, eu não resistira a transferir para o meu pai a posse ficcional daquela relíquia e inventara uma tentativa infrutífera do Gamito para recuperar o uniforme, à chegada a Lisboa. Disse-lhe:

— Escrevi um romance. Sempre disse que ia escrever um romance.

— Pois — retorquiu ele —, mas o que interessa é o que fica para a história. Dá-me a impressão que o senhor não contou as coisas tal como elas aconteceram.

Pedi-lhe que lesse o romance. Como se o mal-entendido resultasse do facto de ele ter ouvido a história em segunda mão, distorcida pelo relato da mulher.

— Leia, vai ver que vai gostar. Vai ver que vai gostar da sua personagem.

Ele repetiu-me várias vezes:

— Atenção, eu não quero protagonismo. Não é isso que me move.

Voltou à carga:

— E o senhor diz lá que foi o seu pai que me convenceu a não desertar, a não me passar para o inimigo? Mas se eu nunca falei com o seu pai sobre isso, como é que pode ser? O senhor foi a primeira pessoa com quem eu falei sobre esse assunto, fique sabendo.

— O meu método foi só um — disse-lhe eu, já encurralado. — Não escrevi nada que não pudesse ter acontecido. Não escrevi nada que não tivesse um laço com a realidade.

Esta explicação nem sequer a mim próprio convenceu. Ele deve ter percebido o meu desamparo, porque suavizou o tom de voz. Ainda em tom contrariado, disse que ia ler o livro e, por fim, convidou-me para almoçar de novo em sua casa no tom de quem faz as pazes, relutante, depois de não deixar pedra sobre pedra numa discussão em família.

— Conto consigo em minha casa antes do Natal.

Despedi-me, desliguei. Fui à janela, pus-me a pensar no meu romance. Não me arrependo de nada do que escrevi. Só tenho pena que o livro não tenha cumprido a sua função. Pensei que me apaziguasse, mas a guerra não pára, não abranda, não dá tréguas. Só me resta continuar a contar a história, fazer novas vítimas, reabrir velhas feridas, impedir a cicatrização. Não fui eu quem começou a fazer sangue, mas agora não sou capaz de parar. Não fui eu quem ateou o fogo, estou encurralado a um canto. Ateio um contrafogo, sento-me e sufoco. A luta continua.

Dias antes de sair de casa para se casar, a minha mãe teve um assomo de raiva e vingou todas as mulheres espezinhadas, as frases sibilinas, o «deixe brilhar a sua irmã», os olhares que diziam às mulheres «tomara que tivesses morrido tu» quando morria um varão. A minha avó estava na casa de férias, a minha mãe estava sozinha com o meu avô na casa da Avenida. Ouviu um ruído de noite no corredor, foi ver, era o meu avô em camisa de dormir, sem ceroulas, a caminho da cozinha e do quarto da criada. «Não tem vergonha? Vá para o seu quarto! Um homem da sua idade...», atirou-lhe ela. E ele, numa atrapalhação, tentando não perder a face: «Eu ia só buscar um copo de água...» E ela: «Julga que me engana? Vá para o seu quarto, tenha vergonha na cara!» Para completar a humilhação, só faltou dizer-lhe que, assim seminu, de pantufas, com as pernas magras ao léu, ele parecia um homem completamente destituído do sentido estético das coisas. Ano após ano, uma e outra vez, ela contou-me esta história como quem se desculpa, como quem partilha uma dor, como quem lega um património. Como quem diz: «É disto que és herdeiro.» Sempre me pareceu arrependida desta vingança tardia, deste pequeno ajuste de contas. Talvez o pai dela também nunca lhe tenha dito «gosto de ti». Talvez ela também nunca tenha dito ao pai «gosto de ti».

Deixámos de ir jantar fora. Íamos todas as sextas-feiras com as miúdas, às vezes também aos sábados. Primeiro passámos a ir só ao chinês, que era o mais barato de todos. Pedíamos três crepes, para mim e para as miúdas, e uma sopa ácido-picante para ti. Dois pratos para nós os quatro, que depois repartíamos. E arroz chau-chau, três tigelas. Nada de sobremesas, claro. A dona do restaurante memorizava o nosso pedido sem anotar nada, repetia tudo em voz alta enquanto recolhia as ementas pegajosas, cobertas por uma fina película de gordura e sarro, depois perguntava com ar agastado: «Só dois platos?» Ao fim de um mês e meio abandonámos igualmente o restaurante chinês. Dantes comprava paus de incenso de uma marca fina, guardava as embalagens na gaveta do armário da casa de banho, acendia os paus de incenso com um isqueiro depois de puxar o autoclismo, para disfarçar o mau cheiro. Aromas delicados, madeira de teca, jasmim, sândalo, flor de laranjeira. Agora restam apenas na gaveta o isqueiro e o queimador de incenso, uma tigelinha redonda de pedra escura com furos no meio. Deixei de comprar incenso, entreabro a janela da casa de banho que dá para a empena do prédio. Quando alguém usa a retrete, a casa de banho cheira como todas as casas de banho do mundo. Cheira a merda.

Tu e as miúdas opuseram-se subtilmente à minha anexação, numa resistência passiva inexorável que não me incomoda verdadeiramente, que aceito como inevitável, que só vem confirmar a vossa dependência.

— Quem é que tirou daqui dinheiro e não escreveu? Ontem pus dez euros na caixa, já só estão aqui cinco e ninguém pôs nada na tabela. É sempre a mesma coisa, depois isto não bate certo. Não foste tu? Então vai perguntar à tua irmã e à tua mãe quem foi. E quem tiver sido que venha cá escrever. Pelos vistos, ainda não perceberam.

Estava a fazer contigo as contas do mês, a somar e a subtrair, a perder-me nos cálculos e a voltar ao princípio, ergueste da mesa uma caneca suja de leite com chocolate, pegaste-lhe pela base, de dedos estendidos na vertical, erguendo-a à altura do rosto, flectiste a perna, puseste o pé descalço em cima do assento da cadeira, olhaste para mim e disseste:

— Mulher com caneca na mão. Às vezes não tens vontade de fazer poses assim, como se fosses um quadro vivo? Mulher com caneca na mão. Mulher a comer a sopa. Mulher a descascar um pêssego.

Dizes que, se nos separarmos, não haverá outro homem na tua vida, mas haverá. Será um amigo de longa data, dos tempos da faculdade. Há vários à espreita, amargamente arrependidos de não terem aproveitado a oportunidade quando enviuvaste. Estavam casados, ocupados com outras mulheres, não perceberam a tempo. Invejam-me, sei-o. Leio as mensagens que te escrevem, os convites inocentes para tomar café, sem nada de suspeito, sem segundas intenções aparentes, sem sombra de pecado. Velhos amigos do liceu que se reencontram para falar dos colegas, dos professores, para recordar histórias da adolescência. Se te fores embora, se me deixares, irão cercar-te com as suas falinhas mansas, irão pôr-te à prova. E dirão, triunfantes, que nós os dois éramos, afinal, como toda a gente. Éramos, no fundo, um casal como os outros.

Combinei com o Gamito ir almoçar a casa dele, em Monsaraz. Três dias antes do dia marcado ele telefonou-me:

— Sr. Carlos Silveira, não me leve a mal, mas vamos desmarcar o nosso almoço do próximo sábado. Tive um problema, um acidente de automóvel, o carro vai provavelmente para a sucata, ainda não sei se não ficarei inibido de conduzir. Não estou em condições. Há dez dias que não saio de casa, tal é a vergonha, mas eu tenho de sair, eu tenho de encarar as outras pessoas. Se parti alguma coisa? Não, só parti a cabeça contra o pára-brisas. Não, ninguém mais se magoou, tive o acidente sozinho, fui contra uma parede. Agora tenho de arrefecer as ideias. Eu estou bem, mas há coisas que deixam marcas. Depois eu telefono-lhe. Temos de falar em pessoa, é esse o meu querer, mas lá mais para diante, quando eu estiver melhor.

Semana após semana, ao longo destes seis meses, a vossa resistência recrudesceu, ganhou foros de rede clandestina.

— Mas onde é que está a caneta que eu pus dentro da caixa do dinheiro? Quem é que a tirou? Deve ter sido a Rita. Sai a correr para a faculdade, não encontra a porcaria do estojo, nunca sabe onde o põe, e vem tirar a esferográfica da caixa do dinheiro. Depois não há aqui caneta, ninguém toma nota de nada. Ó Rita! Foste tu que tiraste daqui a caneta? Mas a quem é que tu sais assim tão desorganizada? A mim é que não é, porra. Estamos lixados…

Guardámos segredo acerca da dívida. Ninguém podia saber. Não foi preciso dizer nada às miúdas, elas perceberam desde o primeiro dia que havia no sucedido qualquer coisa de vergonhoso, como uma tara ou uma doença estranha, lúpus ou herpes. Que só guardando segredo arranjaríamos forças para levar avante esta nova intimidade em que o orçamento mensal da família é debatido à mesa do jantar, em longas reuniões presididas por mim, em que pesamos cuidadosamente, esgrimindo argumentos a favor e contra, a viabilidade de cada despesa que foge ao corriqueiro, as viagens, os festivais de Verão, as idas ao cinema, as compras de livros, em que é preciso escolher isto em detrimento daquilo, em que às vezes não há dinheiro para isto nem para aquilo, somente para o essencial, a prestação da casa, o supermercado, a luz, a água, o gás, os transportes. Não contei nada à Leonor nem à minha mãe, as miúdas não contaram nada aos primos. Tu, é claro, contaste tudo aos teus irmãos. Eu já sabia que ia ser assim.

A Regina era muito bonita, vestia-se para provocar. Uma vez, já na faculdade, disse à minha mãe: «Vou hoje encontrar-me com um fulano no bar do aeroporto, um velhote. Agora tenho um namoro com um velhote.» Passados muitos anos, já casadas e mães de filhos, a minha mãe disse-lhe: «Olha lá, o velhote com quem tiveste o namoro era o meu pai.» E ela: «Pois claro que era. Julguei que sempre tivesses sabido.» O pormenor revelador, que fez a minha mãe perceber tudo ao fim de tanto tempo, foi o bar do aeroporto. Era ali, no terraço com vista para a pista de aterragem, a ver os aviões, que o meu avô gostava de marcar encontros com as amantes. «Queres ser a minha melhor amiga?» Era uma traição, traímo-nos sempre, estamos sempre em traição, umas vezes mais, outras vezes menos, mas dificilmente escapamos.

Tu e as miúdas inventaram uma economia paralela, maneiras de ganhar dinheiro que fogem ao meu controlo férreo, dinheiro que não passa pela caixa dos bombons, que vos entra directamente nos bolsos. A Rita descobriu, por intermédio de uma colega de curso, um laboratório que faz exames clínicos e recruta cobaias. Besuntou um creme depilatório nos braços durante três semanas, ganhou trinta e cinco euros. Pediste um recibo de gasolina com o número de contribuinte da empresa farmacêutica. Ela foi lá entregar o recibo, sai-se no metro do Campo Grande e anda-se imenso. A funcionária perguntou-lhe se tinha caspa, estavam a testar um champô, usava-se cinco vezes, pagavam cento e vinte euros. Perguntou-lhe se tinha lavado a cabeça naquela manhã. Ela disse que sim, claro. «Sente-se aqui, por favor.» Afastou-lhe o cabelo com uma escova, examinou com uma luz forte. «Não dá para ver bem, assim com o cabelo lavado. O ideal era ter caspa aderente. Volte cá na segunda-feira, mas não lave a cabeça no fim-de-semana. O melhor, para este estudo, é a caspa agarrada à cabeça, mas pode ser outros tipos de caspa, depois escreve-se na ficha o tipo de caspa que tem, se tiver.» Pediste à Rita que te inscrevesse, que inscrevesse também a Eugénia. Se fossem as três seleccionadas, ganhavam trezentos e sessenta euros. Contaram-me as peripécias à mesa do jantar e falsearam as quantias envolvidas, trocando olhares discretos, dando valores mais comezinhos. Eu, que já sabia tudo, por ter bisbilhotado o teu telemóvel nesse dia, fingi descobrir a história naquele momento. Passaram as três o fim-de-semana inteiro sem lavarem a cabeça, a coçarem o couro cabeludo. Na segunda-feira chegaram lá, sentaram-se na sala de espera, havia mais gente, um barbudo com ar infeliz, uma mãe com três filhos pequenos. A funcionária entrou, disse muito alto: «Quem é que vem para ser visto por causa da caspa?» Ergueste o braço timidamente. «Nós.»

A Fernanda, tão desatenta aos pormenores visuais do meu corpo, reparou que eu mudara de cheiro. Perguntou-me o que se passava, contei-lhe.

— Se eu tivesse dinheiro, ajudava-te. Ajudava-te a ti, ajudava a Camila, também.

Da vez seguinte que fui a Faro, ela meteu-me no bolso do casaco, à socapa, enquanto eu me lavava na casa de banho, um frasco de perfume Fahrenheit. Escondi-o na bagageira do carro, dentro do pneu sobresselente. Uso-o somente de mês a mês, quando vou ter com ela. Parado na estação de serviço de Alcácer do Sal, para meter gasolina, abro a bagageira, levanto a tela que cobre o pneu e o macaco, enfio a mão no buraco, no centro da jante, tiro de lá o frasco e perfumo-me discretamente. As únicas despesas que não submeto à aprovação do nosso pequeno plenário doméstico são estas: a gasolina e as portagens para o Algarve. Manipulo discretamente a nossa contabilidade para disfarçar.

Fomos os dois à Cetelem. O balcão de atendimento é no Colombo, o lugar onde me encontrei com um dos alferes que mataram um guerrilheiro desarmado no mato por acharem que ele os estava a levar para uma emboscada. Imaginei uma sala sebenta, envidraçada, um sistema de senhas, como nas Finanças, imaginei funcionários atrás de secretárias separadas por tabiques, duas cadeiras à frente de cada secretária para os devedores se sentarem. Imaginei uma multidão agreste, uma mole de gente tensa a esperar, conversas em voz baixa. Imaginei um segurança encorpado à porta, atento às possíveis zaragatas provocadas por pessoas de cabeça perdida. Imaginei vozes alteradas, ameaças de «eu parto isto tudo», gente a chorar. Chegámos lá, não estava ninguém, éramos os únicos, nem foi preciso tirar senha. Uma sala bem iluminada, balcões semicirculares, ergonómicos, uma funcionária simpática. Cheirava bem, parecia um banco selecto. Dissemos que queríamos pagar uma parte da dívida, que tínhamos três mil euros para entregar. Era o dinheiro da minha última tradução. «Querem diminuir a prestação ou encurtar o prazo?», perguntou a funcionária. «Encurtar o prazo», disse eu. Ela deu-nos uma referência multibanco, escreveu os algarismos num cartãozinho em cujo canto o boneco verde nos acenava. «Depois vão receber uma carta com o novo plano de pagamento.» Pagámos na caixa multibanco que há dentro da própria Cetelem. No regresso a casa, no metro, disseste-me: «Não sei se aguento mais isto.» E eu: «Isto o quê?» E tu disseste: «Isto, este sufoco.» Num final de mês ainda mais apertado do que os outros, com os euros contados ao cêntimo, fui às compras para o almoço e trouxe pão, mortadela e dois queijos frescos para nós os quatro. «Só dois queijos frescos?», comentaste em tom falsamente brincalhão. «Que sovinice.» Eu sou assim, este sufoco, esta sovinice. Não sei ser de outra maneira. Há em ti um certo desprezo aristocrático pela sovinice pequeno-burguesa. Sabes, no fundo, que a sovinice dos pequenos-burgueses é, acima de tudo, uma sovinice sentimental. Aceitaste o convite para tomar café de um velho colega da escola, depois de outro. Noto em ti, desde então, uma nova esperança no olhar, modos mais soltos, uma possibilidade que vai ganhando forma. Apercebo-me cada vez mais da imensa fragilidade disto tudo, do nosso amor, de nós os dois.

O Gamito telefonou-me:

— Como vai, Sr. Carlos Silveira? Ainda não estou bem, ainda não estou em condições de me encontrar outra vez consigo. Lá mais para a frente, está prometido. Só lhe quero dar uma triste notícia. Morreu ontem o barbeiro da companhia, o Jorge Santos, com quem você falou para escrever o seu livro. Telefonou-me agora o filho dele a contar-me, e eu não quis deixar de lhe comunicar. Mas fique sabendo que o Santos gostou muito do romance. Ficou todo satisfeito com o que leu, telefonou-me uma vez e disse-me. Ficou eufórico.

Fica, Amália, fica comigo. Sou parecido com o meu pai, mas sou diferente dele. Dei um passo em frente, livrei-me de uma parte da doença. Na próxima geração, já nada restará. A Fernanda é só uma, é a única. Não espalho a minha semente por muitos vasos, apenas dois, o teu e o dela. E consigo exprimir o meu amor por ti de viva voz, consigo dizer-te «amo-te», abraçar-te em público, beijar-te em público, sigo-te com os olhos quando nos despedimos na rua e vai cada qual para seu lado, fico a olhar-te longamente até uma esquina qualquer te engolir, até a folhagem de uma árvore se apoderar da tua silhueta. Ela é um pormenor, um hábito arreigado, um resquício de mentira e engano que, de tão às claras, quase não é mentira, quase não é engano. Ela é uma cicatriz como as que tenho nos joelhos, nos braços, nos cotovelos, que coço às vezes, quando inflamam. Que espremo quando deitam agulhas de pus. Não tenho com ela uma verdadeira intimidade. Aos poucos, mês após mês, ano após ano, havemos de abater parcelas da dívida. Já fiz contas, não vai demorar muito. Dois anos, três, no máximo. Prometi-vos, a ti e às miúdas: «Quando acabarmos de pagar isto, vamos jantar todos fora e voltamos para casa a dançar pela rua.» Quando esta história chegar ao fim, hão-de ficar entre nós, estou certo, os hábitos arreigados desta nova comunhão. É esta a intimidade que conta, e tenho-a contigo, somente contigo.

Disseste uma vez, à mesa do jantar, perante as nossas filhas:

— Não sou formiguinha, não tenho esse espírito. Tenho um espírito aristocrático, não sou burguesa. Gosto do ócio inteligente, gosto de pensar nas coisas.

Em criança, Joyce ganhou vários prémios em dinheiro no colégio de jesuítas onde andava a estudar. Cada vez que se via na posse daquilo que, para alguém da sua idade, eram pequenas fortunas, traçava planos grandiosos, planeava laboriosamente a maneira de gastar o dinheiro do prémio, fazia empréstimos aos irmãos e às irmãs, às criadas da casa, levava a família inteira ao restaurante e ao teatro, anotava tudo num pequeno caderno, qual banqueiro de calções. Ao fim de poucas semanas o dinheiro evaporava-se. Anos mais tarde, quando reinava a penúria na casa paterna, uma das irmãs perguntou-lhe porque é que não arranjava trabalho, para ajudar nas despesas domésticas, e Joyce virou-se para ela com o ar mais sério do mundo e respondeu-lhe sem pestanejar:

— Já ajudei o suficiente.

Conheci um tipo que não trabalhava, passava os dias a ver filmes clássicos na televisão e a ler poesia, a mulher esfalfava-se, os filhos andavam aos rebolões pela casa, atiravam-se do alto do roupeiro para cima das camas, subiam a escada para o andar de cima a correr e, com o braço estendido, iam derrubando uma após outra as serigrafias penduradas na parede, escaqueirando-lhes as molduras. Depois tornavam a pendurar os quadros às três pancadas, com os vidros partidos. No meio daquele caos, quando a mulher se queixava da falta de dinheiro, ele enunciava a sua máxima: «Não te preocupes. Alguém há-de pagar.» Exactamente o mesmo que a Fernanda me disse várias vezes, quando éramos casados, com o ar convicto de quem não admite réplica.

Tu não és assim. Não achas que já fizeste o suficiente. Não achas que alguém há-de pagar. És uma cigarra torturada, pouco convicta. Proclamas esse espírito aristocrático, mas és tão burguesa como eu, tão apátrida como eu, não sabes para que lado te hás-de virar, o nosso amor é a tua bóia de salvação, sabe-lo bem. Fica, Amália, fica. Não me traias, não me desiludas. Li João de Barros e falei-te das farroncas dos capitães de Albuquerque, que, na praia de Calecute, com os guerreiros do samorim a cercá-los e a feri-los de todos os lados, se recusaram a abandonar o areal, por nenhum querer ser o primeiro a bater em retirada. Todos queriam reivindicar a honra de terem sido o último a entrar nos batéis. Falei em «estupidez», tu disseste: «Não, isso até tem encanto.» Convenci-me de que, se há em ti algum espírito aristocrático, é este: serás a última a abandonar o lugar do nosso amor. Mandar-me-ás meter-me num bote e remar para longe, para que me salve, e deixar-te-ás matar por nós. Ruy Belo diz que «a felicidade para nós possível é sempre a que sonhamos que há nos outros». Em que outro casal, diz-me tu, se nos visses num jardim, em Roma, de mãos dadas, sonharias uma felicidade maior que a nossa?

8

CRISTÓVÃO ROSADO, O QUARTO ALFERES

Esta história, a história da guerra, tem de ser contada. Já vários amigos meus me pediram para a escrever, mas eu não o fiz, porque nunca tive vagar. Mas agora vou fazê-lo, porque não posso deixar que sejam os filhos a contar a guerra dos pais. No dia em que isso acontecer, é porque a minha guerra acabou, é já outra guerra. E eu preciso de contar a minha guerra. Você contou a sua, está no seu direito. Mas não pense que a sua guerra substitui a minha. Não pense que, depois de escrever o seu livro, nos pode dispensar. Mas você sabe-lo muito bem, e a prova disso é que veio à minha procura, quer mais pormenores, o que escreveu ainda não lhe bastou. Pois então cá vai.

Lembro-me perfeitamente do Gamito. Passei-lhe um grande sermão no Lugenda. Arrependo-me disso. Mas a percepção que eu tinha do comportamento militar não era muito adequada a certas coisas. O Gamito estava ao pé de mim com os soldados a fazer um concurso de traques. Não tinha nada de mal, mas eu não gostei. Achei que era promiscuidade a mais. Ainda me lembro da expressão que utilizei: «Ó furriel Gamito, isso é mais próprio de um soldado básico do que de um furriel.» Foi a expressão que eu usei, ainda me lembro bem. Básico, o último dos últimos, cá em baixo. Em termos comportamentais, claro. Mas arrependi-me logo. Acho que lhe pedi desculpa, mesmo, depois. Porque aquilo era uma coisa perfeitamente inofensiva.

O meu pai guardou todas as cartas que lhe escrevi. Quero tentar reconstituir a minha comissão a partir dessas cartas. E das que eu recebi, que guardei todas. Essa correspondência trouxe-a, tenho-a. Não a destruí. Só que tem uma limitação. Eu nunca contava episódios de guerra. A ninguém. Se as cartas eram censuradas? Não, nós dizíamos o que entendíamos, tanto nas cartas como de viva voz. Podia-se dizer livremente aquilo que nós entendêssemos. Uma das maiores festas que tivemos, no quartel do Chicôco, em que esgotámos as bebidas todas, a cerveja, o *whisky*, e o seu pai estava lá, foi para comemorar a queda da cadeira do Salazar. Os soldados associaram-se, a companhia inteira associou-se. Numa das balizas do campo de futebol pendurou-se um javali da trave, esfolaram o animal e amanharam-no. Fez-se uma fogueira enorme atrás do campo e quem queria ia até lá, cortava um bocado de carne com a faca e punha ao lume. Foi assim. Resultado: esgotámos todas as bebidas alcoólicas que havia no quartel. Lembro-me que no outro dia de manhã estava um soldado caído no chão, com a cabeça enfiada num bidão de duzentos litros. É claro que nós queríamos que o Salazar morresse, é claro que ninguém lhe desejava bem, é claro que não nos coibíamos de o dizer. É claro que também havia muitos, e eu era um deles, que achavam que estávamos ali para defender Portugal. Não vale a pena mudarmos aquilo que fomos. O importante, para mim, é se fizemos uma guerra limpa.

Pus-me a ler o seu livro e fui tomando notas. Fiz uma lista de coisas que não batiam certo com as minhas memórias. A certa altura, a lista tornou-se tão comprida que desisti. De Nacala para Nova Freixo fomos em carruagens de gado. Quando no seu livro diz que havia umas carruagens para oficiais e outras para soldados, eu não me lembro disso. Eu, que era alferes, fui num vagão no meio dos soldados, lembro-me bem. E as carruagens não eram de madeira, eram metálicas. Eram de chapa, esse pormenor está enganado no seu texto. E eu lembro-me de que havia aquela abertura na carruagem para carregar o gado. A maior parte dos meus homens acantonou-se nas pontas, na parte fechada, com medo de levar algum tiro. É compreensível. E eu e mais um grupo sentámo-nos regaladamente no chão, na abertura, com as pernas penduradas, a apanhar o fresco. Soube-nos tão bem. Como vê, a minha guerra e a sua não batem certo uma com a outra, nem sequer nos detalhes sem importância.

Fui com o meu pelotão para Manhauane. Era um lugar inóspito, não havia nativos. Começámos a construir o quartel, armados de serrote e machado. Fizemos construções de troncos, como faziam provavelmente os pioneiros no Oeste americano. Uma vez andávamos na mata e eu estava a fazer a guarda com a G-3, não estava a serrar, e uma árvore caiu, desprendeu-se um ramo bastante grande e atingiu-me a cabeça. Fez-me um ferimento na cabeça, passei a mão e fiquei com sangue nos dedos. E o enfermeiro olhou para mim e disse: «Ó meu alferes, tem de ser evacuado, isso pode ser grave. O melhor é seguir para o Chicôco, para o médico o ver.» Metemo-nos no *Unimog*, eu e uma secção, que são cerca de oito ou nove homens, e quando íamos para o Chicôco, mais ou menos a meio caminho, tinha havido uma queimada, e a uns seis ou sete metros da picada, do lado esquerdo, estava um par de leões imponentes, deitados, a olhar para nós. O pessoal grita: «Olha, leões!» Foram os primeiros que nós vimos, nunca tínhamos visto nada daquilo. E eu digo: «Pára! Pára!» De resto, estávamos todos à rasca. Eu disse ao pessoal: «Ninguém dispara, pá. Só se for preciso.» Disse ao condutor: «Olha, faz marcha-atrás, mas com calma.» O *Unimog* começou a fazer marcha-atrás, tudo de arma apontada, com a mira feita aos leões. Os leões levantaram-se, olharam para nós, caminharam uns trinta, quarenta, cinquenta metros, pararam. Lembro-me da cena como se fosse hoje. Olharam para nós e foram-se embora. Chegámos ao Chicôco, o seu pai achou que o ferimento, afinal, não era nada de grave. Coseu-me a cabeça e recambiou-me outra vez para o acampamento. Não lhe levo a mal, fez o que lhe competia.

Recordo-me bem dessas cenas porque eu trazia a cabeça rapada. Eu explico. No acampamento não tínhamos pregos. E alguém disse que a uns oito ou nove quilómetros dali, numa picada, havia uma cantina abandonada, um estabelecimento comercial, e que havia pregos na cantina. Eu digo ao pessoal: «No Chicôco não há pregos, nós temos de ir buscar pregos à cantina.» Levei sete ou oito homens. Levámos machados, arranca-pregos e martelos, fomos a pé até lá. Na cantina pusemo-nos a arrancar pregos, recolhemos três ou quatro quilos de pregos. Depois viemos de regresso a Manhauane, a pé, sempre a pé, porque os carros não passavam naquela picada. Já perto de Manhauane, talvez andados uns seis quilómetros, alguém se lembrou de que tínhamos deixado a ferramenta toda na cantina. Só tínhamos trazido os pregos. E eu disse para a malta: «Meus amigos, nós temos que voltar à cantina a buscar as ferramentas, porque elas são precisas, não podemos deixá-las lá. Peço dois voluntários para irem comigo, os outros ficam aqui à espera. Quem é que vai comigo?» Ninguém. E eu virei-me para eles e disse: «Vamos todos. Eu sozinho não vou. Vamos todos. Registo a vossa atitude de falta de solidariedade com os companheiros, mas vamos todos.» Eles estavam com uma cara que pareciam capazes de me correr a tiro. Chegámos ao acampamento com os pregos e as ferramentas, pu-los à minha frente e disse: «Vocês agora têm uma hora para estarem aqui formados, todos com a cabeça rapada.» Vulgo carecada. Eu estava furioso com eles e comigo próprio. Comigo próprio porquê? Porque achei que também da minha parte não tinha sabido resolver a situação. Pelo menos aparentemente. O que é que eu faço entretanto? Havia um soldado do pelotão que cortava os cabelos, fui lá e disse-lhe: «Faz-me uma carecada.» Foi a única carecada da minha vida. Quando chegou a hora de inspeccionar o castigo, estavam perfilados à minha frente. A secção inteira, todos de cabeça rapada. Olharam para mim, em frente deles, também de cabeça rapada. Ficaram de boca aberta. Lembro-me bem de um deles, o Campanhó, de olhos arregalados. Mas do Campanhó eu já lhe vou falar mais daqui a pouco. Você escreveu sobre ele de uma maneira que me custa a engolir.

Saí numa operação com os meus homens para ir buscar armas. Não eram *Kalachnikovs*, eram *Tokarevs*, creio eu, eram semiautomáticas, não eram armas do tipo G-3. Essa missão foi na época das chuvas, teve pormenores lindíssimos, que eu faço questão de lhe contar. Fui com outro pelotão que estava em Necoleze e que tinha um alferes madeirense, meu conhecido de Mafra, porque andei à pancada com ele em Mafra. Andei à pancada no âmbito da instrução. Um oficial pôs-nos a praticar boxe um no outro. Cada um de nós se empenhou, com luvas de boxe, o máximo que pôde. Aquilo foi dar nas fuças do outro até não poder mais. E ficámos amigos. Fomos os dois nessa operação. Caminhámos pelo leito de um rio, junto à margem, com água até à cintura, uma chuva terrível, e por alguma razão, não sei ao certo porquê, os meus homens entraram em pânico e foi difícil controlá-los. Sentiram um barulho qualquer estranho, julgaram que estavam a ser atacados. A certa altura um deles olhou para a outra margem e gritou: «Está ali uma velha!» Era uma zona rochosa, uma espécie de arenitos, havia pequenas ilhotas no meio do rio. E do outro lado estava uma velha, nua da cintura para cima, com os peitos caídos e espalmados. Uma velha a olhar para nós. Os homens desataram todos a rir, serenaram logo. E eu digo: «Precisamos de falar com a velha, quem é que quer ir falar com ela? Para saber onde estamos e o que é que há do outro lado, para saber o caminho.» Levávamos um guia, mas era sempre bom recolher informações. Aquela malta era da zona do rio Tâmega, ofereceram-se logo dois ou três para irem lá falar com a velha. Tiraram a roupa toda e, em cuecas, começaram a nadar para a outra margem. No meio disto vejo um soldado que não era meu, devia ser do tal pelotão de Necoleze, que se despiu todo, pôs à cintura a cartucheira e os carregadores da G-3, que eram quatro, e se atirou à água, a nadar, com a G-3 na mão. Resultado: avança seis, sete, oito metros, o peso das cartucheiras começa a puxá-lo para baixo, ele teve de largar as cartucheiras para não se afogar e a G-3 ficou no fundo do rio. Perder uma G-3 era uma estopada. Começámos aos gritos, eles voltaram para trás. Qual era a minha preocupação? Era ir lá ao fundo buscar a G-3. E diz o pessoal, os mergulhadores do Tâmega: «Ah, e tal, nós quando íamos à pesca mergulhávamos e tudo o que estava lá no fundo nós trazíamos para cima. Apanhávamos o peixe à mão.» E eu disse: «Então vão lá ver se pescam a G-3.» Aquilo descambou para o divertimento. A velha, entretanto, raspou-se. E já havia seis, sete, oito, dez soldados nus a mergulharem na zona onde a G-3 caiu, a tentar recuperá-la. De repente começa-se a ouvir rajadas, e lembro-me bem de ver o picotado das *Kalach* na água. Eram as costureiras, como a gente lhes chamava. As rajadas a picarem na água, perto dos meus homens. Nós disparámos umas rajadas para o outro lado, entretanto os homens que estavam na água chegaram à margem e eu disse para o pessoal: «Parem de atirar. Abriguem-se.» Sei que havia um tronco caído, grande, e abrigámo-nos atrás do tronco. Ficámos ali alguns dez minutos de atalaia. Nem mais um tiro. E eu disse para o pessoal: «Vamos embora, a G-3 que se lixe.» Ficou lá. Depois tive de fazer um relatório a justificar a perda dela. Foi a primeira arma que eu perdi. A segunda foi a G-3 do Campanhó.

Acampámos nessa noite e chovia sempre torrencialmente. Encostámo-nos às árvores para nos protegermos da chuva. O Campanhó era um rapaz muito metido consigo, alto e muito magro, olhei para ele quando acordei de manhã e não pude deixar de me rir. Ele estava deitado de costas contra uma árvore, a dormir, a chuva caía intensamente, fazia uma goteira, escorria em fio da ponta do quico e vinha-lhe cair em cima do peito, a ensopá-lo até aos ossos. Lembro-me de olhar para ele e de lhe ver as costelas desenhadas por baixo do tecido ensopado, pelo peito abaixo. Como se ele fosse um esqueleto, ali deitado, já morto, sem reagir. Na altura fez-me impressão, mas não pensei mais naquilo. Só depois é que percebi que tinha sido um sinal, um mau presságio. Acordámos, seguimos caminho. As armas estavam escondidas, o guia levou-nos até elas. Foi uma operação similar à do guerrilheiro capturado que você conta no seu livro, mas ali foi bem-sucedida. As armas estavam muito longe, a dois, três dias de caminhada.

No regresso, decidimos atravessar o rio e procurar a base dos tipos que nos tinham atacado. O que me recordo é de entrarmos de noite no acampamento inimigo, eu e esse alferes madeirense. Deixámos a tropa, os pelotões, a cento e cinquenta metros, e eu disse para ele: «Vamos lá os dois, que é para não espantar a caça.» G-3 na mão, lanterna eléctrica. Havia uma palhota enorme, tipo caserna, que era onde os terroristas dormiam. E eles estavam lá todos a dormir, isto foi de noite. Apontámos as lanternas eléctricas e eu disse: «Eh, malta, acordem!» Do tecto estavam penduradas as *Kalachnikovs*. «Eh, malta, acordem!» Os gajos soergueram-se, olharam para nós com ar aparvalhado e não fizeram sequer um gesto de defesa. Apanhámo-los à mão. Chamámos o resto da tropa, recolhemos as armas e eles foram feitos prisioneiros. Depois esse alferes ficou para trás com o grupo de prisioneiros. Eu avancei com o meu pelotão e fomos até ao rio Lugenda. O guia descobriu armadilhas de apanha de peixe na margem do rio. Aquelas coisas curvas que se vendem nas feiras, sabe como é? Feitas de uma espécie de verga, de bambu. O peixe entra por uma ponta e fica preso lá dentro. E ele disse: «Eles de madrugada de certeza que vêm recolher o peixe.» E do outro lado do rio suspeitava-se de que havia uma grande base terrorista. O rio tinha uma espécie de talude com três ou quatro metros de altura, em cima era terreno plano, lá em baixo era um canavial. Dispus os homens todos ao longo da margem, oitenta ou cem metros, e eu fiquei no extremo, onde começavam as armadilhas para apanhar peixe. Na outra ponta da fila pus um furriel e disse-lhe: «Quando eles vierem buscar o peixe, eu quero-os vivos.» Ao alvorecer veio uma piroga, uma casquinha, como se chamava, escavada num tronco de árvore, com dois guerrilheiros de camuflado, as armas pousadas no fundo da piroga. E vinham a remar direitos a mim. Lembro-me bem desse momento, dos sentimentos que nos passam pela cabeça. Pensei: «Vou apanhá-los vivos. Mas se eles resistirem, se me fizerem frente, se calhar ferro-lhes um tiro.» Era o meu dilema naquele momento. Eles foram remando, remando, até que ficaram a quinze metros de mim. E eu naquela expectativa de «vou apanhá-los», que era o que eu queria, fazê-los prisioneiros. De repente, um dos meus homens: «Atchim!», dá um espirro enorme. Eles olham, param o barco, vêem que estão em perigo, iniciam a viragem para dar meia-volta e eu grito aos meus homens: «Ninguém dispara!» Eles desataram a remar de tal maneira que me parece que, se estivessem numa prova olímpica, ganhavam a medalha de ouro. Eu nunca vi remar assim, avançar com tanta velocidade num rio. O rio devia ter uns cento e vinte, cento e cinquenta metros de largo naquele ponto. Eles chegaram ao outro lado, daí por um minuto começam a juntar-se guerrilheiros na outra margem. Eram uns quinze, vinte, trinta, todos de camuflado e armas, a olhar para o nosso lado. Eu disse aos meus homens: «Vamos para a parte de cima do talude.» Daí éramos perfeitamente visíveis da outra margem do rio. «Vamos desfilar em frente deles. Preparem a bazuca, preparem as armas todas. Se algum deles der um tiro, nós disparamos com tudo o que tivermos.» Eu acho que a expressão que usei foi: «Atirem-lhes para os cornos.» Desfilámos no terreno, viemos embora e não morreu ninguém. Disse aos meus homens: «Não há interesse nenhum em divulgarmos isto. Ninguém gostaria de saber que tivemos dois terroristas a quinze metros da mira e que não disparámos.» E eles entenderam. Este episódio não apareceu no relatório e não foi conhecido. Era uma questão de impulso animalesco. Matar dois homens para quê? Eu estava a fazer a guerra, não estava ali para matar gente sem defesa. Era o que eu sentia, era a minha ideia romântica, a ideia das Convenções de Genebra. Era a minha ideia de uma guerra com valores, com princípios.

Se eu era capaz de matar? Não tenho a menor dúvida. Houve uma história que me pôs perante a hipótese de matar. Numa outra operação apanhei um grupo de nativos, uma família, em que havia uma rapariga negra adolescente, já com as formas de mulher a despontarem, muito bonita. Apanhámos o grupo, integrámo-lo no pelotão e, à noite, o Campanhó veio ter comigo: «Meu alferes, é só para avisar que o guia me disse que esta noite vai comer a miúda.» O Campanhó, note bem, que no seu livro é um maluco, um sanguinário. Mas já lá vamos. Chamei o guia à minha tenda e disse-lhe: «Olha, tocas na miúda e és um homem morto. Agora faz contas à tua vida.» Ninguém tocou na miúda. Ainda hoje me pergunto: se ele fizesse mal à garota, o que é que eu teria feito? Não sei. Provavelmente dava-lhe um tiro. Há gente que diz: «Ah, eu nunca seria capaz de matar alguém.» Não é verdade. Toda a gente é capaz de matar. Quando estamos em situações-limite, matamos. Porque é o instinto de sobrevivência. Ou então é a defesa de determinados valores. E é por isso que a sua guerra não é a minha. Para si, isto é tudo teórico. Eu tive uma G-3 na mão, podia ter matado. Não matei porque não quis.

Foi na operação «Os Grifos vão à caça», em que atacámos a base do Novo Mau-Mau, que morreu o Campanhó. Não gostei do retrato que você fez dele, acho que não foi justo. Não sei se lhe perdoo, preciso de tempo para digerir isto tudo. Preciso de tempo para me despedir da minha guerra. Você inventou um Campanhó selvagem, um gajo que, na tal operação em que os dois pelotões saíram com o guerrilheiro à procura das armas, pediu ao alferes para ser ele a matar o preto. Não sei com quem é que você andou a falar, mas fique sabendo que o Campanhó nem sequer saiu nessa operação. Você misturou vários homens para construir esta personagem, e aflige-me que algumas pessoas possam fazer confusão. E tudo para fazer brilhar o seu pai, dizendo que ele ficou cheio de engulhos quando percebeu que tinham executado o homem no mato. Se ficou cheio de engulhos, guardou-os bem guardados, porque eu nunca o ouvi levantar a voz. Acho que você ainda não decidiu bem o que quer fazer do seu pai, dos seus pais. Quer mantê-los à distância, abraçá-los e matá-los de vez, tudo ao mesmo tempo. Não vai conseguir, tem de escolher.

O «Novo Mau-Mau» era a grande base da Frelimo a norte do Lugenda, estavam lá oitenta a cento e cinquenta guerrilheiros e havia abrigos subterrâneos. Avançámos de noite até uma aldeia e foi aí que recolhemos informações. Uma parte da tropa ficou na aldeia, eu avancei ainda de noite com o meu pelotão e fui atacar a base. Atacámos cedo de mais, ainda não se via bem. Devíamos ter esperado mais meia hora. Atacámos em U. No centro do U, uma bazuca. À volta, oito ou nove homens, entre os quais eu. Entrámos na base, repelimos o inimigo. A certa altura eles contra-atacaram. Os meus homens bateram em retirada, vi-me sozinho. Abriguei-me atrás de uma árvore, mas os meus homens começaram a disparar atrás de mim e quase me atingiram. Virei-me para eles, gritei:

— Parem com essa merda, que eu estou aqui!

Tornámos a repeli-los. Quando eu vinha a sair de um abrigo subterrâneo com uma *Kalachnikov* na mão, veio o último contra-ataque deles. Houve uma explosão muito perto de mim, a dois ou três metros, que ainda me feriu no queixo, e o Campanhó morreu, ferido no pescoço, em meio minuto. Morreu nos meus braços. Tivemos também um ferido grave, com um tiro no ventre e estilhaços num olho. Foi preciso bater em retirada. Pegámos fogo a tudo o que ardia e retirámos. Nunca soube se a explosão foi causada por uma granada lançada pelo inimigo ou pelo dilagrama mal manejado pelo Campanhó. Eu tinha dado instrução com o dilagrama poucos dias antes, no Chicôco, e tornei bem claro que tinha de ser um cartucho especial, sem bala. A G-3 do Campanhó tinha a boca do cano intacta, disso eu tenho a certeza. Se a explosão foi causada pela granada no dilagrama, seria sempre uma explosão junto à boca do cano. Mas não sei se isso danificaria ou não o cano. Não pude examinar a arma com cuidado, por causa do aperto em que estávamos. Dei-a a um soldado que não era do meu pelotão e que a largou mais tarde. Não a quis trazer. Fiquei sem saber qual o cartucho que o Campanhó usou. Os meus soldados não queriam transportar o Campanhó, tinham medo que fôssemos atacados, mas eu impus-me, disse:

— O Campanhó não fica aqui.

Carreguei uma das pontas do pano de tenda, juntamente com três soldados. Outros quatro carregaram o ferido. O helicóptero não podia pousar ali, por causa das árvores. Tivemos de levar o morto e o ferido para uma clareira, uns quilómetros mais adiante, sempre flagelados por tiros de automáticas. O Campanhó era muito magro; era só pele e osso, mas o cadáver pesava chumbo. Quando vi o helicóptero a pousar, senti a mão do capitão a assentar-me no ombro e desatei a chorar. Até ali tinha aguentado tudo, mas não aguentei mais. Gostava muito do soldado Campanhó e ele não merecia morrer. E não merecia que você o matasse segunda vez com a sua escrita.

No regresso de Moçambique, ainda no *Vera Cruz*, fiz uma colecta entre os homens da companhia. O dinheiro que recebi, que foi bastante, porque toda a gente foi generosa, fui entregá-lo às famílias dos militares mortos, andei pelas aldeias do vale do Tâmega. Bati à porta da casa do Campanhó poucos dias antes do Natal de 1969, a mãe dele recebeu-me e disse-me uma frase que nunca mais esqueci, uma frase que guardarei sempre: «Senhor alferes, que alegria os seus pais tiveram quando entrou o seu filho em casa e na minha só entrou tristeza.»

Estive calado muito tempo. Os meus filhos não sabem nada da minha guerra, nem a minha mulher. Chegou a altura de comunicar, se é que não é tarde de mais, se é que ainda vou a tempo. Vou tentar escrever o meu relato. Nunca me envergonhei de ter sido combatente. Foi justa ou injusta, a guerra do Ultramar? Pouco importa. O que conta é se foi justa ou injusta a forma como a fizemos, isso é que conta.

9

Moçambique não sabe o que fazer de mim. Repele-me como um corpo estranho. Não me permite que me instale. Não me acolhe, não me diz: «Já passou.» Mostra-me as suas próprias chagas, reduz a minha dor a proporções modestas, troça de mim. Rithy Panh diz: «Não gosto da palavra "trauma", que se banalizou. Hoje, cada indivíduo, cada família tem o seu trauma, pequeno ou grande.» Leio estas palavras, entendo, relativizo. Passo a vida a relativizar, aliás. Vim a Moçambique para reduzir o meu trauma à insignificância. O meu trauma resiste, recalcitra, enquista, calcifica. Os meus mortos não me deixam em paz.

Estou em Jemusse, no miradouro da Pensão do Gasolina. São cinco e meia, cai a noite. Levanto-me, vou para o quarto. É sombrio, abafado, tem uma lâmpada nua suspensa do tecto, entre estas paredes vive encarcerado um paralelepípedo gelatinoso de ar abafado, um cubo de marmelada translúcida por onde sou forçado a romper às braçadas mal cruzo a porta, cavando sulcos no ar espesso como marcas de dentes na polpa da fruta. Descalço as botas, mas não me dispo. Não sou capaz de me despir e de me meter nesta cama, os lençóis vermelhos exalam um cheiro indecifrável, são feitos de um tecido lustroso e áspero, parece cetim coçado, estão cheios de electricidade estática, soltam chispas. Estendo-me sobre a cama sem a abrir, rígido, destapado, como um morto. Fico acordado, de olhos abertos na treva, à escuta da algazarra no pátio da pensão, uma repetição da algazarra da noite de ontem, horas a fio de música *techno* a percutir as paredes, um camião encostado à janela a bramir, de motor ligado, as portas da cabina a bater uma e outra vez. De vez em quando fecho os olhos. Torno a abri-los no escuro. A cama de casal é uma enorme relíquia de madeira sombria, a cabeceira muito alta tem colunas torneadas, prateleiras, gavetinhas, remates em pinha nos cantos. As duas mesinhas de cabeceira estão acopladas ao leito, como excrescências arquitectónicas numa fachada antiga, têm portinholas para albergar outrora penicos, agora sem préstimo. De vez em quando passo pelas brasas sem me deter, sem nunca me deixar ir à deriva nesta cama-jangada. Moçambique sacode-me, ri-se de mim.

— Há hienas aqui?

— É o que há mais.

A Camila desafiou-me para ir jantar a um centro budista e vegetariano perto do Largo de Camões. Uma sala não muito ampla, a abarrotar de gente. Fomos para a fila, servimo-nos em pratos de plástico, sentámo-nos no chão, encostados à parede. O Armando sentou-se à nossa frente, contou:

— O meu avô fez a guerra na tropa portuguesa, depois tornou-se sipaio na terra dele, uma povoação da Zambézia chamada Milange. Era o sipaio do administrador de circunscrição. Foi o meu pai quem me contou as histórias de Moçambique, o meu avô falava pouco comigo. Nunca fui a Moçambique.

Moçambique tenta afugentar-me, Amália. O meu quarto é o terceiro de uma fiada de cinco num corredor que é um beco sem saída, pintado de castanho-escuro. Há uma televisão no quarto, em cima de uma cómoda, diante da cama. Liguei-a, os botões não obedeceram, olhei em volta, vi que a ficha estava desligada da tomada, o fio do aparelho era demasiado curto, não chegava lá, havia no chão uma extensão, era de plástico, multicor, parecia um brinquedo, peguei-lhe, pu-la em cima da cómoda, meti lá a ficha do aparelho, a ficha ficou a dançar nos buracos da extensão, tive de segurar a ficha com a mão para não se soltar, tornei a acender a televisão, a ficha deu um estoiro e crepitou e a extensão cuspiu uma chispa e eu larguei tudo e disse «merda para isto» e não tornei a tentar ver televisão. Isto foi ontem ao fim da tarde, no meu primeiro dia em Jemusse. Foi Moçambique a avisar-me. Saí para o pátio repleto de carcaças de automóveis e de máquinas agrícolas, tejadilhos de carros cortados pela base e pousados no chão de terra batida, carros sem rodas, carros sem tejadilho, rodas sem pneus, como um amontoado de despojos em putrefacção, os restos dos cadáveres das presas que se vão acumulando, ano após ano, em volta da entrada do covil de um predador.

— Há leopardos aqui?

— É o que há mais.

Uma vez, na rua, vimos uma rapariga com uma pulseira no tornozelo. A minha mãe disse à Leonor: «Não te quero ver com aquilo, nunca. Aquilo é um contrato de cama.» O mundo da minha mãe era ultra-sexualizado, tocava-se nas paredes e escorriam fluidos corporais, não havia gemido que não fosse orgasmo, não havia pele à mostra que não fosse convite para foder. Nunca namorei com uma rapariga que usasse pulseiras nos tornozelos. Instintivamente, este passou a ser um dos meus critérios de exclusão. Uma rapariga com pulseiras nos tornozelos era, necessariamente, promíscua. Há na expressão «contrato de cama» uma sordidez inventiva, só ao alcance de uma mente encharcada em libido.

Chegámos à Pensão do Gasolina no jipe da CAM, o Pedro Muatil ao volante, eu no lugar do passageiro, entrámos no pátio, estacionámos, desci da cabina com o traseiro dormente depois de horas sem fim em estradas impiedosas e vi uma mulher e um homem de cinquenta e tal anos sentados lado a lado ao sol em cadeiras de plástico, no meio dos destroços. Cinquenta e tal ou quarenta e tal ou sessenta e tal ou até trinta e tal, a verdade é que não faço a mais pequena ideia da idade daquela mulher e daquele homem, são rostos fatigados, parados, sem expressão, dir-se-iam soldados de um exército à beira da derrota final, cansados da guerra, prontos a renderem-se incondicionalmente, que só não abandonam os seus postos por não terem para onde ir. A mulher esventrava vagens de ervilhas, rasgando-as pelas costuras com a unha do polegar castanho, ia atirando punhados distraídos de ervilhas para dentro de um alguidar, tinha no regaço um monte de vagens vazias. Levantou-se e entrou no escuro do edifício para me mostrar os quartos, eram todos iguais, espreitei para dentro de um, depois de outro, ainda a habituar-me à penumbra e aos contornos das coisas naquele lugar de cuja existência havia bem pouco nem sequer desconfiava, estupefacto como deve ficar um peixe quando o arrancam do seio da água ou um cão quando o dono lhe bate pela primeira vez. «Quer escolher?», perguntou ela. Apontei um quarto ao acaso, «pode ser este». Não vi nenhuma bomba de gasolina que justificasse o nome da pensão.

De cada vez que nos cruzávamos com outro carro, na estrada de Cuamba para cá, o pó vermelho e amarelo era tanto que ficávamos cegos durante dois ou três segundos, numa trovoada de pedrinhas a picotar a chapa e os vidros das janelas, mas o Pedro Muatil seguia a direito, sem acelerar nem abrandar, com as duas mãos no volante, ligeiramente curvado sobre o pára-brisas, e resgatava-nos daquela invalidez momentânea. Moçambique cega-me, ensurdece-me, depois devolve-me os sentidos. Moçambique tem muitas cartas na manga. Na berma vi dois tanques de guerra abandonados, irmãos de armas da carcaça que fotografei em Majune. Muitas crianças empoleiradas em cima, às cavalitas nos canhões, nas torres que já não rodam. Os jardins infantis do Niassa são os blindados russos abandonados. Os tanques vieram a troco do direito de a URSS pescar nas águas moçambicanas, a troco de peixe, de lulas, de chocos e de gambas. Quem me disse isto foi o padre Falconetti. Eram cavalos de guerra muito velhos e cansados, desembarcaram no porto de Nacala, seguiram de comboio de

Nacala até Cuamba, exactamente como o meu pai há cinquenta anos, foram levados de camião até aos seus postos de combate, rolaram uns metros nas lagartas de aço e logo morreram, atolados ou avariados. Nunca entraram em operações militares, não dispararam um único tiro. Os motores serviram para moagens, para geradores. Em casa do Luís Gouveia, em Cuamba, levei à boca um copo de vidro e reparei que tinha o bordo deformado, como se alguém tivesse feito força com o dedo enquanto o vidro ainda estava quente. O típico copo para o mercado africano, explicou-me ele. Produzido em Portugal, não passou nos controlos de qualidade. Foi para o lote dos produtos defeituosos, para vender aos pretos. Aquilo a que na gíria se chama «o mercado da saudade». Tanques de guerra em fim de vida, a dar as últimas, já incapazes de cuspir a morte pelos seus longos canos estriados. E copos bizarros, tortos, aleijados. Não têm arestas vivas, não ferem, não cortam. Também não parecem obras de arte vanguardistas. São apenas de uma fealdade bisonha e triste. Não consigo adormecer nesta cama. Não consigo ter sonhos moçambicanos.

— E um leopardo ataca uma pessoa?

— Nunca ataca, não há perigo.

O Armando narrou-me a história do avô e do pai com a naturalidade de quem abre a porta de sua casa a um velho conhecido e lhe serve uma refeição. Não se queria desculpar, não se queria justificar, não pretendia que eu lhe explicasse nada. Todas as histórias são lugares, ele queria apenas que eu visitasse aquele lugar, a que só ele me podia franquear o acesso. Não se tratava, sequer, de um conto exemplar. Era somente a história do avô e do pai dele.

— Era uma zona de algodão, ali não havia guerra. A tropa portuguesa passava pelas aldeias, via se a sementeira já estava feita, se já tinham começado a colheita. Se uma aldeia se atrasava, o alferes avisava o administrador. Chamavam o régulo a Milange. O meu pai era criança, tinha uns sete ou oito anos, escondia-se atrás de uns bidões, ao pé do posto, ficava a ver.

Ontem acordei na fábrica de Cuamba às cinco e meia da madrugada, com o urro da sirene a chamar o primeiro turno de operários para junto dos milhares de sacos de algodão amontoados debaixo do telheiro. Debruçados sobre o *capot* do jipe, o Pedro Muatil e um capataz examinaram com atenção as fotografias do meu pai na guerra, muito compenetrados, como se aquelas imagens contivessem um mistério difícil de desvendar, sorriram de vez em quando, apontaram rostos. Disseram que o quartel do Chicôco já não existe. Percebi que a aldeia que aparecia nas fotografias não se assemelhava ao Chicôco que eles conhecem. Expliquei-lhes:

— O Chicôco do meu pai era daqui para Jemusse, virava-se à esquerda num desvio.

Eles entreolharam-se, intrigados mas relutantes em darem a entender a sua perplexidade, como alunos aplicados que não perceberam uma pergunta do professor e tentam ganhar tempo, na esperança de que este a reformule em termos mais compreensíveis, até que o capataz franziu as pálpebras e disse:

— Ah, então é o Chicôco de lá, não é o Chicôco daqui.

E virou-se para o Pedro e disse-lhe:

— Pergunta às pessoas da berma da estrada, elas sabem onde está o quartel.

Há dois Chicôcos, o Chicôco Velho, onde o meu pai vegetou quase um ano inteiro, e o Chicôco Novo, que apareceu depois. As aldeias, esta e outras, mudaram-se de armas e bagagens para perto das estradas assim que a tropa portuguesa deixou de mandar, assim que a guerra colonial acabou. Como um corpo a descontrair-se quando o soltam, depois de muito tempo manietado. Passado pouco tempo veio a guerra civil e o corpo tornou a encolher-se, tornou a esquivar-se. O corpo encolheu-se e esquivou-se durante a guerra civil ainda mais do que durante a guerra colonial, porque a guerra civil chegou a muitos lugares onde a guerra colonial não tinha chegado. Na memória desta gente, estas duas guerras são uma só. Em Cuamba falei com um velho a quem perguntei pela guerra colonial e ele disse-me que foi muito dura e que a tropa envenenava a água dos poços e contou-me a história de um soldado que matou um guerrilheiro e cortou a mão do cadáver para lhe tirar uma pulseira de cauda de elefante e depois pôs a pulseira no seu pulso, mas ao fim de umas horas o braço secou-lhe, o soldado nunca mais conseguiu esticá-lo e ficou aleijado. E disse: «Se eu não tivesse visto com os meus olhos, não acreditava.» E no mesmo fôlego tornou a dizer-me que a guerra colonial foi terrível e que houve combates bem perto de Cuamba e que a Renamo tinha um grupo antibalas, que eram guerrilheiros a quem as balas não podiam ferir, e eu percebi que ele misturava as duas guerras, a colonial e a civil, e que aqui no Niassa a guerra do meu pai está já envolta num espesso nevoeiro. Aqui, no Niassa, os corpos esperam pelo momento em que terão novamente de se encolher, de se esquivar. Dentro de mim, a guerra civil chega a muitos lugares onde a guerra colonial nunca tinha chegado.

— Esse menino chama-se Artur — expliquei quando eles viram as imagens da criança. — Hoje é um homem, se estiver vivo.

E eles disseram «as pessoas de lá ensinam», e arranquei com o Pedro.

Ainda antes do divórcio, num dos intermináveis passeios de fim-de-semana para fora de Lisboa, vimos uma família numerosa. Gente do campo. Uma mulher nova tinha o rosto corroído por uma queimadura que lhe devorava toda a face, uma cicatriz disforme onde assomava um esboço de nariz e um olho descaído, fora do lugar, como uma borbulha espremida. A Leonor e o meu pai iam mais à frente, e a minha mãe, depois de me indicar discretamente a rapariga desfigurada, disse-me: «Aquilo deve ter sido o marido ou o namorado. "Não és para mim, não és para ninguém." Às vezes acontece.» No mundo da minha mãe as paixões eram doentias ou não eram. O que mais me impressionou foi que, perante uma desconhecida com o rosto assim, horrivelmente mutilado, a minha mãe tenha aventado de imediato a hipótese mais sinistra. Em vez de um acidente trágico, perfilou-se logo no espírito dela um homem ciumento. E também me fez impressão a maneira despojada como ela disse aquilo, sem uma palavra de censura para o agressor. Sem uma palavra de compaixão para a vítima. Como se as coisas fossem mesmo assim. No mundo da minha mãe, o amor não era um néctar ou um filtro mágico que bebemos e nos transforma para melhor. Era um ácido pronto a corroer as carnes ao menor descuido.

— E leões, há aqui?

— É o que há mais.

Na estrada de Cuamba para aqui vi na berma uma casa de adobe, igual a tantas outras nesta terra, só que à frente desta havia um manto infindável de tijolos de lama a secar ao sol. Pedi ao Pedro que parasse, voltei atrás em passo acelerado para fotografar os tijolos perfilados em filas regulares, um miúdo que estava sentado debaixo de um alpendre de canas viu-me de longe e fugiu a sete pés para o meio do mato, não o vi mais. Os tijolos pareciam grandes barras de margarina castanha prestes a derreter. Num deles, pousado na ponta de uma fileira, alguém escrevera «100» com um pauzinho, o 1 muito perfeito, os zeros angulosos, formados por duas meias-luas emparelhadas. Quando voltei para ao pé do jipe, o Pedro mostrava as fotografias da guerra colonial do meu pai a uma pequena multidão que acorrera a perguntar quem eu era, o que queria aquele «mucunha». Ouviram-se revoadas de conversas em macua, o Pedro é um tradutor parcimonioso, perguntei-lhe o que as pessoas diziam, ele respondeu: «Estão a ver as fotografias, dizem para perguntar no Chicôco.» Perguntei se alguém conhecia o Artur, ele respondeu-me: «Lá no Chicôco perguntamos, aqui não sabem.» Um velho olhou-me e sorriu para mim, apertou-me a mão nas suas, sorri para ele, ele olhou-me e disse: «É o irmão. Está a procurar o irmão.» Subi para o jipe, a poeira engoliu o velho juntamente com as outras pessoas, que não arredaram pé da berma.

— E macacos, há aqui?

— Macacos é o que há mais. Macacos temos de ver, não pode falhar.

Há no Pedro Muatil uma reserva instintiva, uma talvez desconfiança, como se ele guardasse segredos acerca desta terra que não se partilham de ânimo leve, como se um forasteiro branco como eu fosse por inerência eventual portador de calamidades ou de flagelos ou até de esperanças que facilmente irão gorar-se em desilusões. Como se falar comigo exigisse um esforço, como se houvesse entre nós uma distância muito grande e só fosse possível comunicarmos aos gritos e a prudência mandasse poupar nas palavras, para evitar que fiquemos roucos num instante. Responde a todas as minhas perguntas com frases curtas, educadamente, mas nunca se alarga, nunca vai além do estritamente indispensável. Parece uma testemunha a ser interrogada em tribunal, um transeunte que assistiu por acaso a um assalto à mão armada e que nada tem a ganhar em entrar em pormenores excessivos, porque uma sabedoria antiga lhe ensinou que os contactos com os representantes do poder, fiscais, polícias, juízes, redundam quase sempre em percalços e incómodos ou até em autênticos desastres. O português é para ele uma segunda língua, é a língua das autoridades, dos patrões brancos, das complicações burocráticas. Não é a língua da amizade, da proximidade, da cumplicidade. Demorei um certo tempo a entender isto. Demorei um certo tempo a libertar-me da ilusão insidiosa de que esta terra é uma extensão de Portugal, de que estes homens e estas mulheres são meus parentes pobres. Demorei um certo tempo a compenetrar-me de que a minha presença neste lugar é talvez o reencenar da chegada de outros homens de pele clara de nefasta memória.

Já depois do divórcio, fomos com a minha mãe visitar uma colega de curso dela. A casa tinha piscina, mas, quando lá chegámos e nos preparávamos para vestir os fatos de banho, a minha mãe sentou-se com a amiga perto da borda da piscina e disse a mim e à

Leonor: «Vão lá para dentro, não fiquem aqui.» Passámos a tarde a brincar com uma colecção de cavalinhos de cristal que havia numa vitrina, na sala, pegando-lhes com muito cuidado, para que não se partissem. Ouvíamos as vozes delas ao longe, abafadas pelo vidro. No regresso, a minha mãe falou sem parar, como se tivesse ido ali em missão secreta, para colher informações, e lhe coubesse agora transmiti-las. Contou-nos que aquela mulher se tinha divorciado, também ela, havia pouco tempo, menos de um ano. Que o marido dela era o namorado da faculdade, amigo do nosso pai, e que ela lidara muito mal com o divórcio. Que, sabendo que o ex-marido ia passar férias com a nova companheira num hotel do Algarve, arrendara um quarto no mesmo hotel, com vista para o mar, e passara quinze dias na varanda do quarto, a observá-los com um binóculo, a vê-los a abrir o guarda-sol, a vê-los estendidos nas toalhas, a vê-los a beijarem-se, a besuntarem-se um ao outro com protector solar. Quinze dias a almoçar e a jantar no quarto do hotel, para não correr o risco de dar de caras com eles. Perguntei:

— Mas para quê? Que interesse tem isso?

A minha mãe indignou-se:

— Ela tem todo o direito de ir para o hotel que muito bem entender! Se lhe apetece passar quinze dias numa varanda a espreitar aquele cabrão e aquela cabra de binóculo em punho, ninguém tem nada a ver com isso! Era só o que faltava!

Calei-me, enfiado, sem saber o que responder. No mundo da minha mãe, o amor era uma doença que nos consumia as carnes, e questionar as suas manifestações mais irracionais era tão descabido como criticar um tuberculoso por tossir ou por sangrar da boca.

Quando perguntei ao Pedro se há elefantes aqui, a norte de Cuamba, ele respondeu-me o mesmo que respondera quando lhe perguntei por outros animais, que sim, claro, elefantes é o que há mais. Fiquei à espera que ele acrescentasse algum pormenor. Passou-se um minuto, depois outro. Nada. Dois garotos empoleirados num pedregulho, roupas de cores vivas a adejar ao vento em cabides, à venda num telheiro. Tornei a tomar a iniciativa:

— Mas vêem-se de dia?

— Não.

Fiquei à espera que ele dissesse a que horas se avistam os elefantes. Um minuto, dois, três. Gente sentada na caixa aberta de uma camioneta branca. Um braço erguido, suspenso, a segurar uma colher de pedreiro. Uma bicicleta que se desvia para a berma aos esses, trémula, antes de desaparecer no leite com café a ferver da nossa poeira. Silêncio.

— Só aparecem de noite, é isso?

— É isso, só de noite.

Novo silêncio. Poeira, ponte. Um rapaz sentado no selim de uma bicicleta, parado, a olhar para trás, a cara encostada a uma árvore esguia, a fitar-me de olhos arregalados, como se tivesse chocado contra a árvore e ali tivesse ficado estampado, qual desenho animado burlesco, o coiote atrás do Bip-Bip.

— A que horas?

— Às duas da manhã, cinco da manhã. De dia é impossível.

Silêncio outra vez. Poeira, buraco, bicicleta, motocicleta, balança azul pousada debaixo de uma árvore, o negrume de uma queimada colossal, a perder de vista. Um miúdo de bracitos erguidos, a segurar à cabeça um enorme molho alongado de palha que arrasta pelo chão atrás dele, a bambolear-se como um estranho animal que se tivesse erguido do meio da savana e tivesse saído para a estrada, fugindo ao incêndio.

— Há caçadores furtivos?

— Há muitos, os elefantes têm medo.

Silêncio. Dois minutos de silêncio. Curva, poeira, solavancos, um homem de bicicleta com o filho às costas, preso numa capulana. Um sinal de trânsito bisonho, pintado à mão, a indicar travessia de elefantes.

— Dantes viam-se mais?

— Muitos mais.

Finalmente, numa outra curva, foi ele quem tomou a palavra.

— Aqui, um elefante matou um professor que ia de bicicleta.

Lancei-me na brecha que vislumbrei na muralha daquele ensimesmamento obstinado:

— E carros, eles atacam carros?

— Não, não atacam.

Silêncio outra vez. A eloquência foi sol de pouca dura.

— Mas porquê?

— Acho que é do cheiro a gasóleo, eles não gostam.

— E se aparecesse agora um elefante, o que fazia?

— Isso ia depender do elefante.

— Não, eu estava a perguntar o que é que o senhor fazia.

— Parava e esperava que ele se fosse embora.

Chegámos ao Chicôco Novo, parámos num campo de futebol de terra batida no meio da aldeia e, mal saí do jipe, fui rodeado por garotos descalços, uns vinte ou trinta, andrajosos, de olhos enormes, cheios de uma estupefacção genuína, só possível nos filhos da miséria, garotos que segredavam uns aos outros frases em macua e se riam. Quando eu os fitava, ficavam muito sérios. Tirei a cobertura da lente da máquina fotográfica, ajoelhei-me, ergui a máquina, foquei, gerou-se de imediato um tumulto à minha frente, um remoinho de corpos a empurrarem-se, rapazes a executarem golpes de artes marciais em suspensão diante da objectiva, outros a espreitarem-me por cima do ombro para verem a imagem no visor, a puxarem-me os braços ao de leve com os dedos pequenos, as raparigas mais contidas, mais silenciosas, sacudidas pela confusão, algumas a cobrirem o rosto com as mãos, envergonhadas, e senti-me a perder o equilíbrio, ri-me, tive de me soerguer para não cair estatelado de costas, tornei a acocorar-me, e sabes, Amália, senti-me feliz, nunca pensei sentir-me assim feliz no meio das crianças. Perguntei-lhes se queriam ver as fotografias que acabara de tirar, disseram logo que sim, virei o visor da máquina para elas, ainda de cócoras no meio do remoinho, e ouvi-lhes as gargalhadas, o casquinar a cada nova imagem, um riso concentrado, sem diluição, contagiante, irrepetível, vi-lhes os dedos apontados para as fotografias que se sucediam, estive novamente prestes a cair várias vezes, empurrado para cá e para lá, feliz, sem me impacientar, a banhar-me naquele riso como nunca o fiz no riso das nossas filhas, a atascar-me no riso de quem talvez se visse fotografado pela primeira vez, o riso de quem não vive num mundo atulhado de imagens impressas e digitais e tem apenas os seus olhos para ver os outros e as coisas.

— O posto era aqui em baixo e a vivenda do administrador era ali em cima, aí a uns cinquenta metros. O meu avô tinha uma palmatória enorme. Era assim desta grossura, de cabo comprido, com uma alça de cabedal na ponta. Batia nas mãos do régulo. Quando o sangue rebentava, batia nas plantas dos pés. Só parava quando o administrador dizia.

Abri a porta do jipe, tirei de lá uma das bolas de futebol que guardara no meio da tralha amontoada atrás do banco do passageiro, os miúdos desataram aos saltos de braços esticados, ergui a bola bem alto, não deixando que eles lhe tocassem, fazendo crescer a expectativa, prolongando a incerteza quanto ao que se iria seguir, avancei pelo campo de terra batida, fiz um gesto a pedir que se afastassem, deixei cair a bola e, antes que ela tocasse no chão, apliquei-lhe um pontapé com toda a força, fazendo-a subir em arco, e vi os miúdos a precipitarem-se atrás dela num turbilhão, num clamor, que nem peixes negros num aquário a lançarem-se, frenéticos, ao encontro dos flocos de comida que caem pela água com vagares de folhas mortas sopradas pelo vento. A bola atingiu o ponto culminante, ficou ali suspensa uma fracção de segundo, começou a precipitar-se ao encontro da terra, bateu no chão, tornou a saltar muito alto, caiu de novo, foi finalmente engolida pela miudagem, depois foi sendo empurrada, a saltitar, por sobre a poeira, impelida por uma nuvem de corpos descalços e andrajosos, num jogo de todos contra todos, sem balizas, entre gritos. Parados à minha volta, cinco ou seis garotos, raparigas ou então miúdos muito pequenos, ainda incapazes de correr, olhavam-me fixamente, com ar sério, entre estupefactos e desconfiados.

— As pessoas das aldeias tinham medo do meu avô. Falavam com ele de olhos baixos. O meu avô embebedava-se todas as noites. O meu pai diz que ele era um carrasco com bom coração. Embebedava-se e ferrava a dormir, não gritava, não batia na mulher nem batia nos filhos. O meu pai diz que o meu avô lhe contou coisas horríveis que fez na guerra, coisas que lhe envenenavam cada bocado de pão, mas que bater nos velhos ainda lhe fazia pior, ainda o deixava mais zangado consigo próprio.

Tirei as camisolas do Benfica da cabina do jipe, perguntei ao Pedro qual era a melhor maneira de as distribuir, ele disse: «O professor. Damos ao professor.» Apareceu o professor, um homem de ar tímido, vestido de pobre como os outros, de sandálias nos pés, as unhas como lascas de mica nas pontas dos dedos curtidos, o Pedro falou com ele em macua, depois em português, «é para os bons alunos, é para os meninos que estudam», abriu a boca do saco de plástico, foi desfraldando as camisolas uma a uma e estendeu-as no taipal traseiro do jipe, «uma, duas, três, quatro, cinco, seis», contou em voz alta, enfático, teatral. Para que todos fossem testemunhas da contagem, para que nenhuma camisola pudesse ser desviada para outros fins, vendida, traficada, sonegada, percebi depois.

Chegou um homem que me foi apresentado como um dos mais velhos da aldeia, embora parecesse da minha idade, chamava-se Malaquias Albino, trazia na cabeça uma chéchia enfeitada com dourados, tinha os dentes todos amarelos e podres, passei-lhe as fotografias para a mão, ele mostrou-se exuberante, falava pelos cotovelos, fazia gestos. Viu uma das fotografias do meu pai a vacinar os nativos, exclamou:

— Foi esse médico que me vacinou!

E arregaçou a manga para eu ver, deixou pender a espádua e exibiu no antebraço esquerdo, junto ao ombro, uma cicatriz funda, grosseira, estriada, como se lhe tivessem arrancado uma lasca de carne.

— Foi esse médico!

E batia na fotografia de indicador em riste, dizia frases em macua para os lados, para o novelo de gente a agitar-se à nossa volta. Aquele homem pressentiu em mim o desejo de encontrar indícios, de entrançar memórias, prontificou-se a congeminar uma saga à minha medida. Perguntei em que ano foi.

— Em 1971, eu tinha sete anos.

Disse-lhe que o meu pai esteve no Chicôco em 1967 e 1968. E ele:

— Como se chama o seu pai?

E eu:

— António Silveira.

E ele, apontando para o meu pai na fotografia:

— É esse?

E eu:

— Sim, é este, mas já morreu.

E ele:

— Foi ele que me vacinou, foi ele! O Dr. António Silveira.

Pedi-lhe que olhasse para a fotografia, para os garotos andrajosos que ali se comprimiam na fila, à espera que o meu pai lhes ferisse a carne, os marcasse com os estigmas dos colonizados.

— Reconhece alguém? Conhece algum destes meninos? Agora são homens.

Ele olhou sumariamente para a imagem, sem grande empenho, declarou:

— Eram crianças.

Depois, sem pausa, perguntou-me:

— Quer ir ao quartel?

Eu disse que sim, claro. O Pedro perguntou se a estrada dava para passar, o Malaquias disse que sim. Mostrei-lhe uma fotografia do Artur com o furriel Gamito.

— Lembra-se deste menino?

Ele olhou para a imagem, apontou para o furriel a bater continência ao garoto fardado de soldadinho, soltou:

— Esse era o pai dele!

— Mas lembra-se do nome deste menino?

Ele repetiu:

— Esse era o pai dele!

E depois:

— É o seu pai, não é?

Fiquei desarmado, sem saber o que dizer. O meu pai e o furriel Gamito não se parecem fisicamente. Os rostos são muito diferentes, não é possível confundi-los. Lembro-me de o meu pai comentar que os soldados da companhia dele diziam que os pretos eram todos iguais, que não conseguiam distinguir as caras deles umas das outras. Talvez para o Malaquias Albino os brancos sejam todos iguais. Havia gente à nossa volta a comprimir-se, os miúdos metiam-se entre os adultos, muitas vozes se confundiam, as fotografias andavam de mão em mão, a bola saltava desvairadamente na poeira. Tentei que o Malaquias não se distraísse. Ele sorria, impante, batia com a mão no antebraço, mostrava a cicatriz da vacina, fazia gestos, convidando-me a fotografá-la. De vez em quando repetia em voz alta, como um refrão, como alguém a tentar decorar a matrícula de um carro depois de ter presenciado um atropelamento e fuga: «O Dr. António Silveira! Foi o Dr. António Silveira!» O Pedro disse-me:

— Temos de ir andando para o quartel, ainda é longe.

Virei-me para o Malaquias:

— Este menino chamava-se Artur. Lembra-se dele? Sabe onde ele está?

O homem ajeitou a chéchia, tornou a baixar a manga, chamou outro homem, de casaco de fato de treino azul, calças de ganga, chinelos, falou com ele em macua, tornou a virar-se para mim:

— Tem de perguntar em Chissamba, ele foi para lá.

Não consegui entender o nome da aldeia à primeira, pedi para repetir. O Pedro e o Malaquias conversaram em macua, fiquei com a certeza de que o mais importante das conversas me escapava, de que estavam a ser ditas palavras e frases que, se eu as entendesse, me permitiriam construir uma narrativa complexa, cheia de cambiantes subtis, bem diferente da conversa desossada que me ia chegando aos ouvidos em português.

— A mãe do menino chamava-se Carolina — acrescentei. — Ele foi com ela para essa aldeia?

— Como se chamava o pai dessa Carolina? — perguntou o Malaquias.

Fiquei desarmado, percebi que era a informação mais importante de todas, que sem isso dificilmente alguém aqui iria conseguir traçar uma genealogia, reconstituir a história.

— Não sei — acabei por dizer. — Só sei que ela se chamava Carolina.

E pensei: «A tropa portuguesa não fixava os nomes de família das prostitutas. As putas só tinham nome próprio, às vezes nem isso.»

— Tem de perguntar lá — disse o Malaquias. — Vamos, vamos.

Entrei no carro, levado numa onda que se pôs em movimento, o Malaquias e o homem do casaco de fato de treino azul subiram para a traseira do jipe, o Pedro ligou o motor e arrancou, dei-me conta de que me tinha esquecido de me despedir dos miúdos e do professor, de que tudo acontecera demasiado depressa.

— Os régulos eram homens velhos. O meu avô ia batendo, o administrador avisava-os: «Não grites, que a minha mulher ainda ouve e depois não me larga. Quanto mais gritares, mais levas.» O meu avô traduzia. A mulher do administrador era muito nervosa, fazia-lhe impressão os gritos. Os régulos saíam do posto em braços.

Quando arranjei a primeira namorada, na faculdade, e a minha mãe percebeu, disse-me, em jeito de aviso:

— Quando estiveres a namorar nos jardins públicos, vais ver que há homens que aparecem e ficam a espreitar.

Este foi, aliás, o único conselho explícito em matéria amorosa que a minha mãe me deu. No mundo dela, cada parcela de amor trazia acoplada uma parcela idêntica de sujidade. Para cada esposa havia uma amante. Para cada casal de namorados havia um tarado a masturbar-se. Não podiam, aliás, existir uns sem os outros. E, como é evidente, os papéis invertiam-se. As amantes passavam a esposas, as esposas a amantes. Os apaixonados no banco de jardim partilhavam o gozo do *voyeur*. Todos se vinham ao mesmo tempo.

Na primeira curva da picada estreita havia ervas altas, sulcos escavados pela chuva, vimos uma figura de bruços no meio do caminho, «é uma criança». A figura mexeu-se com gestos pesados, pôs-se de pé a cambalear, o Pedro emendou: «Não é uma criança, é um borracho!», vi um homem aos tropeções, esgazeado, ficou para trás. Seguimos devagar pela picada rasgada na mata, vinte à hora, pára, arranca, arvoredo de um lado e do outro. Ao fim de meia hora pedi ao Pedro que parasse para eu tirar uma fotografia, o Malaquias saltou da caixa, foi mijar contra uma árvore, na berma, voltou, «diga a ele para puxar o carro», não percebi à primeira, «puxar o carro, andar depressa, é longe». Passada uma hora vi à nossa frente uma ponte feita de vigas metálicas em I, paralelas, separadas por espaços que me pareceram enormes, ancoradas nas margens de um ribeiro, «mas o carro passa ali?». Agarrei-me onde pude como se estivesse numa avioneta em queda livre, havia ripas de metal transversais assentes às três pancadas nas vigas, mas estavam soltas, sem parafusos, o Pedro avançou muito devagar, a espreitar por cima do volante, de pescoço esticado, girafídeo. O jipe derrapou, ouvi o estoiro do fundo da cabina a percutir as vigas, bati com a cabeça no tejadilho, senti no estômago aquela impressão de um elevador a parar. A roda da frente do meu lado tinha-se metido no hiato, abri a porta e esta escancarou-se sobre o vazio, sobre a linha do horizonte. Ninguém pareceu muito aflito, o Pedro saiu pelo seu lado, os dois homens na traseira saltaram para a ponte, alguém me disse descontraidamente que ali perto morrera um elefante havia uns meses, abatido por caçadores furtivos, mas que não valia a pena irmos até lá porque as hienas já lhe tinham comido os ossos. Desci do jipe, caminhei sobre a viga, que tinha meio palmo de largura, pus um pé à frente do outro, um passo, dois, três, detive-me e olhei para as profundezas do abismo. Afinal não era um abismo lá muito fundo, era apenas um barranco com três ou quatro metros de altura, pus-me a imaginá-lo mais fundo do que era, já refeito do susto, um pouco espantado por esta terra não erguer no meu caminho escolhos mais convictos. O Malaquias e o homem do casaco de fato de treino azul puseram-se à frente do jipe e espalmaram as mãos na chapa e o Pedro ligou o motor e eles suspenderam o fôlego e empurraram e nem pareceram fazer muita força e o jipe saltou para trás e recuou até sair da ponte. O Pedro ficou um quarto de hora debruçado em cima do tabuleiro a alinhar as ripas transversais de metal em cima das vigas em I, a espaçá-las bem, a jogar *mikado* com elas, e eu gostava de ter visto o elefante morto, apesar de tudo, mesmo que fosse só a pele ressequida, mesmo que fosse só uma mancha no chão, no meio do mato, mesmo que fosse só uma clareira de mato devastado, mesmo que fosse só um dedo a apontar e alguém a dizer-me «foi aqui». Mais tarde perguntei ao Pedro se tinha a certeza de que não havia perigo antes de se meter na ponte, ele disse: «Eu sabia que passava.» Moçambique não se cansa de me mostrar que os meus olhos de ocidental vêem perigos onde eles não existem. Moçambique não se cansa de troçar de mim.

— Uma vez o meu pai não aguentou mais ver aquilo, saiu do esconderijo, atrás dos bidões, fugiu a correr para casa do administrador, a chorar, foi ter com a minha avó, que era criada lá na casa. O régulo era muito velho, desmaiou, o meu avô atirou-lhe com um balde de água à cara. A mulher do administrador e as duas filhas ficaram todas enervadas à conta da gritaria do meu pai. Nesse dia o meu avô levou a palmatória para casa, em vez de a deixar no posto, pendurada num prego. Depois do jantar mandou o meu pai estender a mão, pregou-lhe cinco palmatoadas, depois mais cinco na outra mão. Foi a única vez que lhe bateu. Depois disse-lhe: «Quando fores crescido queres andar de sapatos como eu ou queres andar descalço como os outros?»

Uma hora depois parámos e alguém disse «isso aqui é o Chicôco Velho», saímos do jipe, o Malaquias disse «aqui era a escola», quatro paredes em ruínas no meio do mato, «aqui era a casa do polícia, para nos guardar», outras quatro paredes em ruínas com árvores a crescer lá dentro, sem telhado, com as ervas e as trepadeiras entrelaçadas a lamberem todas as superfícies e a enovelarem-se nos cantos como labaredas de um incêndio, nem sinal das casas de adobe dos nativos, nem sinal de caminhos, a floresta engoliu tudo, dissolveu tudo. «O quartel era ali em cima», caminhámos por uma picada de terra gretada entre dois tapumes de erva amarela, hastes vergadas sobre a vereda, a baloiçar como vergastas flexíveis. A certa altura o Malaquias parou na berma e aflorou o ervaçal com as pontas dos dedos como se avaliasse a temperatura da água de uma cascata e perguntou ao homem do casaco de fato de treino azul: «Aqui? metemos por aqui?», e o outro: «Não, mais adiante», trezentos metros à frente disse «é aqui» e rompeu pelo meio do capim, que era mais alto do que as nossas cabeças, executando com os braços estendidos os gestos de quem nada em estilo mariposa, e o Malaquias fez o mesmo e o Pedro também e eu fui atrás deles e o ervaçal engoliu-me e de repente o mundo encolheu e houve apenas a erva seca e áspera a bater-me nos braços e na cara e houve apenas o suor na pele e houve apenas os buracos e as cristas do chão que eu não conseguia ver por baixo do tapete grosseiro de palha e que me faziam hesitar meio segundo antes de cada passada, emprestando ao meu andar uma hesitação, sempre uma hesitação a tolher-me nesta terra, sempre uma hesitação a tolher-me em toda a parte, «não fique para trás, aqui há muitos leões, eles não atacam grupos de pessoas juntas, só atacam as pessoas sozinhas, tem de ter cuidado». Ouvi estas palavras, mas foi como se alguém me dissesse que havia ali unicórnios, não me pareceu possível, a erva seca a picar-me a cara e a flagelar-me as costas das mãos e uma onda de suor a cobrir-me o rosto e os pés a ferver dentro das botas ocupavam todos os recantos da realidade naquele lugar e não deixavam espaço para mais nada. Saímos do ervaçal, a encosta continuava a subir, arvoredo outra vez, perguntei ao homem do casaco de fato de treino azul como se chamava, ele disse «Lucas Maganga», e o Malaquias disse que ele era filho do caçador da aldeia, o homem que caçava para a tropa portuguesa.

— E como se chamava o seu pai?

— Maganga Muítua.

— E ainda é vivo?

— Não, morreu em 2004.

— E o seu pai caçou para o capitão Santana?

— Sim.

O rosto dele nem por um momento mudou de expressão, era pétreo, não sorriu, não se desmanchou, não baixou a guarda, não me deu saída, tinha o branco dos olhos amarelado, parecia não estar ali, ou então era como se estivesse oculto no ervaçal, dir-se-ia um leão, via-me sem que eu o visse, ou eu via-o sem que ele me visse, não sei ao certo.

— E o seu pai caçava com uma *Mauser*?

— Sim, era.

— O capitão dava-lhe as balas e ele saía para o mato?

— Sim.

— E depois marcava nas árvores com uma catana o lugar onde deixava os javalis?

— Era.

— E o seu pai alguma vez lhe falou de um homem que partiu a perna quando saiu na traseira de um *Unimog* para ir buscar a caça?

Nem uma explicação adicional, nem um novo pormenor, uma relutância funda em dar-se a conhecer, em franquear-me as portas da sua memória, em confiar-me as chaves do seu coração.

O Malaquias, que estava a ouvir, interveio para apor na história um remate condigno:

— Esse homem que partiu a perna chamava-se Ramazani Muda.

O filho do caçador virou-me costas e continuou a subir a encosta, parou no meio de uma clareira e apontou latas de conserva enferrujadas, de sardinhas ou de atum, cheias de buracos da ferrugem, e garrafas de vidro escuro incrustadas na terra, garrafas de cerveja, certamente, agarrei uma lata pela tampa encaracolada, tentei desencaixá-la da terra dura, fiz força, a tampa soltou-se e fiquei com uma lâmina de ferrugem vermelho-escura presa entre o indicador e o polegar, hesitei em guardá-la no bolso, em levá-la comigo para Portugal, acabei por deixá-la cair, continuámos. Vimos a carcaça de uma casita de alvenaria sem telhado, paredes estaladas, meio desabadas, sem portas, sem janelas, ao lado um buraco mais ou menos rectangular cavado no chão, dir-se-ia uma trincheira, com tábuas carcomidas a delimitar o perímetro, aflorando do solo na vertical para formarem uma paliçada incipiente e decrépita, e o fundo do buraco cheio de terra para ali arrastada pelas chuvas, mais alta nos vértices em suaves cones de dejecção, dando à cavidade a forma de um toldo flácido suspenso pelos cantos. O Malaquias saltou lá para dentro, «isto era um abrigo», agachou-se, «quando vinham os inimigos, pum, pum», levou à cara uma G-3 imaginária e disparou. A erva amarela era ali ainda mais alta, o mato denso, impenetrável, os pés afundavam-se no capim espalmado das camas dos antílopes, aqui e além assomavam paredes esventradas, o estuque caído punha à vista os tijolos e as pedras em manchas irregulares. O Malaquias ia à frente, pressuroso, a guiar-me de ruína em ruína, a inventar veredas no meio dos rolos de arame farpado daquele matagal, a certa altura aproximou-se de um segmento de parede e começou a ler em voz alta qualquer coisa que ali estava escrita, apontando cada palavra com o dedo estendido à medida que ia soletrando, como um professor primário diante do quadro de ardósia, de costas para a turma, enganou-se, hesitou, recomeçou, desviou-se para o lado. Vi que na parede se lia a custo, escrito a tinta branca sobre o fundo cinzento, em letras toscas e irregulares já quase apagadas: OFERTA DO EXÉRCITO PORTUGUÊS AO POVO DE MOÇAMBIQUE. Metade das letras já não se distinguia, era preciso adivinhar as palavras pela terminação ou pelo começo. Era a inscrição deixada pelo último contingente português, que abandonou o aquartelamento depois do 25 de Abril. Sincera ou irónica, fiquei sem perceber. Nada havia ali que me permitisse associar as fotografias do meu pai, tiradas há cinquenta anos, àquilo que os meus olhos viam. Neste lugar o tempo não assentou suavemente sobre as coisas, deixando pistas de leitura para quem o quiser revisitar. Aqui o tempo devastou tudo passo a passo como uma doença degenerativa, comprazendo-se em apagar os indícios, em baralhar as distâncias, em demolir com método os alicerces da memória, em mutilar o vocabulário, em erguer barreiras entre mim e o meu passado pedido de empréstimo. O tempo fez ao terreno, neste lugar, o mesmo que o Alzheimer fez ao cérebro do meu pai. E, como é evidente, não havia sequer vestígios do campo de futebol de terra batida que o Artur atravessou ao afastar-se pela última vez do meu pai e do furriel Gamito, nem da picada onde, sentados lado a lado na *Berliet*, eles o deixaram ir, sabendo que nunca mais o tornariam a ver.

— Quando foi do 7 de Setembro, as pessoas das aldeias à volta foram todas até Majune, queimaram o posto administrativo, saquearam a vivenda do administrador. O meu avô já tinha fugido para Lourenço Marques, depois veio com a minha avó e com o meu pai para Portugal. Também queimaram a casa do meu avô.

Começámos a descer a encosta, de regresso ao trilho no sopé, por um caminho diferente do que nos levara ao cume, de repente ouviu-se um vago restolhar e os três homens estacaram, alerta, de olhos acesos, depois avançaram com cautela e pararam no meio do arvoredo e disseram-me que estavam ali antílopes nem há um minuto, apontaram os rastos na terra, covas fendidas, suavemente esculpidas na lama escura, que eles tiveram o cuidado de não pisar, contornando-as com a delicadeza silenciosa de visitantes numa galeria de arte, depois tocaram-lhes com dedos firmes mas cuidadosos, como médicos a mexer em chagas abertas, «estavam aqui mesmo agora», e olharam em frente, subitamente concentrados como nunca até então, como se tivessem esperança de ver ainda os antílopes, relutantes em abandonar aquele rasto, por fim prosseguimos encosta abaixo. De volta ao trilho entre os tapumes de erva amarela, o filho do caçador ficou para trás com o Pedro e eu olhei por cima do ombro e vi-os parados e arrepiei caminho e fui ter com eles, e o filho do caçador apontou para o chão e disse «é de leopardo», eram fezes, um cagalhão comprido, grosso, espalmado, peludo. O Pedro pegou num pau e virou as fezes ao contrário e esfuracou-as e disse «o gajo comia porco-espinho», das fezes soltaram-se espinhos negros, recurvos, macios, flexíveis, entrecruzando-se para formar uma espécie de exosqueleto helicoidal daquela holotúria pardacenta, perguntei se eram recentes, o Pedro disse «não, já não cheiram muito, estão secos, são antigos», tirei do bolso das calças um saco de plástico hermético e apanhei as fezes com a mão e meti-as lá dentro e não cheiravam mal, era um odor intenso, enigmático, enjoativo, um cheiro a terra, a mofo, a coisas guardadas há muito tempo, um cheiro acre que queimava as narinas. Os três homens olharam-me com um misto de espanto e comiseração enquanto eu metia o saco no bolso das calças. Já perto do jipe o Malaquias disse-me que lhe doía um dente, a apontar para dentro da própria boca com o indicador recurvo, de olhos volvidos para o alto como um gato a bocejar, perguntou-me se eu tinha um medicamento, disse-lhe que sim, pus a mala na poeira vermelha, corri os fechos, abri-a, revolvi as roupas, vasculhei no saco de plástico dos medicamentos, encontrei uma embalagem de *ben-u-ron* de 1000 mg, abri-a, desdobrei a bula, procurei a posologia, li em voz baixa, disse-lhe que tomasse um comprimido de oito em oito horas, de manhã, ao almoço e ao deitar, mas só às refeições, para não dar cabo do estômago.

— Só fiquei a saber essas histórias pelo meu pai, esse passado não é meu. Os actos ficam com quem os pratica, como se diz. Mas eu sou o herdeiro daquela palmatória.

Duas horas depois, de regresso ao Chicôco, despedi-me do Malaquias e do filho do caçador, apertei-lhes a mão, fiz menção de entrar no jipe, o Pedro disse-me: «Eles gastaram muito tempo.» Fiquei sem perceber. Eles fitavam-me, petrificados, numa expectativa tensa. Fez-se luz na minha cabeça, tirei a carteira do bolso, chamando nomes a mim próprio por não ter sabido antecipar-me, por tê-los embaraçado, por tê-los obrigado a pedir aquilo a que tinham direito, por ter achado que o tempo deles, dos negros, era naturalmente meu, do branco. Por ter achado que o esforço e o suor deles, dos filhos das vítimas-vítimas e das vítimas-carrascos, eram por direito meus, do filho do carrasco-vítima. Por ter dado a entender que eles ainda estavam em dívida para com o meu pai, que a cicatriz da vacina no braço do Malaquias, ali deixada pelo meu pai ou por outro branco qualquer, me conferia prerrogativas nesta terra. Por ter dado a entender que o passado do meu pai tinha precedência sobre o passado do pai do Lucas Maganga, porque o meu pai era médico da tropa portuguesa e o pai dele era apenas o caçador nativo ao serviço da tropa portuguesa. Fiz um maço de notas, perguntei ao Pedro em voz baixa «assim está bem?». Ele disse «mais». Juntei mais notas. «Assim já está bem.» O Malaquias recebeu as notas, disse «julgava que ainda íamos comer uma galinha».

Em criança, ao mexer nas coisas da minha mãe, encontrei um medalhão quadrado. Abri-o, lá dentro havia uma pequena fotografia do meu pai, muito jovem, com vinte e tal anos. Na tampa do medalhão estava preso um recorte de jornal amarelecido pelo tempo, um quadradinho onde se lia uma máxima de que a minha mãe gostou e que recortou para guardar: «Quem deixa de amar é porque nunca amou.» O coração dela é fanático, sem cambiantes. As idas do meu pai lá a casa, depois do divórcio, eram para ela o simples prolongamento de um amor que não podia, por definição, exaurir-se. Nada havia ali, portanto, no entender dela, de sórdido ou de adúltero. As adúlteras seriam sempre as outras. Se quem deixa de amar é porque nunca amou, então todos os amores são eternos. Se quem deixa de amar é porque nunca amou, os amores que se esgotam eram já, desde o seu primeiro fôlego, uma mentira. Um mundo assim é melodramático e cruel. É um mundo sem compromisso, é um mundo assustador. É um mundo árido, onde um sol inclemente traça um limite preciso entre a luz e a sombra. Tento agora, aos poucos, passo a passo, inventar um mundo de cambiantes mais subtis, onde brotem amores que nascem, florescem e ficam em banho-maria, onde tenho um irmão mulato que nunca vi e que um dia encontrarei, onde quem deixa de amar é talvez porque muito amou. Mas fracasso, evidentemente. O amor aprende-se de pequeno, e o que eu aprendi foi esta coisa melodramática. Não te vás embora, Amália. Quem deixa de amar é porque nunca amou.

Havia imensa gente aglomerada à volta do jipe, gente a pedir boleia. Falando em macua, o Pedro Muatil apontou para um homem ao acaso e autorizou-o a subir para a caixa. Quando o resto das pessoas percebeu que íamos partir, houve uma agitação em volta do jipe, várias mulheres puseram trouxas dentro da caixa e fizeram menção de subir. Várias delas tinham bebés às costas. Alguém disse em tom de súplica:

— Essas mulheres vão para o Centro de Saúde de Jemusse, tem consulta para as crianças na segunda-feira, logo de manhã.

O Pedro opôs-se, brutal:

— Não posso levar muita gente, senão os polícias mandam parar, dizem que estou a fazer chapa e multam. Elas não podem ir, só este homem.

Houve um ligeiro burburinho de rogo e de revolta, as mulheres continuaram debruçadas sobre a caixa, as trouxas pousadas, uma galinha de patas amarradas olhava estupidamente em volta, reclinada nas caneluras do metal.

— Não podem, não podem ir. Só este homem.

As mulheres tiraram as trouxas, de rostos fechados, a galinha desapareceu num cacarejar irado. Arrancámos com o homem sentado na borda da caixa. Chegámos a Jemusse já a tarde ia no fim. Reparei numa grande igreja de adobe. O homem saltou para a poeira, agradeceu e desapareceu no crepúsculo.

Hoje saí de manhã com o Pedro para irmos a Chissamba, fica a três horas daqui, na estrada para norte. Perguntei-lhe porque é que o Malaquias nos disse que o Artur devia lá estar, o Pedro explicou-me que uma parte das pessoas do Chicôco Novo fugiu para Chissamba durante a guerra civil.

— Não sou o herdeiro em sentido figurado, sou mesmo o herdeiro, tenho a palmatória lá em casa. O meu pai nunca me bateu, nunca me fez mal, gosto muito dele. Um dia abriu uma gaveta, tirou de lá a palmatória do meu avô, mostrou-ma e contou-me estas histórias. A madeira da parte larga, que tem os cinco buracos, está mais escura, acho que é sangue entranhado. O meu pai disse-me: «Isso é teu. Para saberes de onde viemos. Conseguimos fugir cá para Portugal com o dinheiro do sangue que está nessa palmatória.»

Aquele sangue era a marca do poder do meu avô, depois passou a ser a marca da infâmia dele, uma sentença de morte.

Perguntei ao Pedro onde estavam os macacos, porque ele ontem me disse que os macacos eram obrigatórios, que não podiam falhar, e ele riu-se nuns alvores de cumplicidade e disse-me: «Se calhar eles pensaram: "Vão levar a minha fotografia para um país muito longe daqui, não quero!", e então não aparecem.» Parámos numa terriola para eu comprar comida, vi uma fila de gente diante de uma mercearia, as pessoas aproximavam-se de uma grade de ferro na parte da frente do casinhoto e pediam o que queriam por um buraco recortado na grade. Fiz menção de me pôr na fila, um indiano parado à porta fez-me sinal para que entrasse, «entre, entre», afastou-se para o lado e estendeu os dois braços para o interior da loja e vergou ligeiramente a cabeça com um sorriso de orelha a orelha, todos os olhares se cravaram em mim, à espera do que eu iria fazer, o peso foi demasiado grande, sacudi-o cruzando a porta. Disse a mim mesmo à laia de desculpa esfarrapada que não estava a passar à frente de ninguém, porque os negros na fila iam sendo atendidos um a um por um empregado também negro que fazia vaivéns entre as prateleiras e o buraco na rede metálica, trazendo o que os clientes lhe apontavam de longe, recebendo o dinheiro e dando o troco, ao passo que eu iria ser atendido pelo proprietário em pessoa, até aí com as mãos atrás das costas, remetido à função de vigilante das transacções. Nas prateleiras havia latas e embalagens e sacos de comida, tudo coberto de uma fina poeira vermelha, escolhi pacotes de bolachas e latas de atum e de feijão e perguntei se havia bebidas frescas, o proprietário apontou para uma arca frigorífica a um canto e eu apressei-me a escolher, sentindo todos os olhares ainda cravados em mim, o do proprietário de sorriso incansável, o do empregado, o das pessoas na fila, e saí com o troco na mão e entrei no jipe, cujo motor o Pedro nem sequer desligara. À minha maneira discreta, participo na mentira de Moçambique, faço o papel de pequeno carrasco bondoso como o meu pai, cinquenta anos depois.

Chegámos a Chissamba, íamos na estrada e o Pedro disse «aqui já é Chissamba», sem que eu nada visse de diferente em redor, apenas casas dispersas, árvores, mato. O Pedro perguntou pela casa do chefe da aldeia a um grupo de gente na berma, um homem disse que lhe mostrava o caminho, o Pedro disse-lhe que subisse para a caixa do jipe. Todas as conversas eram em macua, eu tentava adivinhar o que ia sendo dito pelos gestos, pelas entoações, pelo que sucedia a seguir a cada diálogo. Desistira de pedir ao Pedro que traduzisse tudo, estava muito cansado, contentava-me com frases telegráficas em que ele resumia longas conversas animadas. Ouvimos o estrondo dos pés de alguém no metal da traseira, o Pedro ia a arrancar, travou, pôs a cabeça de fora da janela e gritou para trás: «Tu não! Tu nem pensar! Desce daí!», era um tipo bêbedo que nem um cacho a tentar içar-se por cima do taipal do jipe para se juntar ao outro, acabou por largar o taipal e caiu de borco na estrada, o jipe arrancou.

— O Carlos vai a Moçambique, não é? Também tenho de lá ir. Tenho de ir a Majune. Hei-de ir com o meu pai. Ele mostra-me onde era o posto. Hei-de fazer lume nesse lugar e queimar a palmatória, para acabar de vez com essa herança na nossa família. Para acabar de vez com o poder e com a infâmia, para anular a sentença de morte. Para não deixar nada a meio.

Fui até à igreja, era a dois minutos da pensão. O padre Falconetti é italiano, deve ter quase oitenta anos, veio para aqui em 1975, pouco antes da independência. Disse-me que havia missa às cinco e um quarto da madrugada, em macua. A igreja tem o chão inclinado, mais alto junto à porta, mais baixo junto ao altar, a acompanhar o declive suave da encosta. Ele convidou-me a assistir à missa. Disse-lhe que não fiz a primeira comunhão, que não sei orar a Deus. Ele disse-me: «Isso nunca será um problema.»

A certa altura o Pedro abrandou, desatou a rir, apontou. Eram babuínos numa machamba desbravada no meio da floresta.

Das enormes árvores cortadas restavam os cepos. Na terra coberta de cinzas da queimada cresciam ervilheiras e feijoeiros. Em cima de um cepo maior estava sentado um babuíno imponente, amarelo, a presidir à refeição dos súbditos, que iam comendo ervilhas e feijões, arrancando as vagens com as mãos negras, de dedos compridos e delicados. Um cão de guarda do tamanho de um borrego, qual mastim das arenas romanas, pelagem vermelha e cabeça negra, tomado de brios, saiu de um telheiro à beira do campo e arremeteu sobre um babuíno que se aproximara em demasia. O macaco recuou dois passos, depois, num golpe de vista, mediu melhor as corpulências relativas e arremeteu por sua vez sobre o cão. O cão deu meia-volta e desatou a fugir para o telheiro. Surgiu uma garota de dez anos, não mais, vestido encarnado, de pau na mão. O babuíno, que perseguia o cão num galope solto, travou a fundo e inverteu a marcha. A garota atirou o pau com um gesto amplo de lançadora do dardo na Grécia Antiga e ficou um momento suspensa, apoiada num só pé, debruçada para diante, de olhos fitos no pau, e os babuínos fugiram todos, como aves a levantar voo. O babuíno grande abandonou o trono como um soberano deposto e juntou-se à debandada. O pau riscou os ares a vibrar longitudinalmente, emitindo um silvo cavo. O cão que ia a fugir ganhou alento, tornou a dar meia-volta e seguiu atrás da garota, no encalço dos macacos. Do telheiro assomaram mais dois cães que se lançaram, frenéticos, numa perseguição tardia e desmiolada. Os babuínos corriam, elegantes e elásticos, a saltitar como cavalinhos.

Saí do Gasolina às quatro e meia da manhã, caminhei pela escuridão da rua principal, entrei na igreja do chão inclinado. Sentei-me do lado esquerdo, próximo de uma porta lateral. As primeiras filas encheram-se com uma trintena de rapazes e raparigas vestidos com uniformes escolares. Percebi que as mulheres se sentam do lado esquerdo da igreja, os homens do lado direito. Deixei-me estar do lado errado. Pela porta lateral, enquanto decorria a missa, fui vendo a luz do dia a clarear a pouco e pouco.

Saí para o exterior, o padre Falconetti veio ter comigo. Expliquei-lhe que ia a Chissamba, à procura de um homem. Perguntei-lhe se era feliz aqui. Perguntei-lhe se era possível um europeu como eu ser feliz aqui.

Contaste-me uma vez que, quando andavas na faculdade, foste assistir à conferência que Jorge Luis Borges deu em Letras. O anfiteatro estava cheio que nem um ovo. No final houve perguntas da assistência. Tinham posto dois microfones, daqueles altos, com um suporte de tripé, um em cada ponta do anfiteatro, na base das escadas. Um tipo, sentado ao lado da coxia, parecia um atleta de rabo espetado na pista, à espera do tiro de partida. Mal o moderador disse que podiam começar as perguntas, esse fulano lançou-se pela escada abaixo, agarrou-se ao pé do microfone e perguntou aos berros: «Mestre! Mestre! O que é a felicidade?» Ao contares-me a história comentaste em tom de desprezo: «Que figurinha...» Fiquei a pensar que, se eu tivesse estado naquele anfiteatro, teria agido precisamente assim. Teria feito precisamente aquela pergunta. Procuro alguém que me explique o que é a felicidade.

O padre Falconetti respondeu-me:

— Aqui ou noutro lugar qualquer, só somos felizes se aceitarmos a loucura dos homens, se abraçarmos a loucura dos homens. Se abraçarmos a loucura que há dentro de nós. Aqui é mais difícil, mas também é mais fácil, porque é tudo mais cru. Ao fim de três anos de cá estar, fui à Europa, saí do avião e tive medo. Acredita? Tive medo. Aqui vê-se melhor a loucura, a mentira, as engrenagens desta maquinaria que Deus criou. Deus está mais à vista, o bem também. Já passou na bomba de gasolina aqui em Jemusse? É igual às da Europa, mas não tem tampa, aquela chapa a tapar desapareceu. Vê-se o mecanismo todo por dentro. Quando metemos gasolina no jipe, vê-se as peças a mexer. Se alguém mete ali a mão, magoa-se.

Falava com ar cansado, mas cheio de empenho, como um homem que se muniu de paciência para explicar uma verdade perene a alguém que, muito provavelmente, não tornará a ver.

— Temos de compreender a loucura que há em nós para vivermos com ela, para não darmos em doidos. Para termos fé.

Olhou ao longe, viam-se passar pessoas com sacos ao ombro:

— O milho está com um preço alto, toda a gente vende o milho todo que tem, para aproveitar. Daqui a três meses vai haver fome. Nessa altura, as pessoas hão-de vir bater à porta da missão, como se tivéssemos grandes reservas de comida. Não temos. Vai haver fome.

Diante da casa do chefe da aldeia, o homem que ia na caixa perguntou qualquer coisa a umas mulheres ali sentadas, depois disse para seguirmos, o chefe da aldeia estava numa cerimónia com os habitantes, uma festa em que todos os aldeões, homens e mulheres, bebem uma aguardente feita com mapira e mandioca fermentada. Uns quilómetros à frente ouviram-se pancadas com força no tejadilho, parámos, havia telheiros de colmo no meio dos campos, fomos até lá. O chefe da aldeia era um velho de olhos doces e vagarosos chamado Baltasar Mihaca, mostrei-lhe as fotografias, contei-lhe a história do Artur. Havia no ar uma certa excitação, senti que me empurravam com uma rudeza inesperada, um homem num grupo sentado num telheiro, mais abaixo, gritou ao ver as fotografias na minha mão:

— Também queremos ver! Olha lá! Também queremos ver!

Decidi deixar a segunda bola de futebol naquela aldeia, fui ao carro buscá-la, o Pedro confiou-a ao chefe da aldeia, que ficou parado, de chéchia na cabeça e roupas andrajosas, a segurar nas mãos estendidas a bola verde e branca, novinha em folha, e arrependi-me logo do meu gesto, lamentei ter criado aquele quadro incongruente. Um grupo de adolescentes rodeou-me com modos de «deixa cá ver se este palerma cai na esparrela», e um deles disse-me:

— Só uma bola? Você tem de dar várias bolas. Essa bola vai rebentar num instante, e depois, como é?

Disse-lhe que não tinha mais nenhuma bola, o que era mentira, porque ainda tinha outra guardada no jipe. E ele:

— Então você tem que deixar dinheiro para nós comprarmos outra bola quando essa rebentar.

Disse-lhe que não tinha dinheiro, o que era uma nova mentira, desta vez despudorada. Um outro adolescente apontou para a máquina fotográfica que eu tinha ao pescoço:

— Você tem que tirar fotografias de mim a jogar à bola, eu sou o melhor de todos.

E pôs-se a simular fintas na poeira, driblando adversários espectrais, a levantar nuvens de restolho, e os outros riram e olharam para mim. A bola já andava aos saltos pelo meio dos telheiros de colmo, eles afastaram-se nessa direcção.

De vez em quando vem-me à cabeça uma deixa de um filme que vi em tempos: «O meu psiquiatra perguntou-me: "Afinal você é homicida ou suicida?" E eu respondi: "Tenho mesmo de escolher?"»

É tarde, Amália, é muito tarde, estou muito cansado, amanhã volto para Cuamba. Já zumbem mosquitos à minha volta, no escuro, a música *techno* martela-me os ouvidos pela janela do quarto. Quando regressámos a Jemusse, já o dia estava aflito para se escapulir porta fora, como um cão desejoso que o levem a passear, restava meia hora de luz, se tanto, o Pedro deu-me as boas-noites, eu disse-lhe que a terceira bola de futebol, que ainda está no jipe, atrás do banco do condutor, é para o filho dele. Subi ao miradouro, vi-o sair da pensão e afastar-se pelo meio dos montes de lixo, a caminho de casa de uma irmã que mora aqui perto, de calças de ganga e camisa camuflada, igualzinha à da farda do meu pai que tenho guardada aí em casa, num saco de plástico, no fundo do roupeiro. Agora estou deitado na cama, vestido dos pés à cabeça, não tomo banho há dois dias, tenho os intestinos atafulhados de fezes pétreas, o cabelo empastado da poeira e do suor seco, e sei que não vou dormir.

Em Chissamba, depois de eu contar a história do Artur ao chefe da aldeia, ele tomou nas mãos o meu maço de fotografias. Segurou-as por baixo, formando uma delicada moldura negra com os polegares e os indicadores estendidos, encostou-as ao peito. Voltada para a assistência, no alto da pilha, estava a imagem do Artur sentado atrás do volante de um jipe, a fingir que conduz, de uniforme camuflado e boina na cabeça. O velho começou a caminhar diante da longa fila de mulheres sentadas no chão. Da sua boca elevou-se uma lengalenga em macua, suave e melodiosa, na qual distingui, repetidas várias vezes, límpidas no meio das sílabas encadeadas, a palavra «papá», a palavra «Artur». E aquele velho, Baltasar Mihaca, pareceu-me um aedo a recitar um poema épico, a lenda da infância de um guerreiro, de um herói chamado Artur, agora em parte incerta, mas que há-de voltar um dia. Pareceu-me um contador de histórias a desfiar a fábula de um menino abandonado que ainda não cumpriu o seu destino, Moisés ou Édipo. O velho andou de um lado para o outro defronte das mulheres, que o ouviram com toda a atenção, e fez-se naqueles telheiros de colmo um grande silêncio. Quando o velho se calou, as mulheres levantaram-se e vieram ao encontro dele, pegaram nas fotografias e passaram-nas de mão em mão, e houve conversas animadas e risos e dedos apontados e eu deixei que as falas se soltassem durante longos minutos, deixei que o fio de areia corresse na ampulheta, na esperança de que algum rosto se iluminasse, depois virei-me para o Pedro e perguntei:

— E então?

E ele abanou a cabeça e disse-me:

— Foi há muito tempo.

10

Estou em Maputo, no aeroporto, vou embarcar para Lisboa. Na zona do controlo de segurança, depois de passar no detector de metais, um funcionário mandou-me pegar na mala e acompanhá-lo até uma mesa metálica, num recanto. Pediu-me o cartão de embarque. Perguntou-me se levo dinheiro para Portugal.

Encontrei a Camila no supermercado, na véspera de vir para cá. Não te contei nada, Amália, guardei segredo, mas tenho grandes novidades. Ela estava a fazer compras com o Armando. Arranjaram um quarto para os dois, agora moram juntos. Ele foi procurar um produto qualquer a outro corredor, detergente, ou lá o que era. Acho que fez de propósito para deixar a Camila a sós comigo e ela me poder dar a novidade. Vou ser avô, a Camila está grávida.

Havia entre as fotografias do meu pai uma fotografia a preto-e-branco que não era da guerra de África. Um almoço de Natal numa enorme cantina, a cantina da cidade universitária de Lisboa. No verso, alguém escreveu a data: «16 de Dezembro de 1961». Parece-me a caligrafia da minha mãe. Encostadas umas às outras, as mesas formam um enorme U em cujo interior há mais duas longas fileiras, paralelas aos braços laterais do U. Em primeiro plano há duas filas mais curtas de mesas, em sentido transversal. Vêem-se na imagem duzentas e quarenta e sete pessoas, quase todas jovens, estudantes universitários de vinte e tal anos. Sentados lado a lado, frente a frente, comem, bebem, conversam, riem-se. São cento e sessenta e nove homens e cinquenta e quatro mulheres, mais vinte e quatro pessoas que, meio encobertas por quem está sentado ao seu lado, não se chega a perceber se são homens ou mulheres. Uma das cinquenta e quatro mulheres, a única pessoa de pé, é uma empregada que está a servir às mesas.

Fica, Amália, não te vás embora. Estou a mudar, estou quase a mudar. Escondo-me no teu bolso, meto-te na minha boca, olho os outros com laivos de interesse, com alvores de solicitude. Reconcilio-me com eles. Já quase não preciso da Fernanda. Quinze dias antes de viajar para cá, faltei a um encontro com ela. Nunca tinha acontecido, nestes anos todos. Parei na estação de serviço de Alcácer do Sal para meter gasolina, atestei, a seguir abri a bagageira, borrifei os pulsos e o pescoço com o perfume que ela me ofereceu, depois fui à caixa pagar.

Disse ao funcionário da segurança que tinha uns quantos meticais que me sobraram. Depois achei que ele podia mandar revistar-me e pareceu-me mais prudente dizer que tinha também duzentos dólares. Ele riu-se e disse-me: «Ah, ah, ah... duzentos mil dólares. Essa é boa.» E eu soube então que ele me ia extorquir dinheiro. Moçambique recusa-se a deixar-me partir sem me mostrar, uma última vez, as sequelas e derivações da grande mentira colonial, o imago disforme que brotou ao rebentar o casulo.

A Camila já tem a barriga saída, já se nota. Ficou muito atrapalhada, corou, baixou os olhos, pôs a mão aberta na curva do ventre, como se protegesse o bebé, disse que fazia tenções de me contar em breve, que não sabia como é que havia de me dar a notícia, que estava a ganhar coragem. Que ela própria demorou um certo tempo a decidir se queria mesmo ter o bebé. Mas agora está decidido, vou ser avô. Disse-me que, no fim de contas, o Armando a convenceu a não vender os óvulos. Disse-me que as palavras dele foram: «É para podermos começar sem esse peso na consciência. Somos tão novos, temos tempo de fazer coisas que não têm emenda.» E disse-me que, quando era mais nova, achava que não ia querer ter filhos, mas que agora se sente preparada. «O Armando acredita muito em mim. E ele sabe pôr o passado no seu lugar, para não o deixar pôr-nos o pé no pescoço. Com o Armando não tenho medo.» Disse-me que a viagem ao Japão fica para depois. Que há tempo. Tanto mais, disse-me, que percebeu logo que eu não lhe ia dar o dinheiro que lhes faltava.

Sei que a fotografia foi tirada num almoço de Natal por causa da data inscrita no verso e porque há folhas de azevinho espalhadas pelas mesas, no meio das garrafas de vinho ou cerveja, dos guardanapos brancos dobrados em triângulo, das enormes laranjas pousadas em pires, uma por pessoa, nas quais ainda ninguém tocou. Todos os homens estão de fato e gravata. Há somente um de casaco de cabedal, mas também esse usa gravata. As mulheres usam casacos de malha, vestidos discretos, decotes subidos. A empregada está de costas, entre duas filas de mesas, tem uma bata de abotoar atrás, um avental, uma fita a prender o cabelo, equilibra um tabuleiro no braço esquerdo, faz menção de retirar algo do tabuleiro com a mão direita. Um dos rapazes voltou-se na cadeira, olha-a e está a pedir-lhe qualquer coisa, de mão aberta e erguida, quase a tocar-lhe.

O funcionário da segurança baixou a voz e disse-me para pôr a mala ao alto, para ninguém ver. E pediu-me: «Seja discreto, se faz favor.» Dei-lhe duzentos meticais. Ele disse-me: «Eu estava a contar com moeda estrangeira.»

O Armando voltou com o detergente, dei-lhe os parabéns, ele retribuiu. Convidei-os para irem aí jantar hoje à noite. O Armando leu o meu romance. Disse-me que o bebé, se for um rapaz, se vai chamar Artur. No ventre da minha filha Camila, o Artur vai chegar finalmente a Portugal.

Paguei a gasolina na caixa, voltei para o carro, vi um cãozinho a andar, solto, entre os automóveis. Aproximava-se das pessoas a medo, a olhá-las fixamente, embora mantendo uma certa distância.

As pessoas viam-no, estendiam o braço, faziam estalar os dedos, chamavam-no, «anda cá, bicho». Mal ouvia as vozes, ele virava costas, fugia. Veio ao meu encontro, a fitar-me com muita atenção, pé ante pé. «Então, cão?», atirei-lhe. O animal arrebitou as orelhas, fugiu de mim numa linha oblíqua. Tornei a entrar na estação de serviço, disse à empregada que andava um cão perdido no parque de estacionamento. Ela: «É um branco às manchas castanhas?» Eu: «Não, é todo preto.» E ela: «Outro? Então é mais um. Não se preocupe, estão sempre a abandoná-los aí.» Senti subitamente um grande cansaço, um enorme desamparo, senti os alvores da virilidade exausta que fez o meu pai abdicar das visitas à minha mãe. Meti-me no carro, saí da auto-estrada assim que pude, inverti a marcha, voltei para Lisboa.

Peguei na mala, recuei, fiz que não com a cabeça enquanto me afastava da mesa metálica.

Despedi-me da Camila e do Armando, não quis impor mais a minha presença, achei preferível deixá-los à vontade. Naquele supermercado não havia poeira vermelha a cobrir as latas de feijão e os pacotes de massa nas prateleiras. Era tudo muito asseado.

A fotografia foi tirada de um ponto alto, da *mezzanine* assente em pilares que rodeia dois lados da sala e cujo parapeito de metal branco se vislumbra do lado direito. Para apanhar toda a gente, o fotógrafo amador subiu até ali pela escada cujos primeiros degraus se vêem ao fundo. Provavelmente, é dele o lugar vago em primeiro plano, lá em baixo, é dele a tigela de sopa vazia, é dele o casaco pendurado no espaldar da cadeira desocupada. Na ponta mais próxima de uma das longas fileiras centrais de mesas, a minha mãe, de camisola de lã clara, olha fixamente a objectiva. É a única pessoa, de entre todos os presentes, que o faz. Os outros levam à boca garfadas de comida ou encostam o copo aos lábios, conversam, gesticulam. A minha mãe, de talheres suspensos, como que desinteressada da comida, dos outros, de tudo o que a rodeia, fita-me por cima do ombro. Parece espantada e tensa. Há no olhar dela um misto de clarividência, assombro e alucinação. E há também um ar resignado. Isto tudo num só olhar. Como alguém que não sabe o que o futuro lhe reserva, mas que, ao mesmo tempo, sabe perfeitamente o que o futuro lhe reserva. Como se, durante meio segundo, ela se tivesse isolado daquela multidão, do ruído daquelas vozes a ecoar no espaço fechado, do tilintar dos talheres, para me olhar e me dizer: «A minha vida vai ser a que já conheces, não há nada a fazer. Qualquer um destes rapazes que não sabes quem são poderia ainda, neste dia, vir a ser o teu pai, mas nenhum deles vai ser o teu pai.» E ei-lo, o meu pai, lá ao fundo, na fiada de mesas que fecha o U. Demorei a encontrá-lo, foi precisa uma lupa, ele está entre as figuras mais pequenas, as mais distantes de todas. Mas o penteado à Elvis e a forma alongada do rosto são inconfundíveis. Fala animadamente com o homem ao seu lado, que parece um jovem Godard. A minha mãe e o meu pai estão praticamente em extremos opostos da sala, há entre eles um mar de gente. Talvez, no dia 16 de Dezembro de 1961, ainda só se conhecessem de vista. Talvez, naquele dia, as coisas ainda pudessem ter acontecido de outra maneira. Ela, em especial, a mais maleável, a mais vulnerável dos dois, que quis ser hospedeira do ar e depois quis ser médica e que acabou por não ser uma coisa nem outra, de olhos tão vivos, parece em busca de qualquer coisa. O olhar dela é o do Artur quando olhou por cima do ombro para o meu pai e para o Gamito, ao afastar-se pelo campo de futebol pelado, dividido entre a esperança de que eles o chamassem, o temor de que eles não o fossem chamar e a suspeita já conformada de que eles não o iriam chamar. É um olhar que procura a «anomalia do destino» de que fala Pasolini, o sobressalto original que desencadeia uma viagem, uma narrativa. Mas é também um olhar fatalista, um olhar que não me dá saída, que não me estende a mão, que não me convida a comungar.

Na fila para entrar no avião, um branco virou-se para mim, disse-me:

— Eu vi o que aquele gajo lhe fez. Este país agora é deles, fazem o que querem e muito bem lhes apetece. Eles é que mandam nisto. Mas ainda hão-de torcer a orelha, ainda hão-de pedir para a gente voltar.

Moçambique despede-se de mim com os fantasmas do delírio colonial ainda bem vivos.

Michael Herr diz que somos tão responsáveis por tudo o que vemos como por tudo o que fazemos. Eu vou mais longe. Parece-me que uma imagem é responsável por tudo o que dela emana e deriva. Naquela fotografia, a minha mãe está a explicar-me tudo o que aconteceu após o dia 16 de Dezembro de 1961. A ligação dela ao mundo está cortada. O mundo é apenas uma voz distante. Os outros são apenas vozes distantes. Ela vestiu aquela camisola branca especialmente para mim. O olhar dela é um olhar sedento de amor, é o olhar desvairado de quem, embora tendo perdido a fé, deseja com todas as forças acreditar, deixar-se ir. É o olhar de quem, devorado pela dúvida, não se pode dar ao luxo de dar voz às dúvidas. É um olhar, vejo-o agora, profundamente indefeso. É um olhar, vejo-o agora, capaz de sacrificar quase tudo para alcançar o seu quinhão de amor.

Torno a percorrer a fotografia de lupa em riste, examino os rostos um a um. Afinal, a minha mãe não é a única pessoa que olha o fotógrafo. Há um jovem moreno do lado esquerdo, na mesa mais próxima da janela, que fita também a objectiva. É parecido comigo. Aquele esgar é meu, é minha aquela maneira de apoiar a fronte pendida nos dedos esticados da mão, de cotovelo na mesa, é minha aquela mão direita quase oculta debaixo da perna. Aquele sorriso esquivo é meu. Sou eu, vim ver com os meus olhos como tudo começou, vim ver de perto todos estes homens que poderiam ter sido o meu pai e não o chegaram a ser, o fulano de cabelo frisado que aponta para longe enquanto olha para o lado oposto, o rapaz de óculos que executa aquele gesto de enclavinhar os dedos das duas mãos, erguendo-as à altura do peito, que usamos para dar mais força a uma declaração convicta. O homem que se ri, de garfo metido na boca aberta. Vim ver e fiquei aqui, eternizado nesta fotografia, aprisionado neste passado.

Acabei as compras, dirigi-me para as caixas, pus-me na fila com negros e brancos. A única ordem ali vigente era a ordem de chegada. Tornei a ver a Camila e o Armando, três filas à minha direita. Acenaram-me, riram-se para mim, talvez constrangidos, talvez contrariados por aquele reencontro inopinado. Alguém reparou na barriga dela, convidaram-na a passar à frente. O Artur passou à frente de todos quantos ali estavam. Esperou muito tempo, merece. Afasta-se pela poeira encarnada, olha para mim por cima do ombro, «ele ainda me vai chamar, ele ainda me vai chamar». Chamo-o com a voz da Camila, com o sangue da Camila, com a carne da Camila, a minha filha caótica e corajosa e trangalhadanças, a minha filha que me viu sair do quarto da mãe e que talvez um dia me olhe sem aquele vinco no canto da boca. No momento em que chamo assim o Artur, é como se o meu pai o chamasse também um pouco e lhe estendesse a mão para ele subir para a *Berliet*. Ao chamá-lo assim, com a voz da Camila, crio em mim próprio uma ilusão, uma ilusão necessária, indispensável para continuar a alinhar palavras e a enredar gestos, a ilusão de que está nas minhas mãos desencadear uma anomalia do destino capaz de nos lançar numa viagem diferente da que nos trouxe aqui. A ilusão de criar de raiz uma nova imagem, a ilusão de que serei capaz de arcar com a responsabilidade por tudo o que dela emana e deriva. Anda cá, Artur, desta vez é comigo, talvez eu consiga fazer diferente, desta vez não te deixo ir embora, és barco, flor, incêndio, madrugada, como escreveu o Assis Pacheco, que eu vi na televisão a dançar o *twist* com uma vassoura antes de saber que ele era poeta. És o segredo capaz de salvar a Humanidade, afinal revelado a quem o souber decifrar. És o primeiro colono de um novo planeta, só espero que nesse lugar tudo medre, só espero que a terra te seja fértil. És a grande ilusão, és o primeiro passo para me apaziguar. Não o sabes, não o imaginas, ainda não o podes saber. És tão pequeno, não tenho o direito de te sobrecarregar com esta responsabilidade, de te atirar para cima dos ombros um peso assim. És apenas uma criança como as outras, que chora e berra e tem fome. És o meu neto. És meu. Respira, ocupa espaço, não deixes nenhuma pedra por virar. Mistura o conteúdo das gavetas, revolve tudo, escreve nas margens, risca e tenta de novo, grita, suja-te, ri alto. Trava os teus combates, os teus, não os dos outros, faz sempre diferente do que vires fazer. E agora vai, não olhes para trás. A coluna está prestes a partir, não a percas. Vai.

FIM

DÍVIDA E CRÉDITO

Djaimilia Pereira de Almeida

Posfácio

Nos anos da Troika, lembro-me de ver escrito num muro de Lisboa a corruptela de um refrão de Joy Division: *Debt Will Tear Us Apart.* A frase descrevia o meu quotidiano e o das pessoas à minha volta, não na escala financeira global, mas à escala das finanças quotidianas. Talvez algumas das pessoas que tenham a sorte de vir a ler *Gente Acenando para Alguém que Foge,* de Paulo Faria, já tenham contado trocos para beber cafés ou para comprar manteiga, ou para comprar leite, ou para pagar a conta da água, talvez este livro tenha a sorte de chegar a alguns desses leitores.

À semelhança da fractura inscrita no refrão da canção, no romance de Paulo Faria a fractura é da ordem doméstica: daquilo que se dá dentro de portas, para lá dos patamares dos nossos prédios, dentro dos nossos apartamentos. Encontramos aí duas famílias do mesmo homem, primeiro os seus pais, depois a família a que, com uma mulher, deu origem. Na primeira como na segunda, sobressaem os dias especiais, dias de todos os dias. O esconderijo no qual a mãe do narrador esconde as guloseimas com que os finais da semana dos filhos são apimentados (passando de dias comuns a momentos que se recordam décadas depois); as idas ao restaurante chinês de um casal que, a pouco e pouco, se tornam esporádicas. Pode parecer vulgar deter-me em alimentos, mas a alimentação é aquilo a que a dívida nos reconduz: «Quanto custa um pacote de farinha? Quanto foi que disseste que custa cada pão?» O narrador de *Gente Acenando para Alguém que Foge* detém-se no menu do restaurante chinês, surrado e gorduroso; relembra um queijo comido há décadas e uma lata de conservas tão bem escondida pela mãe que as crianças da casa nunca a conseguiram encontrar, nem na cozinha do passado nem no presente da narração.

Em pano de fundo, é aberto um fosso entre uma mulher e o seu marido, mas até esse fosso é reconduzido a necessidades básicas de sobrevivência. A dívida dividir-nos-á. Morreremos pela boca, reconduzidos à nossa animalidade, à necessidade de calor e alimento: os iogurtes com pedaços, o açúcar branco, a gasolina sem chumbo, pão de todos os dias recauchutado com as qualificações de hoje, pão e vinho, água e fogo, mais aditivo menos aditivo.

Em *Gente Acenando para Alguém que Foge,* a guerra é travada com aquilo de que precisamos para sobreviver; as tréguas são disputadas perto da carne. Pouco importa onde vamos à procura da nossa explicação, as viagens a que nos entregamos, os segredos que não conseguimos desvendar, os lugares a que as nossas perguntas nos conduzem. Há bocas para alimentar, ouve-se ao fundo das expedições quase-parricidas do narrador, porque o filho que mata é um pai (e um avô) que dá vida.

Que nos possamos meter num buraco, levando a vida de todos os dias, enquanto alimentamos e protegemos os nossos filhos, buraco alegórico feito de idas às compras e à bomba de gasolina, sem lugar à traição, ao luxo nem à exuberância; que não tenhamos sido nós a definir os contornos do buraco em que nos metemos, e que, por fim, não possamos senão contar com aquilo que amamos para sairmos dele — pais, filhos, a nossa mulher, a vida que escolhemos, o nome com que assinamos, as nossas perguntas, a nossa cara, a nossa casa, as nossas feridas, os nossos pesadelos —, eis o que este romance nos revela acerca das vidas do nosso tempo.

Gente Acenando para Alguém que Foge sublinha a forma como, muitas vezes, somos chamados a reconstruir um lugar que não nos lembramos de ter deitado abaixo. Nascemos para um mundo previamente dinamitado, contrafeito, em luto por mortes a que somos alheios, ressentido, amargurado com mentiras que não nos lembramos de ter contado a ninguém ou de nos terem sido segredadas, tal como os nossos filhos nascem para as nossas guerras e esquinas, sem nem eles nem nós nos apercebermos. Nascemos para as grandes mentiras das gerações passadas e aguentamos a maré com pequenas mentiras, o que não significa que amemos menos aqueles que vivem connosco.

Existe uma noção de culpa associada à ideia de crédito e de dívida bancários muito difundida através de muitos meios. Analogamente, existe também uma ideia de culpa a respeito da vida em família, dos balancetes entre pais e filhos, maridos e mulheres. *Gente Acenando para Alguém que Foge* dinamita a necessidade dessas noções, revelando que quase nunca há culpados. Numa das imagens mais penetrantes do romance, o cabo do elevador de um prédio é comparado a uma cobra na selva suspensa entre dois ramos. O mecanismo daquilo que nos eleva esconderia uma natureza virulenta se a mecânica das coisas não fosse indiferente ao facto de nos elevarmos equilibrados nele, e às nossas dores. Vamos no elevador e somos cabos lassos num grande mecanismo, por mais que nos doa, por mais que os jantares especiais da nossa infância ou a trajectória digna ou indigna dos nossos antepassados nos digam que o cabo do elevador era mesmo uma cobra. Não é preciso que o sofrimento e a noção da nossa dispensabilidade cósmica nos torne cínicos. Não existe sensibilidade nem história nem apartamento nem casamento nem pai nem mãe nem passado que não mereça o seu filho.